# Tout le monde en parle

DANS LA MÊME SÉRIE

1. *Gossip Girl*
2. *Vous m'adorez, ne dites pas le contraire*
3. *Je veux tout, tout de suite*
4. *Tout le monde en parle*
5. *C'est pour ça qu'on l'aime*
6. *C'est toi que je veux*
7. *Je suis parfaite, et alors ?*
8. *Ma meilleure ennemie*
9. *Même pas en rêve*
10. *Comme si j'allais te mentir*

# gossip girl

# Tout le monde en parle

Roman de

**Cecily von Ziegesar**

Fleuve Noir

Titre original :
*Because I'm Worth It*

Traduit de l'américain par
Cécile Leclère

Décider de ne pas être un salopard permet
de se sentir plutôt bien…

Ernest Hemingway, *Le Soleil se lève aussi*

Le papier de cet ouvrage est composé de fibres naturelles, renouvelables, recyclables et fabriquées à partir de bois provenant de forêts plantées et cultivées durablement pour la fabrication du papier.



ISBN : 978-2-265-08325-7

gossipgirl.net

thèmes ◄précédent suivant► envoyer une question répondre

*Avertissement-: tous les noms de lieux, personnes et événements ont été modifiés ou abrégés afin de protéger les innocents. En l'occurrence, moi.*

## salut tout le monde !

Le mois de février me fait un peu penser à cette fille, à la soirée que j'avais organisée pendant la « deuxième lune de miel » de mes parents à Cabo la semaine dernière (je sais : pathétique). Vous vous souvenez : cette fille qui a vomi partout sur le sol en marbre espagnol de la salle de bains des invités puis a refusé de partir ? Il a fallu que nous balancions son sac selle Dior et son manteau en peau lainée brodée Oscar de la Renta dans l'ascenseur pour qu'elle comprenne enfin le message. Cela dit, contrairement à bien des endroits au monde, New York ne se laisse pas gagner par la dépression typique du mois de février pour devenir une ville à l'abandon, froide, grise et lugubre. Du moins, pas mon New York à moi. Ici, dans l'Upper East Side, nous connaissons tous les remèdes à la monotonie : une robe de soirée sexy déjantée Jedediah Angel, une paire de Manolo Blahnik en satin noir, une touche de rouge à lèvres vermillon « Ready or Not » en exclusivité chez Bendel, une bonne épilation maillot brésilien et une dose généreuse d'autobronzant Estée Lauder, au cas où le teint hâlé acquis à St. Bart' pendant les vacances de Noël se serait finalement estompé. Nous sommes en terminale, pour la plupart d'entre nous, et nous entamons la deuxième partie de l'année – *enfin*. Nos dossiers d'inscription aux universités sont envoyés ; nos emplois du temps sont plutôt légers et nous mettons à profit nos deux heures de liberté quotidiennes pour assister à un défilé de la fashion week ou nous faire inviter chez des amis à boire des café crème allégés, fumer des cigarettes et choisir ensemble la tenue pour la soirée du jour, parce que franchement les devoirs, rien à battre.

Ce qui est bien, aussi, en février, c'est le jour qui entre tous, selon moi, mériterait d'être déclaré férié dans toutes les écoles du pays : la Saint-Valentin. Si vous avez déjà un ou une amoureux(se), vous avez bien de la chance. Sinon, c'est le moment ou jamais de tenter une approche avec le canon sur lequel vous avez bavé tout l'hiver. Qui sait ?. Vous trouverez peut-être l'amour véritable, ou au moins, un amant véritable et bientôt, ce sera Saint-Valentin tous les jours. Sinon, vous pouvez aussi rester chez vous devant votre ordinateur, à chatter de façon lamentable et anonyme en vous gavant de chocolats en forme de cœur, au risque de ne plus pouvoir rentrer dans votre jean Seven préféré. À vous de voir…

**ON A VU**

**S** et **A**, main dans la main, déambulant le long de la 5e Avenue jusqu'au bar de l'**hôtel Compton**, qu'ils fréquentent presque tous les vendredis soir, et où ils descendent des cocktails **Red Bull–Veuve Clicquot**

en gloussant entre eux, grisés de se savoir le couple le plus sexy de la pièce, sans qu'aucun doute ne soit permis. **O** refusant d'entrer chez **Veronique** – un magasin pour futures mamans – avec sa mère enceinte, radieuse. **D** et **V**, en cols roulés noirs assortis, jambes entremêlées, qui assistaient à une projection de ce film déprimant et tordu de **Ken Mogul**, en ville, à l'**Angelika**. Ces deux-là se ressemblent comme deux gouttes d'eau : morbides, artistes, zarbi – démentiellement faits l'un pour l'autre au point qu'on a envie de leur crier : « Mais pourquoi vous a-t-il fallu autant de temps ?! » **J** dans le bus de la 96e Rue qui traverse la ville, étudiant attentivement une affiche publicitaire sur la réduction mammaire. Personnellement, si j'avais ses bonnets E, je n'hésiterais pas, c'est clair… **N,** en pleine partie de hockey sur glace avec ses potes, au **Sky Rink**, toujours aussi adorable et complètement stone. Il n'a pas l'air de souffrir de son célibat. Il faut dire qu'il n'aura sûrement pas de mal à trouver une nouvelle copine…

## ET POUR FINIR : QUI SERA ACCEPTÉ AVANT TOUT LE MONDE ?

Cette semaine, un agaçant petit groupe de personnes parmi nous va savoir si oui ou non leur candidature anticipée aux meilleures universités du pays a été acceptée. Ça y est. Il n'est plus temps pour les parents de faire bâtir une nouvelle aile à la bibliothèque. Ni de soudoyer quelque ancien élève estimé pour qu'il envoie au doyen une lettre de recommandation. Ni pour nous d'obtenir le premier rôle dans une énième pièce de théâtre de l'école. Les enveloppes sont déjà au courrier.

J'aimerais prendre un moment pour souligner combien cette décision est parfaitement arbitraire puisque nous sommes tous des spécimens parfaits. Nous sommes beaux, intelligents, bien élevés et éloquents, dotés de parents influents et de dossiers scolaires exemplaires (exceptés quelques accidents occasionnels tels qu'une expulsion de pensionnat ou une réussite laborieuse aux tests d'aptitude, à la huitième tentative).

J'aimerais également donner un petit conseil à ceux dont la candidature sera bel et bien acceptée avant celles des autres. Essayez de ne pas trop la ramener, d'accord ? Nous autres, nous devrons encore patienter quelques mois, alors si vous avez envie de continuer à sortir avec nous, vous feriez mieux de ne pas mentionner les mots *Ivy League*[1] en notre présence. Nos parents le font déjà assez souvent comme ça, merci bien. Non que le sujet soit délicat, ni rien.

Je crois pouvoir affirmer que nous souffrons tous de la fièvre hivernale pré-réponses des universités. C'est le moment de se déchaîner ! Pensez, plus nos soirées se prolongent, moins nous sentirons les jours passer. Et croyez-moi, nos quatre cents coups seront tous disséqués, célébrés et exagérés de manière tout à fait disproportionnée ici même, par mes soins. Vous ai-je déjà déçus ?

Vous m'adorez, ne dites pas le contraire.

gossip girl

1. Sous cette appellation sont regroupées les universités américaines les plus élitistes et sélectives. *(N.d.T.)*

## *o et j sympathisent autour de la taille de leurs seins*

— Juste quelques frites et du ketchup, s'il vous plaît, dit Jenny Humphrey à Irene, la femme à barbe centenaire affectée au service du déjeuner derrière le comptoir de la cafétéria en sous-sol de l'école de filles Constance Billard.

— Quelques-unes, seulement, répéta Jenny.

Aujourd'hui, c'était le premier jour du groupe de discussion et Jenny ne voulait pas que les animatrices, des terminales, la prennent pour une grosse goinfre.

Les groupes de discussion étaient une nouveauté expérimentée par l'école. Tous les lundis, à la pause déjeuner, les filles de troisième, par groupes de cinq, étaient censées rencontrer deux filles de terminale pour évoquer le jugement des autres, l'image du corps, les garçons, le sexe, la drogue, l'alcool et tout autre sujet qui pourrait troubler les troisièmes ou que les animatrices de terminales jugeraient important. L'idée était la suivante : si les filles plus âgées partageaient leurs expériences en instaurant un dialogue bienveillant avec les plus jeunes, ces dernières pourraient prendre des décisions avisées, au lieu de tomber dans des erreurs idiotes, nuisibles à leur scolarité et susceptibles d'embarrasser leurs parents ou l'école.

Avec ses poutres apparentes, ses murs couverts de miroirs et ses tables et chaises modernistes en bouleau, la cafétéria de Constance Billard ressemblait plus à un nouveau restaurant branché qu'à un réfectoire scolaire. L'ancienne salle pourrie avait été refaite l'été dernier parce que trop d'élèves allaient manger à l'extérieur ou apportaient leurs propres sandwiches, au point que l'école perdait de l'argent en nourriture gâchée. La nouvelle cafétéria avait remporté un prix d'architecture pour son design séduisant et sa cuisine high-tech ; elle était devenue le repaire favori des lycéennes dans l'école, bien que le service fût toujours assuré par Irene et les autres vieux schnocks méchants et radins aux ongles crasseux. Le menu, mis au goût du jour, était très *nouvelle** cuisine américaine.

Jenny se fraya un chemin à travers les grappes de filles en uniforme, jupes plissées en laine bleu marine, grise ou bordeaux, qui picoraient leurs burgers au thon fumé/wasabi et leurs *pommes frites** rosa en commentant les soirées auxquelles elles avaient assisté ce week-end. Elle fit glisser le plateau en inox sur la table ronde, vide, qui avait été réservée au groupe de discussion A et s'assit dos au mur, de manière à ne pas être obligée de se voir dans le miroir pendant qu'elle mangeait. Elle était impatiente de savoir qui allaient être les animatrices de son groupe. On disait que la compétition avait été rude, puisque

* Les mots en italique suivis d'un astérisque sont en français dans le texte. *(N.d.T.)*

la position d'animatrice était un moyen relativement indolore de montrer aux universités qu'on restait impliquée dans les activités scolaires, bien que les dossiers d'inscriptions soient déjà envoyés. Manière de marquer des points pour avoir mangé des frites et parlé sexe pendant cinquante minutes.

Qui n'aurait pas envie de faire ça ?

— Salut, Ginny.

Olivia Waldorf, la fille la plus garce, la plus superficielle de toute la promotion de terminale, voire du monde entier, posa son plateau en face de celui de Jenny et s'assit. Elle glissa une boucle de ses longs cheveux brun foncé derrière son oreille et murmura à son reflet dans le miroir mural : « Vivement que j'aille chez le coiffeur. »

Elle jeta un coup d'œil à Jenny, prit sa fourchette et racla la bonne dose de crème fouettée qui couronnait son gâteau mousseux au chocolat.

— Je suis une des animatrices du groupe A. Tu en fais partie, toi ?

Jenny acquiesça, les mains agrippées à sa chaise, en fixant d'un air lugubre son assiette de frites froides et grasses. Quel manque de chance, elle n'arrivait pas à y croire. Non seulement Olivia Waldorf était la terminale la plus intimidante de l'école, mais elle était aussi l'ex-petite amie de Nate Archibald. Olivia et Nate avaient longtemps formé le couple idéal ; le seul destiné à rester uni pour toujours et à jamais. Puis, aussi bizarre que cela puisse paraître, Nate avait carrément laissé tomber Olivia pour Jenny, qu'il avait rencontrée à Central Park et avec qui il avait partagé un joint.

C'était le premier joint de Jenny, et Nate avait

été son premier amour. Elle n'avait jamais osé rêver sortir avec un garçon plus âgé, encore moins un qui soit aussi beau gosse et aussi cool que Nate. Mais après quelques mois trop beaux pour être vrais, Nate s'était lassé de Jenny et avait entrepris de lui briser le cœur de la manière la plus cruelle qui soit, en la larguant le soir du réveillon de la Saint-Sylvestre. Ainsi, Olivia et elle avaient bel et bien un point commun, désormais – elles s'étaient toutes les deux fait jeter par le même mec. Non que cela fasse une grande différence. Jenny était bien certaine qu'Olivia ne pouvait toujours pas la blairer.

Olivia était parfaitement au courant que Jenny était la salope de troisième aux nichons gros comme des ballons qui lui avait volé son Natie, mais elle savait aussi que Nate l'avait plaquée comme une malpropre après avoir vu quelques photos très embarrassantes du cul nu de Jenny en string mises en ligne sur Internet, juste avant le réveillon. Olivia pensait que Jenny avait déjà eu ce qu'elle méritait et elle ne se donnait même plus la peine de la détester.

Jenny leva les yeux.

— Qui est l'autre animatrice ? demanda-t-elle timidement.

Elle espérait que les autres membres du groupe arriveraient vite, avant qu'Olivia ne lui arrache la tête à l'aide de ses ongles roses opalescents parfaitement manucurés.

— Serena arrive, fit Olivia en roulant des yeux. Tu la connais, elle est toujours en retard.

Elle passa ses doigts dans ses cheveux, visualisant la coupe qu'elle allait demander lors de son rendez-vous chez le coiffeur pendant ses deux heures de perm'. Elle allait choisir une couleur acajou, pour se débarrasser de ses mèches cuivrées et puis elle voulait une coupe courte, comme Audrey Hepburn dans *Comment voler un million de dollars*.

— Oh, lâcha Jenny en réponse, soulagée.

Serena van der Woodsen était la meilleure amie d'Olivia, mais elle était loin d'être aussi intimidante, puisqu'elle était même *sympa*.

— Salut, les filles. C'est le groupe de discussion A ?

Une grande gigue de troisième avec des taches de rousseur, du nom d'Elise Wells, prit place à côté de Jenny. Elle sentait le talc pour bébé, ses cheveux blonds comme de la paille, au carré, lui arrivaient au menton et une frange épaisse lui masquait le front, on aurait dit exactement la coupe que nous fait la nounou quand on a deux ans.

— Je veux juste vous prévenir tout de suite que j'ai un problème avec la nourriture, annonça Elise. Je suis incapable de manger en public.

Olivia hocha la tête et repoussa sa tranche de gâteau au chocolat. Lors de la formation des animatrices des groupes de discussion, la prof d'éducation à la santé, Mlle Doherty, leur avait demandé d'être *à l'écoute* et d'essayer de faire preuve de *sensibilité*, de se mettre à la place de ces filles. Mlle Doherty était mal placée pour faire ce genre de recommandations. Pendant ses cours, elle passait son temps à raconter aux troisièmes combien de copains elle avait eus et toutes les positions sexuelles qu'elle avait expérimentées. Mais comme Mlle Doherty était l'un des profs à qui Olivia avait soutiré une recommandation supplémentaire à envoyer au bureau des admissions de Yale, Olivia tenait vraiment à se faire remarquer comme la meilleure animatrice de toutes les terminales. Elle voulait que les troisièmes de son groupe l'apprécient – non, *l'adorent* – et si une d'entre elles était incapable de se nourrir en public, Olivia n'allait sûrement pas s'empiffrer de gâteau au chocolat, surtout qu'elle avait prévu d'aller le vomir dès que la sonnerie retentirait, de toute façon.

Olivia sortit une pile de prospectus de son sac bowling rouge Louis Vuitton.

— L'image du corps et l'amour-propre sont deux des points que nous allons évoquer aujourd'hui, déclara-t-elle à Elise et Jenny, en essayant de paraître professionnelle. Si ma coanimatrice et le reste du groupe se décident enfin à se joindre à nous, ajouta-t-elle impatiemment.

Était-il même physiquement possible que Serena arrive à l'heure un jour ?

Apparemment pas.

À ce moment-là, dans un tourbillon de cachemire gris foncé et de cheveux blond pâle scintillants, Serena van der Woodsen vint poser ses fesses bronzées et bien galbées sur la chaise à côté d'Olivia. Les trois autres filles du groupe de discussion A la suivaient à la queue leu leu comme des petits canards.

— On a réussi à entuber Irene et regardez ce qu'elle nous a donné ! exulta Serena en balançant au centre de la table une assiette pleine à ras bord d'oignons frits très gras. Je lui ai dit qu'on avait une réunion exceptionnelle et qu'on mourait de faim.

Olivia jeta un regard compatissant à Elise, qui observait d'un air sombre l'assiette d'oignons frits. Ses yeux bleus aux cils blonds auraient pu être jolis, si elle avait essayé de mettre un peu de mascara allongeant brun foncé de chez Stila.

— Tu es en retard, lui reprocha Olivia, distribuant les prospectus à Serena et aux trois autres filles. Je suis Olivia. Et vous êtes... ?

— Mary Goldberg, Vicky Reinerson et Cassie Inwirth, répondirent en chœur les trois nouvelles venues.

Elise donna un coup de coude à Jenny. Mary, Vickie et Cassie étaient le trio d'inséparables le plus pénible de troisième. Elles étaient toujours à se brosser les cheveux mutuellement dans les couloirs et faisaient toujours tout ensemble, même pipi.

Olivia jeta un coup d'œil au prospectus et lut à haute voix : « L'image du corps : accepter et comprendre qui vous êtes. » Elle leva les yeux vers les filles, dans l'expectative.

— L'une d'entre vous a-t-elle un problème avec son corps, dont elle aimerait qu'on discute ?

Jenny sentit le sang lui monter aux joues, tandis qu'elle envisageait vaillamment de leur parler de la consultation pour une réduction mammaire. Mais avant qu'elle parvienne à articuler les mots, Serena enfourna un énorme oignon frit dans sa bouche délicate et intervint :

— Je peux juste dire quelque chose, d'abord ?

Olivia regarda sa meilleure amie en fronçant les sourcils, mais Mary, Vickie et Cassie hochaient déjà la tête avec enthousiasme. Écouter ce que Serena van der Woodsen avait à dire était tellement plus intéressant que n'importe quelle pauvre discussion sur l'image du corps.

Serena planta ses coudes sur le prospectus puis

vint poser son menton parfaitement ciselé dans ses mains manucurées, ses immenses yeux bleu foncé contemplant rêveusement son reflet idyllique dans le miroir mural.

— Je suis tellement amoureuse, soupira-t-elle.

Olivia s'empara de sa fourchette et repartit à l'attaque de son morceau de gâteau au chocolat, oubliant son jeûne de solidarité avec Elise. Ce que Serena pouvait être insensible, merde. D'abord, le type dont elle était soi-disant « tellement amoureuse » se trouvait être le nouveau demi-frère d'Olivia, guitariste pseudo-hippie à dreadlocks, Aaron Rose, ce qui était *tellement absurde*. Et deuxièmement, même si la rupture entre Nate et Olivia remontait au mois de novembre, cette dernière en pinçait *toujours* pour Nate et la simple mention du mot « amour » lui donnait envie de gerber.

— Je crois que nous sommes censés *les* laisser s'exprimer sur *leurs* problèmes, et pas parler de *nous*, siffla-t-elle à Serena.

Bien entendu, si celle-ci s'était donné la peine de se montrer à la formation aux groupes de discussion, elle serait au courant.

Serena avait fait sauter la séance de formation pour aller au cinéma avec Aaron et comme une idiote, naïvement, Olivia l'avait couverte. Elle avait dit à Mlle Doherty que Serena avait la migraine et qu'elle reviendrait personnellement sur tous les points essentiels évoqués lors de la formation, dès que Serena se sentirait mieux. Tellement classique. À chaque fois qu'Olivia faisait quelque chose de sympa pour quelqu'un, elle s'en mordait les doigts par la suite.

Ce qui expliquait un peu qu'elle soit aussi garce la plupart du temps.

Serena haussa ses épaules qui portaient si bien les dos-nus.

— Je trouve que l'amour est un bien meilleur sujet que l'image du corps, de toute façon. C'est vrai, on n'arrête pas de parler du corps en cours d'éducation à la santé, en troisième, non ? lança-t-elle en balayant des yeux les filles assises autour de la table.

— Moi, je crois qu'il faut suivre la brochure, insista Olivia avec obstination.

— À vous de voir, dit Serena aux plus jeunes.

Mary, Vicky et Cassie attendirent, dressant l'oreille, dans l'attente du scoop sur la vie amoureuse de Serena. Elise tendit un doigt tremblant à l'ongle rongé et vint donner un petit coup dans un oignon frit et gras ; puis elle rangea très vite sa main, comme si elle s'était brûlée. Jenny passa sa langue sur ses lèvres gercées par l'hiver.

— Puisqu'on est censé parler de l'image du corps, je crois que j'ai quelque chose à dire, déclara-t-elle, la voix tremblante.

Elle leva les yeux et vit Olivia, qui lui souriait d'un air encourageant.

— Oui, Ginny ?

Jenny baissa à nouveau les yeux vers la table. Pourquoi leur raconter tout ça ? *Parce que j'ai besoin d'en parler à quelqu'un*, se rendit-elle compte. Elle se força à poursuivre, malgré le cuisant rouge cramoisi qui envahissait son visage honteux.

— Ce week-end, j'ai failli consulter pour une réduction mammaire.

Mary, Vicky et Cassie se penchèrent en avant pour

mieux entendre. Non seulement le groupe de discussion allait être le lieu où découvrir les toutes nouvelles tendances mode des deux filles les plus cools de l'école, mais en plus, ce serait une source essentielle de potins !

— J'avais pris rendez-vous, poursuivit Jenny, mais je n'y suis pas allée.

Elle repoussa son assiette et but une gorgée d'eau, tentant d'ignorer les regards curieux des autres filles. Le groupe était captivé et pourtant, voler la vedette à Olivia et Serena n'était pas une mince affaire.

Elise s'empara d'un oignon frit, en picora une bouchée minuscule et le laissa retomber dans l'assiette.

— Pourquoi tu as changé d'avis ? demanda-t-elle.

— Tu n'es pas obligée de répondre, l'interrompit Olivia, se souvenant des consignes de Mlle Doherty, qui avait recommandé de ne pas pousser les membres du groupe à se confier si elles n'étaient pas prêtes.

Elle jeta un coup d'œil vers sa coanimatrice. Serena était plongée dans l'examen minutieux de ses fourches, avec un air rêveur et lointain, comme si elle n'avait pas entendu le moindre mot de ce qui s'était dit. Olivia se retourna vers Jenny et tenta de trouver quelque chose de rassurant à dire pour que Jenny ne pense pas être la seule du groupe à avoir des problèmes de seins.

— J'ai toujours voulu avoir des seins plus gros. J'ai sérieusement envisagé d'avoir des implants, déclara-t-elle.

Ce n'était pas totalement faux. Elle avait seulement un bonnet B et avait toujours aspiré à un C.

Comme tout le monde, non ?

— C'est vrai ? voulut savoir Serena, de retour sur terre. Depuis quand ?

Olivia mordit dans son gâteau avec colère. Serena faisait-elle exprès de saboter ses talents d'animatrice ?

— Tu ne sais pas tout sur moi, lui envoya-t-elle.

Cassie, Vicky et Mary se donnèrent des coups de pied sous la table. C'était super-excitant ! Serena van der Woodsen et Olivia Waldorf se disputaient ; et les trois filles étaient aux premières loges !

Elise passa ses doigts aux ongles rongés dans ses épais cheveux blonds.

— Je trouve que c'est vraiment formidable que tu nous aies raconté ça, Jenny, lui dit-elle en souriant timidement. Et tu as été très courageuse de ne pas y aller.

Olivia prit un air renfrogné. Pourquoi n'était-ce pas elle qui avait pensé à féliciter Jenny de son courage au lieu de faire cette déclaration grotesque à propos des implants ? Comment savoir ce que ces idiotes de troisième allaient raconter sur elle après ça ?

Soudain, elle se remémora un autre point évoqué par Mlle Doherty lors de leur séance de formation.

— Oups. Je crois qu'on est censé mentionner la confidentialité avant de commencer. Genre, rien de ce qui se dira au sein du groupe ne devra être répété au-dehors, quelque chose comme ça ?

Trop tard. Dans quelques minutes, toutes les filles de l'école allaient commenter les prochains implants mammaires d'Olivia Waldorf. *Il paraît qu'elle attend que la remise des diplômes soit passée*, etc., etc.

Jenny haussa les épaules.

— Ce n'est pas un problème. Je me fiche que vous en parliez.

De toute façon, ce n'était pas comme si elle avait pu cacher ses énormes seins. Ils étaient *là*, voilà.

Elise se pencha et attrapa son sac à dos beige Kenneth Cole.

— Heu... Il ne reste que huit minutes avant la sonnerie. Je peux y aller ? demanda-t-elle, je voudrais m'acheter un yaourt.

Serena poussa l'assiette d'oignons frits dans sa direction.

— Tiens, sers-toi.

Elise secoua la tête, son visage moucheté de taches de rousseur virant au rose.

— Non, merci. Je ne mange pas en public.

— Ah bon ? C'est bizarre, ça, fit Serena en fronçant les sourcils.

Elle grimaça en sentant le *grand* coup de coude d'Olivia dans son bras.

— Aïe ! Attends, pourquoi tu m'as fait ça ?

— Si tu avais suivi la formation au groupe de discussion, tu comprendrais peut-être, grogna Olivia dans sa barbe.

— Je peux y aller, maintenant ? redemanda Elise.

Il vint soudain à l'esprit d'Olivia que les troisièmes l'adoreraient vraiment si elle les libérait toutes plus tôt. Et en plus, elle pourrait profiter de ces huit minutes supplémentaires pour arriver chez le coiffeur à l'heure.

— Vous pouvez toutes y aller, dit-elle en souriant gentiment, à moins que vous ne vouliez vraiment rester là à écouter Serena parler d'*amour* pendant le reste de la pause déjeuner.

Serena étendit ses bras au-dessus de sa tête et sourit aux anges.

— Je pourrais parler d'amour toute la journée.

Jenny se leva. Depuis que Nate l'avait laissé tomber, l'amour était la dernière chose dont elle avait envie d'entendre parler. C'était drôle – elle avait cru qu'Olivia serait la plus insupportable des deux animatrices, mais finalement, c'était Serena.

Elise se mit debout à son tour, tirant sur son pull rose à col roulé trop grand, comme s'il était trop serré.

— M'en veux pas, mais si je ne mange pas un yaourt avant la fin du service, je vais tomber dans les pommes en géométrie.

— Je t'accompagne, dit Jenny, profitant de cette excuse pour quitter la table.

— Je vous suis, les filles, bâilla Olivia, en se levant également.

— Où vas-tu ? demanda innocemment Serena.

Normalement, le lundi après déjeuner, les deux filles passaient leurs royales deux heures de perm' au Jackson Hole, à boire des cappuccinos et à faire des projets fous et fabuleux pour l'été suivant.

— Ça ne te regarde pas, fit Olivia avec hargne.

Elle avait prévu de proposer à Serena de l'accompagner chez le coiffeur, mais puisqu'elle était décidée à jouer la reine des pestes égocentriques, c'était totalement hors de question. Elle rejeta ses cheveux en arrière avec désinvolture et mit son sac sur son bras.

— À la semaine prochaine, ajouta-t-elle à l'intention de Mary, Vickie et Cassie tout en emboîtant le pas à Jenny et Elise en direction de la sortie et des escaliers menant à la 93e Rue.

Dans la cafétéria bondée, Vicky se pencha en travers de la table à demi désertée.

— Alors, *raconte*, pressa-t-elle Serena.

Mary aspira un peu de son lait à un pour cent de matière grasse et acquiesça vivement.

— Oui, oui. *Allez.*

Cassie resserra sa queue-de-cheval brune.

— Raconte-nous *tout*.

## *un travail personnel d'un tout autre genre*

— Alors, que veux-tu commencer par filmer ? demanda Daniel Humphrey à Vanessa Abrams, sa meilleure amie, avec qui il sortait désormais depuis six semaines.

Dan était à Riverside Prep, célèbre école de garçons de l'Upper West Side, et Vanessa était élève à Constance Billard, mais ils avaient obtenu la permission de collaborer pour un projet spécial de terminale intitulé *Faire la poésie*. Vanessa, réalisatrice en herbe, allait filmer Dan, poète en herbe et star occasionnelle des films de Vanessa, en train d'écrire et de revisiter ses œuvres.

Pas exactement de quoi faire un tabac au box-office, mais Dan était tellement mignon, avec son air d'artiste angoissé, dépenaillé et ébouriffé, que les gens auraient sûrement envie de le voir quand même.

— Assieds-toi juste à ton bureau et écris quelque chose dans un de tes calepins noirs, comme tu le fais toujours, lui indiqua Vanessa, en regardant par l'objectif de sa caméra vidéo digitale pour voir si la lumière était bonne. Tu peux enlever un peu les merdes qui sont sur ta table ?

Dan balaya son bureau du bras et envoya valser sur

la moquette marron, crayons, trombones, morceaux de papier, élastiques, livres, vieux paquets de Camel sans filtre, allumettes et canettes de Coca vides. Ils tournaient dans la chambre de Dan parce que c'était là qu'il travaillait, en général. De plus, il n'y avait qu'à traverser le parc pour aller de Constance Billard, située sur la 93e Rue Est, entre la 5e Avenue et Madison, à l'immeuble de Dan, au coin de la 99e Rue Est et de West End Avenue.

— Et tu pourrais peut-être te mettre torse nu, aussi, suggéra Vanessa.

*Faire la poésie* avait pour thème le processus artistique, manière d'illustrer que tout ce qui n'entre pas dans l'œuvre est aussi important que ce que l'on y trouve. Il y aurait de nombreux plans de Dan froissant du papier et le jetant avec colère au travers de la pièce. Vanessa voulait montrer que l'écriture – la création, quelle qu'elle soit, en réalité – n'était pas simplement un exercice mental : c'était physique. En plus, Dan avait de supers petits muscles dans le dos, qu'elle avait hâte de filmer.

Dan se leva et ôta son T-shirt noir uni, qu'il lança sur son lit défait, où le vieux et gros chat de la famille Humphrey, Marx, dormait, étendu sur le dos, comme une baleine à fourrure échouée. Dans cet appartement que Dan partageait avec son père, Rufus, éditeur des poètes mineurs de la Beat Generation, et sa petite sœur, Jenny, tout était défait, délabré ou au moins complètement couvert de poils de chat et de moutons de poussière. L'appartement était vaste, lumineux et d'une belle hauteur sous plafond, mais il n'avait jamais été correctement nettoyé en vingt ans et ses murs effrités avaient désespérément besoin d'une couche de peinture fraîche. Qui plus est, Dan, son père et sa sœur jetaient rarement quoi que ce soit, les meubles affaissés et le parquet rayé étaient donc jonchés de vieux journaux et magazines, de livres épuisés, de jeux de cartes incomplets, de piles usées et de crayons mal taillés. Dans ce genre d'endroit, les poils de chat venaient se coller sur le café aussitôt versé, problème auquel Dan était constamment confronté, en parfait accro à la caféine.

— Tu veux que je sois face à la caméra ? demanda-t-il en s'asseyant sur son antique chaise de bureau en bois qu'il fit pivoter vers Vanessa. Je pourrais poser le carnet sur mes genoux et écrire comme ça.

Il fit la démonstration. Vanessa s'agenouilla, ferma un œil et mit l'autre derrière l'objectif. Elle portait sa jupe plissée grise, un des uniformes de Constance Billard, avec des collants noirs ; l'épaisse moquette marron lui grattait les genoux.

— Oui, c'est bien, murmura-t-elle.

Oh, regardez comme le torse de Dan était pâle et lisse ! Elle distinguait la moindre de ses côtes et puis cette jolie ligne de duvet couleur fauve qui courait sur son ventre jusqu'à son nombril ! Elle avança de quelques centimètres sur les genoux, essayant d'être aussi près que possible sans gâcher le plan.

Dan mordilla le bout de son stylo, sourit intérieurement puis écrivit : *Elle a la tête rasée, porte toujours du noir, elle aurait besoin d'une nouvelle paire de rangers et déteste se maquiller. Mais c'est le genre de fille qui croit en vous et fait publier en secret votre meilleur poème dans* The New Yorker. *Je crois qu'on peut dire que je l'aime.*

Ce devait être le truc le plus guimauve qu'il ait jamais écrit, mais bon, il n'avait pas vraiment l'intention de le publier dans ses Plus Belles Œuvres, genre.

Vanessa approcha encore, essayant de saisir la blancheur fervente des jointures de Dan, emporté dans son griffonnage.

— Qu'est-ce que tu écris ?

Elle appuya sur le bouton déclenchant le micro de sa caméra.

Dan leva la tête en lui souriant à travers sa frange rebelle, ses yeux brun doré brillaient.

— Ce n'est pas un poème. C'est juste une petite histoire à ton propos.

Vanessa sentit une douce chaleur envahir son corps.

— Lis-la à haute voix.

Dan se gratta le menton, timide, puis s'éclaircit la gorge.

— D'accord. Elle a la tête rasée… commença-t-il, lisant ce qu'il venait d'écrire.

En écoutant ces mots, Vanessa rougit puis abandonna la caméra sur le sol. Elle rampa jusqu'à la chaise de Dan, écarta son carnet et posa la tête sur ses genoux.

— Tu sais, on parle toujours de sexe, mais on ne passe jamais à l'acte ? murmura-t-elle, ses lèvres frôlant la toile rêche de son treillis kaki. Pourquoi on ne ferait pas ça maintenant ?

Sous sa joue, elle sentit le muscle de la cuisse de Dan se durcir.

— Maintenant ?

Il baissa les yeux vers Vanessa et suivit de son doigt le tracé de son oreille ; elle avait quatre trous, mais ne portait aucune boucle. Il inspira profondément.

Il avait voulu garder le sexe pour un moment où il paraîtrait poétique, un moment qui serait *le bon*. Peut-être était-ce *maintenant*, un moment spontané. Cela semblait particulièrement adéquat et ironique, alors que dans une heure exactement, il serait de retour à Riverside Prep, pour le cours de latin de la dernière heure, à écouter le Dr Werd lire Ovide avec son accent latin exagérément intello.

Et voici maintenant les deux heures de perm' option sexe – la toute dernière nouveauté de l'emploi du temps du printemps.

— D'accord, fit Dan. On y va.

*Avertissement-: tous les noms de lieux, personnes et événements ont été modifiés ou abrégés afin de protéger les innocents. En l'occurrence, moi.*

## salut tout le monde !

### CANDIDATURE RETARDÉE

Alors, j'ai entendu dire que l'Ivy League complote pour maintenir l'intrigue et l'exclusivité : cette année, ils n'acceptent *aucune* candidature anticipée. Ce n'est peut-être qu'une fausse rumeur. Mais si votre candidature anticipée n'est pas retenue, essayez de voir les choses sous cet angle : vous êtes peut-être *trop* parfaits ! Et ils n'étaient tout simplement pas capables de s'occuper de vous. Imaginez comme nous allons nous amuser si nous finissons tous à la même fac à deux balles !

### AVOIR RECOURS OU NON À LA CHIRURGIE, TELLE EST LA QUESTION

L'idée de modifier son corps d'une façon ou d'une autre par la chirurgie m'a toujours fait flipper. Ce n'est pas que je trouve que Dolly Parton n'a pas d'allure. Elle semble ne jamais avoir dépassé les quarante ans alors qu'elle doit bien avoir atteint le bicentenaire à l'heure actuelle. Mais j'aurais peur que les médecins fassent une erreur et dégonflent entièrement un sein ou oublient une narine, quelque chose comme ça. Bien sûr, je suis très fille, comme fille, et je sais comme il est important de se sentir bien dans sa peau. J'essaie d'y penser en ces termes : imaginez, vous apercevez un beau gosse dans la rue, vous dites à votre copine « Regarde ce mec ! », et là elle fait une grimace qui veut dire « il est moche »... Les goûts de chacun sont *tellement* variés qu'il y a toujours quelqu'un qui va vous regarder en pensant *miam-miam trop bonne*, malgré ce que vous pensez, vous, de votre physique. Il faut juste apprendre à se voir comme ces personnes nous voient.

**VOS E-MAILS**

**Q:** Chère G-Girl,
J'ai entendu dire que ta candidature anticipée à Bryn Mawr a été acceptée et que tu es hyper contente, parce que tu préfères fréquenter des écoles réservées aux filles, vu que tu es une grosse lesbienne joueuse de volley. Hé hé.
dorf

**R:** Salut dorf,
C'est quoi, ce nom, dorf ? Je refuse de m'abaisser à ton niveau d'humour et de te dire à quelle fac j'ai postulé, mais ma mère et ma sœur sont toutes les deux d'anciennes étudiantes de Bryn Mawr, figure-toi, et devine ? Elles sont toutes les deux super *sexy*.
GG

Je dois filer à la maison vérifier si dans le courrier m'attend une enveloppe apparemment importante qui pourrait bien décider, ou pas, de mon avenir proche. Souhaitez-moi bonne chance !

Vous m'adorez, ne dites pas le contraire.

gossip girl

## *le prince de la fumette tente de faire ses emplettes*

Le cours de français de la dernière heure se termina enfin et Nate Archibald se dépêcha de dire *à demain** à ses camarades de St. Jude avant de remonter à toute vitesse Madison Avenue, en direction de la pizzeria située au coin de la 86e Rue, le lieu de travail de son fidèle dealer d'herbe, Mitchell. Nate avait de la chance, St. Jude était la plus ancienne école de garçons de Manhattan et elle avait maintenu la tradition de fin des cours à quatorze heures, au lycée comme au collège, alors que tous les autres établissements de la ville ne libéraient les élèves qu'à seize heures. Le raisonnement de l'école était que les garçons avaient ainsi plus de temps pour faire du sport et arriver au bout des copieux devoirs avec lesquels on les renvoyait à la maison chaque jour. Cela leur permettait aussi largement de se détendre et se défoncer avant, pendant et *après* avoir fait du sport et leurs devoirs.

La dernière fois que Nate avait vu Mitchell, le dealer vanneur à béret Kangol l'avait prévenu qu'il repartirait très bientôt pour Amsterdam. C'était la dernière chance pour Nate de se procurer le plus gros sac de péruvienne bien douce que Mitchell puisse fournir. Olivia se plaignait toujours de son penchant pour la fumette quand ils étaient ensemble, elle trouvait chiant de le voir plongé dans la contemplation du tapis persan sur le sol de sa chambre pendant dix minutes alors qu'ils auraient pu s'embrasser ou être à une fête quelque part. Nate avait toujours maintenu qu'il s'agissait d'un péché mignon, comme le chocolat – quelque chose qu'il pouvait laisser tomber à tout moment. Et pour le prouver – non qu'il ait encore besoin de prouver quoi que ce soit à Olivia – il s'arrêterait net après avoir fumé la toute dernière feuille du gigantesque sac qu'il allait acheter aujourd'hui. En faisant bien attention, il pouvait faire durer ce sachet huit semaines au moins. Jusque-là, il préférait ne surtout pas *penser* à arrêter.

— Deux parts normales, commanda Nate au pizzaïolo, un grand échalas chauve portant un T-shirt violet vif où était inscrit WELCOME TO LOSERVILLE.

Il posa les coudes sur le comptoir couvert de lino rouge, repoussant du bras les récipients en plastique remplis de sel à l'ail, de poivron rouge séché et d'origan.

— Mitchell n'est pas là ?

Les petites affaires illicites de Mitchell n'étaient un secret pour personne dans la pizzeria. Les épais sourcils noirs du pizzaïolo se soulevèrent. Il s'appelait peut-être bien Ray, mais bien que Nate achetât ici ses pizzas et son herbe depuis des années, il n'aurait pas pu en jurer.

— Il est déjà parti. Tu l'as manqué.

Nate tapota la poche arrière de son pantalon de treillis, où il avait fourré son portefeuille plein à craquer, une boule amère de panique remontant dans sa gorge. Clair, il n'était pas *drogué*, mais il n'aimait pas être coincé sans rien à fumer du tout, alors qu'il avait prévu de se rouler un bon gros joint pour tuer l'après-midi. Et demain après-midi, et le jour d'après...

— Quoi ? Tu veux dire qu'il est déjà rentré à Amsterdam ?

Ray – ou peut-être Roy – tira sur la poignée en métal argenté chromé du four à pizza et, en un mouvement expert, fit glisser deux parts chaudes sur une double épaisseur d'assiettes en carton, qu'il poussa sur le comptoir en direction de Nate.

— Désolé, mon pote, lâcha-t-il, à moitié compatissant seulement. Mais à partir de maintenant, ici, on vend de la pizza, des sodas et *rien d'autre*. Compris ?

Nate saisit l'assiette de pizza, puis la reposa sur le comptoir. C'était vraiment pas de bol. Il n'arrivait pas à y croire. Il prit son portefeuille et sortit un billet de dix dollars de la grosse liasse qu'il contenait.

— Gardez la monnaie, murmura-t-il, laissant tomber le billet sur le comptoir avant de quitter les lieux avec son assiette.

Une fois dans la rue, il se mit à errer en direction du parc, il avait l'impression d'être un chien abandonné. Il achetait de l'herbe à Mitchell depuis la quatrième. Par un après-midi de mai comme les autres, Nate et son pote Jeremy Scott Tompkinson étaient entrés là pour s'acheter une part de pizza et Mitchell avait surpris Jeremy mettant Nate au défi de voler le pot d'origan pour le fumer chez eux. Mitchell leur avait proposé quelque chose d'encore meilleur pour le moral et depuis, Nate et ses potes n'avaient cessé de revenir. Qu'était-il censé faire, maintenant, acheter des sachets à dix dollars à n'importe lequel de ces types louches qui zonaient à Central Park ? La plupart d'entre eux vendaient de la saloperie toute sèche, made in Texas de toute façon, rien à voir avec les succulents bourgeons verts de Mitchell, qui se fournissait directement auprès de son oncle, au Pérou. De plus, il avait entendu dire que la moitié des dealers de Central Park appartenaient à la brigade des stups et n'attendaient qu'une chose, coincer un gosse dans son genre.

Jetant sa pizza à demi mangée dans la poubelle la plus proche, Nate fouilla les poches de son manteau Hugo Boss style officier de marine, à la recherche d'un reste de joint oublié. Il en trouva un, traversa la 5e Avenue et s'installa sur le dossier d'un banc public pour l'allumer, ignorant le groupe de secondes portant l'uniforme bleu foncé de Constance Billard qui passa devant lui en gloussant et en le matant avec insistance.

Avec son sourire qui disait « je suis beau gosse et je le sais », ses cheveux châtain doré, ses yeux vert émeraude, son teint toujours bronzé et ses compétences dans la construction et le pilotage des voiliers, un hobby si sexy, Nate Archibald était le garçon le plus convoité de tout l'Upper East Side. Il n'avait pas besoin de draguer les filles. Elles lui tombaient toutes dans les bras. Littéralement.

Nate aspira très fort sur son mégot brûlant et tira son portable de sa poche. Le problème était que tous ses potes fumeurs de St. Jude – Jeremy Scott Tompkinson, Charlie Dern et Anthony Avuldsen – se fournissaient chez Mitchell, eux aussi. Mitchell était le meilleur. Mais ça valait le coup de leur passer un coup de fil pour voir si l'un d'entre eux avait réussi à négocier une grosse provision avant la disparition de leur dealer.

Jeremy était dans un taxi, en route pour une partie de squash interscolaire au centre Y de la 92e Rue.

— Désolé, mec, crépita sa voix au téléphone. Je carbure au Zoloft de ma mère depuis ce matin. Pourquoi t'achètes pas juste un sachet à dix dollars à un des dealers du parc ou je ne sais où ?

Nate haussa les épaules. L'idée d'acheter un sachet dans le parc lui paraissait tellement... *naze*.

— Peu importe, man, dit-il à Jeremy. On se voit demain.

Charlie se trouvait au Virgin Megastore, où il achetait des DVD avec son petit frère.

— Merde, lâcha-t-il quand Nate lui expliqua la situation. Mais t'es pas loin du parc, là, non ? T'as qu'à acheter un sachet à dix dollars.

— Ouais, je sais pas, répondit Nate. À demain.

Anthony prenait une leçon de conduite dans sa nouvelle BMW M3, la voiture de sport que ses parents lui avaient offerte le week-end dernier, pour son dix-huitième anniversaire.

— Jette un œil dans l'armoire à pharmacie de ta mère, conseilla-t-il. Les parents sont l'ultime ressource.

— Je vais fouiller, répondit Nate. À plus.

Il raccrocha et tira une dernière taffe de son pitoyable mégot.

— Merde, jura-t-il, envoyant les restes carbonisés dans la neige sale sous ses pieds.

Ce semestre, il était pourtant censé faire la fête vingt-quatre heures sur vingt-quatre. Il avait passé un entretien d'enfer à l'université de Brown en novembre, il était presque sûr que sa candidature serait acceptée. Et il ne sortait plus avec la petite Jenny Humphrey, qui était adorable et avait une sacrée paire de nichons, mais lui avait bouffé tout son temps libre. Pour le reste de son année de terminale, Nate avait prévu de fumer de l'herbe, de rester cool et de vivre tranquille jusqu'à la remise des diplômes. Mais sans son fidèle dealer, en gros, son plan était foutu.

Nate s'assit sur le banc de bois vert et leva les yeux vers les somptueux immeubles d'habitation en pierre calcaire bordant la 5e Avenue. À sa droite, il apercevait juste le coin de l'immeuble d'Olivia, sur la 72e Rue. Là-haut dans son appartement de standing, le chat bleu russe d'Olivia, Kitty Minky, était probablement étendu sur le couvre-lit rose de sa maîtresse, attendant avec impatience que celle-ci rentre à la maison et lui gratte le menton avec ses ongles rouge corail. Pris d'une impulsion, Nate sélectionna le numéro de portable d'Olivia et pressa le bouton. Le téléphone sonna six fois puis elle décrocha enfin.

— Allô ? fit Olivia avec une voix hachée.

Elle était assise dans le nouveau salon Garren, sur la 57e Rue Est, qui était décoré comme un harem turc. Les murs étaient tendus de voilages de soie roses et jaunes et d'énormes coussins bien rembourrés, roses et jaunes aussi, avaient été jetés un peu partout dans le salon, pour permettre aux clientes de se prélasser, un café turc à la main, en attendant leur rendez-vous. Chaque poste de travail était orné d'un immense miroir doré. Gianni, le nouveau coiffeur d'Olivia, venait juste de finir de démêler ses boucles fraîchement lavées et soignées. Le portable pressé contre son oreille humide, Olivia fixa son reflet dans le miroir. C'était l'instant critique : oserait-elle opter pour une coupe courte ?

— Salut, c'est moi, Nate, entendit-elle une voix familière murmurer à son oreille.

Olivia était trop abasourdie pour répondre. Ils ne s'étaient pas parlé depuis le Nouvel An et d'ailleurs, la conversation s'était mal terminée. Pourquoi Nate l'appelait-il précisément maintenant ?

— Oui, Nate ? dit-elle, finalement entre impatience et curiosité. C'est très important, parce que je ne peux pas vraiment parler, là ? C'est un peu *le pire* moment.

— Nan, rien de grave, rétorqua Nate, tout en essayant d'échafauder une explication rationnelle à cet appel, à la base. Je pensais juste que tu serais contente de savoir que j'ai décidé d'arrêter. Enfin – d'arrêter de fumer de l'herbe.

Il donna un coup de pied dans une motte de terre gelée. Il n'était même pas certain que ce soit vrai. Allait-il *vraiment* arrêter ? *Pour de bon ?*

À l'autre bout, Olivia demeura agrippée à son téléphone dans un silence confus. Nate avait toujours été imprévisible – surtout quand il était défoncé – mais jamais *à ce point*. Gianni donna un petit coup impatient sur l'arrière de son fauteuil avec son peigne en écaille.

— Eh bien, tant mieux pour toi, répondit-elle enfin. Allez, il faut que je te laisse, ok ?

Olivia semblait distraite ; d'ailleurs, Nate ne savait même pas très bien pourquoi il l'avait appelée, au départ.

— À plus, marmonna-t-il, avant de ranger son téléphone dans la poche de son manteau.

— Salut.

Olivia envoya son Nokia rose argenté dans son sac bowling rouge et se rassit bien droite dans son fauteuil pivotant en cuir.

— Je suis prête, dit-elle à Gianni, tentant de paraître sûre d'elle. Mais souvenez-vous, je les veux courts mais *féminins*.

Des lignes amusées apparurent dans les joues hâlées de Gianni, qui arborait une barbe de trois jours très étudiée. Il lui adressa un clin d'œil, fermant ses longs cils brun foncé.

— Le style de Katerina Hepburn, si ?

Oh-oh.

Olivia serra le cordon de son peignoir beige et examina d'un regard assassin les cheveux noirs et tartinés de brillantine de Gianni dans le miroir, priant pour qu'il ne soit pas aussi idiot ou incompétent qu'il n'en avait l'air. Ce n'était peut-être qu'un problème de langue.

— Non, *pas* Katherine Hepburn. *Audrey* Hepburn. Vous savez, celle qui joue dans *Diamants sur canapé* ? *My Fair Lady ? Drôle de frimousse ?*

Olivia se creusa la tête, à la recherche d'une référence à une célébrité plus récente, quelqu'un avec une coupe courte correcte.

— Ou peut-être comme Selma Blair, ajouta-t-elle, désespérée, même si la coupe de Selma était bien plus garçon manqué que ce qu'elle avait à l'esprit.

Gianni ne répondit pas. Au lieu de ça, il passa les doigts dans la chevelure mouillée d'Olivia.

— Comme ils sont bellissimo, remarqua-t-il avec nostalgie, en s'emparant de ses ciseaux et en rassemblant les mèches dans son poing.

Là, sans plus de cérémonie, il trancha la queue-de-cheval tout entière en un couic brutal.

Olivia ferma les yeux tandis que la masse de cheveux tombait sur le sol. *Faites que je sois jolie*, pria-t-elle en silence, *sophistiquée, classe et élégante*. Elle ouvrit les paupières et dévisagea son reflet dans le miroir, horrifiée. Sa tignasse mouillée, égalisée, lui arrivait aux oreilles et partait dans tous les sens.

— Ne vous inquiétez pas, la rassura Gianni en troquant sa grosse paire de ciseaux contre une plus petite. Maintenant, on donne la forme.

Olivia inspira profondément et s'arma de courage ; c'était trop tard pour reculer, de toute manière. La plus grosse partie de ses cheveux gisait sur le sol.

— D'accord, lâcha-t-elle.

Soudain, son téléphone sonna à nouveau et elle plongea pour le récupérer.

— Attendez, dit-elle à Gianni. Allô ?

— Oui, est-ce bien Olivia Waldorf ? La fille d'Harold ?

Olivia s'observa dans la glace. Elle n'était plus très sûre de qui elle était pour l'instant. Elle ressemblait plus à une nouvelle détenue en train de se faire raser la tête juste avant la prison qu'à la fille du célèbre avocat d'affaires Harold Waldorf, qui avait divorcé de sa mère deux ans auparavant et vivait désormais dans un *château** en France, où il dirigeait un vignoble avec son compagnon, qui se trouvait être un homme.

Tout bien considéré, et vu les turbulences qui agitaient son existence présente, Olivia n'aurait pas été fâchée d'être quelqu'un de complètement différent, c'était d'ailleurs en partie la raison qui l'avait poussée à mettre sa tête entre les mains de Gianni, à l'origine. Elle était même prête à opter pour Katherine au lieu d'Audrey, pourvu que le look soit totalement nouveau.

— Oui, répondit-elle mollement.

— Bien, fit le type au téléphone.

Il avait une voix profonde et enjôleuse qui rendait difficile toute estimation de son âge. Dix-neuf ou trente-cinq ans ?

— Je m'appelle Owen Wells. Votre père a été mon mentor dans la boîte à mes débuts. J'étais à Yale, comme lui. J'ai cru comprendre que vous étiez aussi intéressée par cette université ?

*Intéressée ?* Olivia n'était pas seulement intéressée par Yale – c'était son unique but dans la vie. Pourquoi, sinon, se prendrait-elle la tête à suivre des cours renforcés dans *cinq* matières ?

— Effectivement, couina-t-elle.

Elle jeta un coup d'œil vers Gianni, il fredonnait les paroles d'une chanson mièvre de Céline Dion diffusée par la stéréo du salon.

— Cela dit, j'ai un peu cafouillé en entretien.

En réalité, elle avait raconté sa navrante petite vie par le menu, genre, avant d'*embrasser* son interlocuteur, ce qui était à classer dans la catégorie des très grosses boulettes.

— Eh bien, c'est précisément la raison de mon appel, répondit Owen, sa voix sexy résonnant comme les notes les plus graves d'un violoncelle. Le soutien de votre père est essentiel pour l'école et ils souhaitent vous donner une seconde chance. Je me suis proposé pour l'entretien, en tant qu'ancien élève, et le bureau des admissions a déjà donné son accord pour s'appuyer sur mon rapport plutôt que sur celui de novembre, quand il examinera votre dossier.

Olivia était interloquée. Une seconde chance – c'était presque trop beau pour être vrai. Lassé d'attendre, Gianni laissa tomber ses ciseaux dans le chariot à roulettes installé à côté du fauteuil, arracha le dernier numéro de *Vogue* qui était posé sur les genoux d'Olivia et alla se plaindre d'elle auprès de ses collègues en tortillant des fesses.

— Alors, quand êtes-vous disponible ? insista Owen.

*Maintenant*, avait-elle envie de répondre. Mais elle ne pouvait décemment pas demander à Owen de la regarder se faire couper les cheveux par Gianni tout en lui posant toutes les questions d'entretien, stéréotypées et très chiantes, telles que : « Qui sont les personnes qui comptent le plus dans votre vie ? »

— N'importe quand, gazouilla-t-elle.

Soudain, elle se rendit compte qu'il ne fallait pas non plus avoir l'air *trop* désespérée, elle qui était censée être totalement surbookée, avec un agenda démentiel.

— En fait, aujourd'hui, je suis plutôt occupée et demain promet d'être carrément surchargé, aussi. Mercredi ou jeudi après les cours, ce serait mieux.

— Généralement, je travaille assez tard et j'ai des réunions à n'en plus finir, mais que dites-vous de jeudi soir ? Vers vingt heures trente ?

— Parfait, s'empressa de répondre Olivia. Voulez-vous que je vienne à votre bureau ?

Owen fit une pause. Olivia entendait grincer son fauteuil direction et elle l'imagina observant son bureau Philippe Starck, à Tribeca, avec vue sur le port de New York, en se demandant si l'endroit pouvait convenir à une rencontre. Elle l'imaginait grand et blond, bronzé à cause du tennis, comme son père. Mais Owen Wells devait être au moins dix ans plus jeune que son père, et tellement plus bel homme. Elle se demandait s'il savait comme c'était cool d'avoir un w dans son nom et son prénom.

— Pourquoi ne pas nous retrouver à l'hôtel Compton ? Ils ont un charmant petit bar, qui devrait être plutôt calme. Je pourrai vous offrir un Coca, même si votre père m'a laissé entendre que vous préfériez le Dom Pérignon, remarqua-t-il en riant.

Olivia piqua un fard. Quel con, ce père – qu'était-il allé raconter d'autre ?

— Oh, non, un Coca, c'est très bien, bégaya-t-elle.

— Bien. On se voit jeudi soir, alors. Je porterai ma cravate Yale.

— J'en suis ravie, dit Olivia, tentant de conserver un ton professionnel, malgré son fantasme plus vrai que nature d'« Owen à son bureau ». Et merci de votre appel.

Elle raccrocha et regarda droit dans le miroir doré face à elle. Ses yeux bleus semblaient déjà plus grands et plus intenses, maintenant qu'elle avait moins de cheveux.

Si elle était vraiment une actrice, la star du film de sa vie – car c'était toujours ainsi qu'elle aimait se figurer les choses –, ceci devait être un tournant : le jour de sa métamorphose et le début des répétitions pour le plus grand rôle de sa carrière. Elle jeta un coup d'œil à sa montre. Il ne restait qu'une demi-heure avant qu'elle ne soit obligée de retourner à

Constance pour son cours de sport. Cela dit, elle n'avait aucune raison de se presser, surtout que Bendel n'était qu'à trois rues de là et qu'elle entendait l'appel d'une nouvelle robe pour son rendez-vous avec Owen Wells.

Gianni buvait un café et flirtait avec les shampouineurs. Olivia lui jeta un regard menaçant, le mettant au défi d'oser foirer sa coupe de cheveux.

— Quand vous voulez, mademoiselle, lança-t-il d'un ton las, comme s'il se foutait pas mal de la coiffer ou non, finalement.

Olivia prit une grande inspiration. Elle effaçait le passé – l'échec de sa relation avec Nate, le répugnant nouveau mari et la grossesse embarrassante de sa mère, son entretien raté à Yale – pour se recréer une nouvelle image. Yale lui offrait une seconde chance et désormais, elle serait la maîtresse de son destin, l'auteur, réalisatrice et interprète du film de sa vie. Elle voyait déjà le titre à la une de la section Styles du *New York Times*, au-dessus d'une photo de sa nouvelle coupe. *Une tête d'avance : version courte pour la superbe brune à la conquête de Yale !*

Sur son visage apparut le sourire de gagnante qu'elle soignait déjà en vue de son entretien avec Owen Wells, jeudi soir.

— Je suis prête.

## *les poèmes érotiques sont pleins de mensonges*

— Alors... fit Vanessa en faisant rebondir son genou contre la cuisse de Dan.

Ils étaient nus, allongés sur le dos, plongés dans la contemplation des fissures au plafond de la chambre, dans un hébétement post-coïtal.

— T'en as pensé quoi ? reprit-elle.

Vanessa avait déjà une petite expérience des relations sexuelles avec son ex, Clark, un barman plus âgé avec qui elle était sortie brièvement à l'automne, pendant que Dan (tout comme le reste de la population masculine, ô combien prévisible) était alors trop occupé à se pâmer devant Serena van der Woodsen pour remarquer que Vanessa était amoureuse de lui. Vanessa aurait adopté ce ton détaché même si ça avait été la première fois pour elle, de toute façon, parce que c'était toujours comme ça qu'elle prenait les choses. Dan, en revanche, ne les prenait jamais à la légère et c'était *lui* qui venait de se faire dépuceler. Elle était impatiente d'entendre sa réaction.

— C'était...

Dan fixa sans ciller l'ampoule grise, éteinte, qui pendait au centre du plafond, se sentant à la fois paralysé et surexcité. Leurs hanches se touchaient sous le fin drap bordeaux et il avait l'impression qu'un courant électrique passait entre eux, vibrant des orteils de Dan à ses genoux, son nombril, ses coudes et la pointe de ses cheveux.

— Indescriptible, répondit-il enfin, parce qu'il n'y avait aucun mot pour exprimer ce qu'il avait ressenti.

Écrire un poème sur le sexe lui serait impossible, à moins de recourir à des métaphores toutes nulles, à des clichés comme le feu d'artifice ou le crescendo musical. Et même, ces comparaisons étaient complètement inexactes. Elles ne rendaient pas l'authentique *sensation*, ni ce processus de découverte totale qu'était le sexe, durant lequel le banal devenait absolument incroyable. Par exemple, le bras gauche de Vanessa : ce n'était pas un bras particulièrement spectaculaire – charnu et pâle, couvert d'un duvet tirant sur le brun et parsemé de grains de beauté. Pendant qu'ils faisaient l'amour, ce bras n'était plus le même, celui qu'il avait toujours vu et apprécié depuis que Vanessa et lui s'étaient retrouvés enfermés par accident à l'extérieur d'une soirée en seconde – ce bras était devenu un objet exquis et précieux qu'il ne pouvait plus cesser d'embrasser ; quelque chose de nouveau, excitant et délicieux. Oh là là. Voyez ? Tout ce qui lui venait à l'esprit pour décrire le sexe ressemblait à une pub naze pour des nouvelles céréales ou je ne sais quoi. Même le mot « sexe » ne convenait pas, et « faire l'amour » semblait sortir tout droit d'un mauvais feuilleton à l'eau de rose.

*Électrique* aurait été un bon mot pour cerner le sexe, mais là encore, il y avait trop de connotations négatives, comme la chaise électrique ou la clôture électrique. *Fourmillant* était aussi un bon mot, mais que voulait-il dire exactement ? Et *frémissant* paraissait trop délicat, trop chétif, comme s'il évoquait une petite souris craintive. S'il devait un jour écrire un poème érotique, il voulait faire naître des images de bêtes sexy, musclées, des lions, des cerfs, pas des souris.

— La terre appelle Dan ?

Vanessa s'approcha de lui et lui envoya une pichenette du doigt dans le lobe de l'oreille.

— Apogée, marmonna Dan de manière insensée. Épiphanie.

Vanessa mit la tête sous le drap et vint faire un énorme prout sur le ventre blême et creux de Dan.

— Hé ho ? Tu es en état de choc ou quoi ?

Dan sourit et la fit glisser le long de son torse pour embrasser sa bouche au sourire immense, comme le chat d'Alice au Pays des Merveilles et son menton à fossette.

— Si on remettait ça ?

Whoo !

Vanessa gloussa et frotta son nez contre ses sourcils bruns et indisciplinés.

— J'imagine que ça t'a plu, alors ?

Dan lui embrassa l'œil droit, puis le gauche.

— Hmm, soupira-t-il, son corps tout entier bourdonnant de plaisir et de désir. Je t'aime.

Vanessa se laissa tomber sur son torse et ferma très fort les yeux. Elle n'était pas très fille, comme fille, mais jamais aucune fille ne peut s'empêcher de fondre en entendant ces trois mots dans la bouche d'un garçon.

— Je t'aime aussi, murmura-t-elle à son tour.

Dan avait l'impression que son corps n'était qu'un grand sourire. Qui aurait cru que ce banal lundi de février finirait par être aussi incroyablement… *génial* ?

Tant pis pour les descriptions fleuries et autres tournures de phrases poétiques.

Tout à coup retentit la sonnerie vibrante, saisissante du portable de Dan, posé à quelques centimètres, sur la table de chevet. Dan était presque sûr que ce n'était que sa petite sœur, Jenny, sûrement encore pour se plaindre de l'école. Il tourna la tête pour lire le numéro qui s'affichait. PRIVÉ, clignotait le petit écran, ce qui se produisait uniquement lorsque Vanessa l'appelait de chez elle.

— C'est ta sœur, dit Dan, s'appuyant sur ses coudes pour saisir le téléphone. Elle t'appelle peut-être pour te dire de te prendre *enfin* un portable, plaisanta-t-il. Je réponds ?

Vanessa haussa les yeux au ciel. Elle partageait avec Ruby, sa sœur, bassiste de vingt-deux ans, un appartement dans le quartier de Williamsburg à Brooklyn. Ruby avait pris trois résolutions pour la nouvelle année : faire du yoga tous les jours, remplacer le café par du thé vert et prendre le plus grand soin de Vanessa, puisque leurs parents consacraient trop de temps à leur existence d'artistes hippies excentriques dans le Vermont pour s'occuper d'elle en personne. Vanessa était certaine que Ruby appelait seulement pour savoir à quelle heure elle rentrait, pour que son pain de viande et sa purée soient prêts à temps, mais un coup de fil en plein milieu d'une journée de cours était tellement inhabituel que Vanessa ne put s'empêcher de répondre.

Elle prit le téléphone des mains de Dan et pressa le bouton.

— Ouais ? Comment tu as su où me trouver ?

— Eh bien, bon après-midi à toi aussi, petite sœur chérie, pépia joyeusement Ruby. Tu te souviens ? J'ai collé ton emploi du temps sur le frigo pour que je puisse savoir exactement où tu es et à quoi tu penses, en permanence, un peu comme une nouvelle version améliorée de Big Brother. Bref, je voulais juste te prévenir que le courrier est arrivé et que tu as reçu une enveloppe d'apparence suspecte en provenance de l'université de New York. Je n'ai pas résisté, je l'ai ouverte. Et devine ! *Tu es acceptée !*

— Putain, c'est pas vrai !

Le corps de Vanessa était déjà injecté d'adrénaline parce qu'elle venait de dire « Je t'aime » et maintenant, *ça*. Sans vouloir tomber dans le mauvais goût, dans le genre jouissif, c'était pas mal non plus !

Elle n'avait jamais été très sûre de ses chances de voir sa candidature anticipée acceptée, aussi, pour prouver au bureau des admissions de NYU[1] son sérieux quant à la poursuite d'études de cinéma, elle leur avait fait parvenir son petit film sur New York, tourné pendant les vacances de Noël. Après l'avoir envoyé, elle avait craint qu'ils ne pensent qu'elle en faisait des tonnes. Mais désormais, elle n'avait plus à s'inquiéter. Ils l'appréciaient ! Ils voulaient d'elle ! Vanessa pouvait enfin se libérer pour de bon des odieuses chaînes superficielles qui la liaient à Constance Billard pour se concentrer sur son œuvre

1. NYU : New York University, l'université de New York. *(N.d.T.)*

dans un lieu qui accueillait des artistes sérieux, comme elle.

Dan la regardait, dans le lit. Ses doux yeux bruns semblaient briller de manière un peu moins extatique que tout à l'heure.

— Je suis tellement fière de toi, ma puce, roucoula Ruby, de sa voix la plus maternelle. Tu rentres pour dîner ? J'ai potassé des bouquins de cuisine d'Europe de l'Est. Je pensais te préparer des pierogis.

— Oui, oui, répondit calmement Vanessa, soudain préoccupée par Dan.

Il n'avait fait aucune candidature anticipée, alors il lui faudrait attendre encore plusieurs mois avant de savoir où il irait l'année prochaine. Dan était tellement sensible. C'était précisément le genre de choses qui pouvait le précipiter dans une dépression engendrée par un sentiment d'insécurité et le pousser à s'enfermer dans sa chambre pour écrire des poèmes sur une mort dans un accident de voiture ou d'autres trucs de ce genre.

— Merci de m'avoir prévenue, dit-elle en expédiant Ruby. À plus, d'accord ?

Dan ne la quitta pas des yeux, l'air d'attendre qu'elle dise quelque chose ; elle raccrocha et laissa tomber le téléphone sur le lit.

— Tu entres à NYU, dit-il, essayant, en vain, de dissimuler le ton de reproche dans sa voix.

Quel pauvre type il faisait, il n'était pas à la hauteur ! Non qu'il ne fût pas content pour elle, mais Vanessa était déjà à la fac, alors que lui n'était que ce gringalet qui aimait écrire des poèmes et pourrait bien finir par ne jamais faire d'études supérieures.

— Waouh, ajouta-t-il d'une voix rauque. C'est génial.

Vanessa s'écroula sur le lit et tira le drap autour d'eux. L'atmosphère de la chambre paraissait moins agréable, maintenant que la sueur de la passion avait refroidi sur leurs corps.

— Il n'y a pas de quoi en faire toute une histoire, soutint-elle, essayant de minimiser l'excitation qu'elle avait manifestée en apprenant la nouvelle. C'est toi qui vas avoir un de tes poèmes publié dans le *New Yorker*.

Pendant les vacances de Noël, Vanessa avait envoyé au *New Yorker* un des poèmes de Dan intitulé « Salopes », à son insu, et il avait été retenu pour publication dans le numéro double de la Saint-Valentin, qui allait sortir dans la semaine.

— Faut croire, acquiesça Dan, haussant les épaules d'un air peu convaincu. Mais je ne sais toujours rien… je veux dire, pour mon *avenir*.

Vanessa encercla la taille de Dan de ses bras et pressa sa joue contre sa poitrine pâle et osseuse. Elle n'arrivait pas à croire qu'elle allait entrer à NYU à l'automne. C'était une certitude, c'était son destin. Toujours tremblante d'excitation, elle tâcha de faire son possible pour consoler Dan.

— Tu en connais beaucoup, des jeunes de dix-sept ans dont les poèmes ont été publiés dans le *New Yorker* ? murmura-t-elle doucement. Et dès que les responsables des admissions des facs où tu as postulé entendront parler de ça, tu seras accepté partout, même là où tu n'es pas candidat.

— Peut-être, répondit Dan d'un air absent.

C'était facile pour Vanessa de paraître sûre d'elle. Elle était déjà acceptée.

Vanessa se mit sur un coude. Il y avait un moyen efficace pour que Dan se sente mieux, momentanément, du moins.

— Tu te rappelles où on en était juste avant le coup de fil de Ruby ? ronronna-t-elle comme un petit minou malicieux.

Dan la regarda d'un air interrogateur. Elle avait un sourcil haussé, formant un angle sensuel, et les narines pâles, dilatées. Il n'aurait pas cru en être capable, mais son corps le surprit. Il attira Vanessa vers lui et l'embrassa violemment. S'il y avait quelque chose qui pouvait pousser un garçon à se sentir plus comme un lion qu'une souris, c'était bien un petit ronronnement.

*Miaou.*

*Avertissement-: tous les noms de lieux, personnes et événements ont été modifiés ou abrégés afin de protéger les innocents. En l'occurrence, moi.*

## salut tout le monde !

**LE RELÂCHEMENT DES TERMINALES**

J'ai souvent entendu l'expression « relâchement des terminales » sans jamais comprendre de quoi il s'agissait exactement. Maintenant, c'est tout à fait limpide. Le relâchement des terminales, c'est faire craquer les cours pour passer l'après-midi chez ses copains et commander du lo mein végétarien, boire du chardonnay, fumer des cigarettes. C'est rater le cours de maths en troisième heure pour faire des provisions de robes portefeuille moulantes en jersey de soie aux soldes privés chez Diane von Furstenberg. C'est quand on a une panne de réveil et qu'on se lève à dix heures un jeudi. Oups. Au trimestre dernier, nous étions tellement parfaits, les chouchous des profs. Ce trimestre, nous sommes des branleurs. Et puis nous sommes beaucoup plus dévergondés. Je suis bien sûre que la moitié des filles absentes en E.P.S. étaient occupées à embrasser des garçons sur les marches du Metropolitan Museum of Art, au lieu de faire des tractions à la barre dans le gymnase. Continuez comme ça, les filles – rouler des pelles est un bien meilleur exercice.

**ON A VU**

**J** et une grande fille couverte de taches de rousseur à la coupe de cheveux pas très heureuse, qui gloussaient lors d'un cours de danse à Constance Billard. On dirait que **J** a une nouvelle amie. **N** et ses potes commander un thé chaï au **Starbucks Café**, dans l'espoir qu'il serait corsé d'une substance revigorante. **V** à la boutique NYU, achetant une tasse NYU, un sweat-shirt NYU *et* une casquette de base-ball NYU. Elle qui se vante de ne pas se faire entuber par ce genre de trucs. **D** passant au peigne fin le kiosque à journaux où il a ses habitudes, à la recherche d'un *New Yorker* en avance. **S** et **A** en pleine démonstration publique d'affection, comme d'habitude. Elle n'est jamais sortie avec personne plus de cinq minutes, alors voyons combien de temps ça dure…

Bon, d'accord, je le reconnais. Je sèche les cours en ce moment même. Promettez-moi que vous ne direz rien à personne !

Vous m'adorez, ne dites pas le contraire.

gossip girl

## s est amoureuse

Debout dans une congère de vieille neige devant l'école de filles Constance Billard, sur la 93e Rue Est, Aaron Rose attendait que Serena surgisse des imposantes portes bleu royal pour se jeter dans ses bras. Mookie, son boxer marron et blanc, était assis sur le trottoir, à côté de lui, haletant ; il portait ce manteau pour chien à carreaux noirs et rouges que Serena lui avait acheté hier chez Burberry. Aaron avait dans les mains deux tasses fumantes du Starbucks Café. Il sortait avec Serena depuis la soirée démente qu'elle avait organisée pour le réveillon, six semaines plus tôt, et depuis, c'était devenu leur petit rituel. Aaron retrouvait Serena après les cours et ils se baladaient sur la 5e Avenue, dans les bras l'un de l'autre, en buvant des cafés au lait de soja et en s'arrêtant de temps en temps pour s'embrasser.

Au réveillon, ç'avait été un truc spontané genre « et merde, on en a tous les deux envie, alors pourquoi s'en priver ? », mais depuis un mois, ils avaient passé tout leur temps libre ensemble et ils étaient maintenant reconnus comme le couple le plus beau et le plus adorable – enfin, plutôt ménage à trois, si l'on incluait Mookie – de tout l'Upper East Side.

Soudain, un vif rayon de soleil hivernal fit étinceler

la classieuse tête blonde de Serena, qui poussait les portes de l'école ; elle sauta au bas des marches dans ses bottes de daim marron Stéphane Kélian et son caban bleu marine Les Best, posa le pied sur le trottoir enneigé. Son visage tout entier s'illumina d'une excitation angélique quand elle aperçut Aaron et Mookie.

— Salut toi ! couina-t-elle tandis que Mookie la rejoignait en frétillant pour fourrer son museau entre ses mains gantées de cachemire.

Elle s'accroupit et laissa le chien lui lécher le visage pendant qu'elle lui caressait la tête.

— Comme tu es mignon aujourd'hui, lui dit-elle.

Aaron les contemplait avec un sentiment de fierté serein. *Et ouais, c'est ma copine. Elle est top, non ?*

Serena se redressa et se jeta à son cou. L'air autour de lui s'emplit du parfum lourd à base de santal et de patchouli, le mélange d'huiles essentielles créé exclusivement pour Serena qu'elle portait toujours.

— Tu veux savoir à quoi j'ai pensé toute la journée ? s'extasia-t-elle avant de planter un baiser sur les fines lèvres rouge foncé d'Aaron de sa bouche pleine au gloss couleur pêche.

Aaron écarta les jambes pour se retenir de tomber en arrière et de renverser les cafés.

— À moi ? suggéra-t-il.

Serena était le genre de fille à s'abandonner entièrement à ce dont elle était entichée sur le moment, et pour l'instant, il se trouvait que c'était d'Aaron. Et il l'avait bien compris.

Elle ferma les yeux et ils s'embrassèrent à nouveau, profondément, cette fois. Derrière eux, des filles en coquets manteaux de laine et en grandes bottes de cuir se dispersèrent au sortir de l'école, en s'égosillant comme des écervelées. Quelques-unes se regroupèrent pour observer, médusées, Serena et Aaron, qui continuaient à s'embrasser.

— Oh c'est pas vrai, murmura une quatrième, se pâmant devant une telle coolitude. Vous voyez ce que je vois ?

Mookie donnait des petits coups de patte dans la neige en gémissant impatiemment. Serena frotta sa joue contre l'alpaga rugueux du bonnet péruvien gris et violet qu'elle avait acheté pour Aaron le week-end dernier chez Kirna Zabete à Soho. Elle adorait la façon dont ses dreadlocks brun foncé toutes mignonnes dépassaient de sous les oreillettes. Tout était tellement adorable chez Aaron, qu'elle avait envie de le manger tout cru.

— Bien sûr, que j'ai pensé à toi, dit-elle, s'emparant de son café au lait.

Elle ôta le couvercle et souffla sur le liquide fumant et sucré.

— J'ai pensé qu'on pourrait se faire faire un tatouage.

Elle s'interrompit, attendant une réponse d'Aaron, mais elle lisait la perplexité dans ses doux yeux marron, aussi poursuivit-elle.

— Tu vois, genre, nos deux noms, pour montrer notre engagement l'un envers l'autre.

Elle aspira un peu de son café et passa la langue sur ses délicieuses lèvres pulpeuses.

— J'ai toujours rêvé d'un tatouage dont je sois la seule à connaître l'existence. Tu sais, dans une zone *intime*.

Aaron sourit, avec hésitation. Il aimait beaucoup

Serena. Elle était d'une beauté enivrante, totalement craquante et absolument pas exigeante. Elle était bien au-dessus de toutes les filles qu'il avait rencontrées. Mais il n'était pas certain de vouloir se faire tatouer son nom partout sur le corps. D'ailleurs, il avait toujours considéré les tatouages comme un acte plutôt violent, un peu comme une marque au fer rouge sur du bétail et, en tant que végétalien et rastafari, il était moralement opposé à toute forme de violence.

— Les tatouages sont contre ma religion, déclara-t-il, mais quand il vit le sublime visage de Serena se décomposer, consterné, il lui prit la main et ajouta très vite :

— Mais je vais y réfléchir, d'accord ?

Serena n'était pas du genre rancunier, surtout pas avec le garçon le plus mignon de l'univers. Déjà remise, elle le tira par la main et ils commencèrent à avancer dans la 5e Avenue. Le ciel était d'un gris maussade, un vent glacé leur mordait le visage. Dans une heure, la nuit serait tombée.

— Alors, qu'est-ce qu'on fait ? demanda-t-elle. Je pensais que ce serait assez dément d'aller en haut de l'Empire State Building. Je vis ici depuis toujours et je n'y suis jamais montée. Et il fait tellement froid. Je parie que personne ne pense jamais à aller là-haut à cette période de l'année. Ce sera complètement vide, super romantique, un peu comme dans un vieux film, genre.

Aaron se mit à rire.

— Tu passes trop de temps avec Olivia.

Sa demi-sœur transformait toujours tout en film romantique des années cinquante en noir et blanc, pour essayer de rendre sa vie encore plus glamour qu'elle ne l'était déjà. Comme ils bifurquaient au coin de la 5e Avenue, Mookie se mit à galoper devant eux, tirant sur la laisse qui pendait mollement au poignet d'Aaron.

— Hé, du calme, Mook.

Serena blottit sa main libre dans la poche de la parka noire North Face d'Aaron.

— Olivia était super bizarre pendant la réunion du groupe de discussion – c'est un nouveau truc organisé avec les troisièmes pendant l'heure du déjeuner. Après ça, elle a tout simplement disparu. Elle ne s'est même pas montrée pour la gym.

Aaron haussa les épaules et but une gorgée de café.

— Elle avait peut-être mal au ventre ou je ne sais quoi.

Serena secoua sa jolie tête.

— J'ai bien peur qu'elle ne soit un peu jalouse. Tu vois, de nous deux.

Aaron ne dit rien. Pendant les vacances de Noël, il avait complètement craqué sur Olivia, bien qu'elle soit sa demi-sœur. En sortant avec Serena, il avait tout oublié, mais c'était quand même bizarre de penser qu'Olivia pouvait être jalouse d'*eux*, alors que *lui* s'était langui d'*elle* pendant des semaines.

— Alors, on va à l'Empire State Building ? demanda Serena, s'arrêtant au coin suivant et se retournant pour scruter la 5e Avenue, juste derrière eux.

Plusieurs bus passèrent à côté d'eux en vrombissant.

— Si oui, il faut qu'on chope un taxi.

Aaron jeta un coup d'œil à sa montre. Il était seize heures dix.

— Je pensais faire un saut chez moi pour voir le courrier.

Il eut un sourire timide, un peu honteux de paraître aussi ringard.

— Les réponses aux candidatures anticipées ont été postées cette semaine.

Serena ouvrit tout grand ses yeux bleu foncé aux cils allongés.

— Mais pourquoi tu ne l'as pas dit plus tôt ?

Elle jeta son gobelet en carton dans la poubelle la plus proche et piqua un sprint.

— Allez, viens, Mook ! cria-t-elle tandis que le boxer bondissait joyeusement à ses trousses. On rentre à la maison ! On va voir si ton petit génie de papa entre à Harvard !

*o fait une fleur à j*

Jenny avait toujours été timide, elle avait toujours eu du mal à se faire des amis, mais elle avait réussi à s'en faire une nouvelle grâce au groupe de discussion, aujourd'hui.

— Tu sais, en fait, je n'avais jamais remarqué ta… taille de soutien-gorge, murmura timidement Elise tandis qu'elles rangeaient leurs affaires dans leur cartable avant de rentrer à la maison.

De chaque côté d'elles, des filles claquèrent la porte de leur casier et, en criant, descendirent les escaliers à toute vitesse pour franchir le portail de l'école.

— Ben voyons, répondit Jenny sur un ton sarcastique, tentant de loger son cahier de géométrie dans son sac à rayures rouges et blanches entre son livre de français et *Anna Karénine.*

Elise se mit à glousser en mettant autour de son cou une écharpe rose duveteuse et attachant les boutons de velours noir de son manteau de tweed démodé. On aurait vraiment dit que sa mère l'habillait encore le matin.

— Bon, d'accord, j'avais remarqué. Mais je n'aurais pas cru que ça te gênait.

Jenny coinça ses boucles brun foncé derrière ses oreilles et regarda Elise en plissant des yeux.

— Mais ça ne me gêne pas.

Elise enfonça son bonnet rose assorti à son écharpe sur son carré blond et hissa son sac à dos sur son épaule. Elle mesurait presque une trentaine de centimètres de plus que Jenny.

— Hum, tu as quelque chose de prévu, maintenant ? T'as envie qu'on fasse un truc ensemble ?

— Genre ? fit Jenny en remontant la fermeture Éclair de sa doudoune noire.

Maintenant qu'elle ne traînait plus avec Nate, ni avec son grand frère, elle avait bien besoin de nouveaux amis, et ça pourrait être sympa d'avoir une copine, pour une fois, même si Elise lui semblait un peu coincée et immature.

— Je ne sais pas. On pourrait aller faire du shopping maquillage chez Bendel, ou quelque chose comme ça ? suggéra Elise.

Jenny pencha la tête, agréablement surprise. Pendant un instant, elle avait cru qu'Elise allait lui proposer d'acheter une glace ou d'aller faire un tour au zoo.

— Génial, dit-elle, en claquant la porte de son casier et en se dirigeant vers l'escalier. Allons-y.

Olivia n'arrivait pas à croire à quel point une simple coupe de cheveux pouvait tout changer de manière aussi radicale. Elle avait déjà essayé tous les tops de forme Empire un peu affriolants et les jupes trapèze que Bendel avait en stock – soit exactement le même genre de pièces qu'elle avait toujours porté avec succès, mais maintenant, plus rien n'allait. Sa nouvelle coiffure était BCBG, sophistiquée, très garçonne. Il allait lui falloir renouveler entièrement sa garde-robe.

— À partir de maintenant, je ne porterai plus que des couleurs unies, murmura Olivia en reboutonnant son uniforme et en reposant le dernier article refusé sur son cintre. Et il devra toujours y avoir un col.

Elle écarta le rideau de velours rouge et jeta six hauts Diane von Furstenberg aux imprimés bariolés dans les bras de la vendeuse.

— J'ai changé d'avis. Je recherche des tailleurs tout simples, bleu marine ou noirs. Et des chemises blanches classiques, avec un col.

Elle voulait avoir l'air sexy mais chic, genre « Parisienne en petite robe noire à bicyclette, une baguette sous le bras ». Nate avait toujours eu un faible pour les Françaises. Il était capable de faire un détour pour passer devant *l'École française** rien que pour baver devant les filles avec leur petite jupe courte grise, leurs talons hauts et leurs pulls noirs col en V, moulants. Quelles traînées.

Très vite, Olivia mit la main sur le premier vêtement de sa nouvelle garde-robe, parfait pour son entretien de jeudi soir : une robe-chemise en maille Les Best, avec une ceinture en perles et un très mignon petit col de dentelle. Très comme il faut, mais intrigant – exactement ce qu'Olivia cherchait. Elle paya la robe et redescendit au rayon cosmétique du rez-de-chaussée, pour s'équiper d'un mascara bleu marine et d'une teinte subtile de gloss qui ne fasse pas aussi gamine ni aguichant que ses couleurs habituelles, rose clair ou rouge foncé.

— Regarde qui est là, murmura Jenny à Elise devant le comptoir Stila. Salut Olivia.

— Super coiffure ! ajouta Elise avec entrain.

Olivia se retourna et découvrit deux des troisièmes de son groupe de discussion : Ginny-celle-qui-devrait-*vraiment*-faire-une-réduction-mammaire et Eliza-qui-aurait-désespérément-besoin-d'un-relookage, ou des noms dans le genre. Toutes deux la dévisageaient avec admiration. Avec horreur, Olivia constata qu'elles étaient en train d'essayer certains des fards à paupières et rouges à lèvres qu'elle, Olivia, portait tout le temps. Elles ne pouvaient pas se contenter d'acheter des produits Maybelline au supermarché, non ?

Elise fronça les sourcils en regardant la fiole de poudre noire scintillante pour les yeux qu'elle avait dans la main.

— C'est bien, ce truc ?

*Oui, c'est bien. Mais t'es encore loin de pouvoir porter ça.*

Olivia ne put s'empêcher de leur donner quelques petits conseils de grande sœur. Elle passa son grand sac Bendel à rayures marron et blanches à son poignet et se mit au travail.

— Avec ta couleur de cheveux, j'opterais pour quelque chose de plus clair.

Elle attrapa un échantillon de gloss à paupières vert argenté, très pâle.

— Ça ferait vraiment ressortir la couleur d'eau de tes yeux, lui enseigna-t-elle, s'émerveillant elle-même de la *gentillesse* avec laquelle elle s'exprimait.

Elise prit le tube et en appliqua un peu sur ses paupières. C'était à peine visible, mais cela captait la lumière, ravivait, rehaussait miraculeusement ses petits yeux bleus rapprochés.

— Wouaou, s'extasia-t-elle, fascinée.

Jenny prit le tube à son tour.

— Je peux essayer ?

— Absolument pas, fit Olivia en le lui arrachant des mains. Il te faut quelque chose dans les tons beige ou pêche.

Olivia ne se reconnaissait plus. Et plus étrange encore, ça lui plaisait.

— Tiens, dit-elle en tendant à Jenny un épais crayon couleur rouille. Il est plus doux qu'il n'en a l'air.

Jenny dessina avec précaution un trait le long d'une paupière et cligna des yeux en voyant le résultat. Instantanément, cela lui donnait l'air plus âgée, et la couleur donnait à ses grands yeux bruns un joli éclat ambré. Elle se pencha en avant pour souligner son œil gauche, mais quelque chose attira son attention dans le miroir.

Ou plutôt quelqu'un, pour être exacte.

On se bousculait pour les soldes d'hiver dans le magasin, mais Bendel ne vendant que des articles pour femmes, tous les clients étaient de sexe féminin. Sauf un.

Il semblait avoir environ seize ans, il était grand et mince, avec des cheveux blonds hirsutes ; il portait une veste en velours chocolat et un jean qui bâillait sur son corps efflanqué. Un peu comme le mec de la pub Eternity pour Homme de Calvin Klein, mais en moins beau.

— Wouaou, souffla Jenny.

— N'est-ce pas génial ? l'interrompit Olivia. Étale-le un peu avec ton doigt. Et puis tu devrais utiliser du mascara marron, aussi. Tes yeux paraîtraient plus grands.

— Non, je veux dire, waouh, regardez-le, lui, explicita Jenny. Juste derrière moi.

Olivia jeta un coup d'œil par-dessus son épaule et aperçut un blond à l'air niais trop jeune pour elle, flânant au rayon des trousses à maquillage griffées Bendel. Elle se retourna vers Jenny.

— Quoi ? Tu le trouves mignon ?

— Il a l'air un peu dingue, gloussa Elise.

La petite campagne d'Olivia pour Venir en Aide aux Pauvres Filles allait très vite tourner court.

— S'il fait du shopping chez Bendel, il est sûrement gay. Pourquoi tu n'irais pas lui parler s'il te plaît à ce point ?

Jenny était mortifiée. Aller le voir pour discuter, juste comme ça, comme une espèce de folle désespérée qui viendrait le harceler ? *Pas moyen.*

— Allez, l'encouragea Elise. Tu en meurs d'envie.

Jenny avait du mal à respirer. À chaque fois qu'elle croyait reprendre confiance en elle, quelque chose dans ce genre se produisait, qui lui prouvait qu'elle était toujours aussi peu sûre d'elle.

— On devrait plutôt y aller, marmonna-t-elle d'un air nerveux, comme si Olivia et Elise étaient sur le point de l'embarquer dans un deal de drogue hyper louche.

Elle ramassa son cartable, qui était par terre.

— Merci pour ton aide, dit-elle très vite à Olivia.

Puis elle attrapa Elise par la main et la traîna hors du magasin, en gardant le regard aussi droit que possible quand elles passèrent devant le garçon blond.

*Pathétique.* Olivia soupira en les voyant s'éloigner. Mais elle était de tellement bonne humeur depuis le coup de fil d'Owen Wells... Ça ne la tuerait pas de filer un petit coup de pouce supplémentaire à Jenny, qui en avait si visiblement besoin. Elle tira de son sac Bendel le ticket de caisse de sa robe et, à l'aide du crayon pour les yeux couleur rouille, dessina un gros cœur au dos, à l'intérieur duquel elle inscrivit l'e-mail de Jenny à Constance Billard. Toutes les adresses e-mails de l'école étaient formées sur le même modèle, l'initiale du prénom suivie du nom de famille, ce n'était donc pas difficile à deviner. Puis elle froissa le ticket de caisse en une boulette de papier serrée et en passant devant le garçon blond et maigre, elle la lança très fort dans son dos puis s'engouffra dans les portes à tambour avant qu'il ait eu le temps de voir qui elle était.

Olivia Waldorf qui fait l'effort de faire une action sympa pour quelqu'un d'autre ? Eh bien vous parlez d'une métamorphose ! Il ne s'agissait pas seulement d'un changement de coiffure express. En véritable diva, elle avait opté pour le package week-end entier avec thalasso, révision spirituelle incluse.

## *comme si ça ne suffisait pas*

Comme Aaron l'avait pressenti, une enveloppe couleur crème à l'en-tête d'Harvard l'attendait, posée sur le guéridon de l'entrée, à côté du pot à lait en porcelaine Spode plein de roses blanches, dans l'appartement de la 72e Rue, chez son père et sa belle-mère. Aaron laissa Mookie, extrêmement assoiffé, courir ventre à terre jusqu'à la cuisine, la laisse toujours autour du cou, et il s'empara de la lettre, les doigts raides. Juste derrière lui, Serena attendait qu'il l'ouvre, mais il aurait vraiment préféré être seul. *Et s'il n'était pas accepté ?*

Serena se débarrassa de son manteau, qu'elle lança sur le fauteuil tendu de toile bleue, dans le coin.

— Je t'aimerai toujours, quoi qu'il arrive, lui dit-elle dans un souffle.

Aaron baissa les yeux vers l'enveloppe, s'en voulant de se sentir aussi tendu, lui qui d'habitude prenait ce genre de choses avec une certaine décontraction.

— Et puis merde, déclara-t-il à voix basse en déchirant l'enveloppe scellée.

Il déplia le papier crème soigneusement plié et lut le court paragraphe qui y était imprimé. Deux fois. Puis il leva les yeux vers Serena.

— Oh-oh.

Le visage de Serena se décomposa. Quel affreux moment à traverser pour son tendre amour !

— Oh, mon pauvre chéri. Je suis vraiment désolée.

Aaron lui tendit le courrier et elle y jeta un œil, à contrecœur.

*Cher monsieur Rose, Nous avons bien étudié votre candidature et c'est avec grand plaisir que nous vous informons qu'elle a été acceptée. Nous vous accueillerons à l'université d'Harvard à la rentrée de…*

Les yeux bleus de Serena s'écarquillèrent soudain.

— Tu es accepté ! Oh, mon chéri, tu as réussi !

Derrière eux, Myrtle, la cuisinière, traversa le couloir au pas de charge, Mookie sur ses talons, baveux et essoufflé. L'uniforme jaune pâle de la cuisinière était éclaboussé de taches rouge orangé, elle avait l'air furax.

— Myrtle, Aaron entre à *Harvard*, annonça fièrement Serena en serrant son amoureux dans ses bras. N'est-ce pas merveilleux ?

La nouvelle laissa Myrtle de marbre. Elle tendit brusquement la laisse de Mookie à Aaron, ses bracelets en or tintèrent à ses poignets grassouillets, ses mains usées par le travail sentaient l'oignon.

— Feriez bien d'emmener ce chien avec vous, le réprimanda-t-elle, avant de repartir d'un pas décidé vers la cuisine dans ses baskets Nike blanches, toutes neuves.

Serena et Aaron échangèrent un sourire canaille.

— Je crois que ça se fête, non ? lâcha Aaron, son soulagement se transformant immédiatement en insolence.

Serena vint pincer de ses longs doigts l'adorable nez couvert de taches de rousseur d'Aaron.

— Je sais où ils rangent le champagne.

Olivia emprunta l'ascenseur jusqu'à l'appartement familial dominant Central Park, sur la 72e Rue. Quand les portes s'ouvrirent, elle reconnut tout de suite le nouveau caban en cachemire bleu marine de Serena, négligemment jeté sur le dossier du fauteuil Louis XVI dans l'entrée. Elle avait toujours du mal à se faire à l'idée que Serena puisse être chez elle en son absence.

— Olivia ? résonna la voix de Serena depuis l'ancienne chambre d'amis désormais attribuée à Aaron. Viens. Qu'est-ce que tu as fichu ?

— Attends, lança Olivia.

Elle ôta son duffle-coat bleu clair et le rangea dans la penderie. Elle n'avait pas vraiment envie d'expliquer son changement de look radical à Serena et Aaron s'ils étaient là, à traîner en sous-vêtements ou dans une autre situation tout aussi écœurante, mais elle ne voyait pas trop comment l'éviter. Si elle décidait de les ignorer, ils viendraient vite cogner à sa porte et bondir sur son lit pour exiger son attention comme des imbéciles immatures.

Une odeur de fumée de cigarettes aux plantes flottait dans le couloir.

— Salut, lança-t-elle depuis le pas de la porte.

— Entre, ânonna Aaron, déjà éméché après deux verres de Dom Pérignon. On fait une fête.

Olivia poussa la porte. La chambre avait été redécorée spécialement pour Aaron dans les tons d'aubergine et de bleu céruléen, des stores en métal gris style années 50 très funky remplaçaient les rideaux aux fenêtres et des poufs géants en vinyle permettaient de s'affaler par terre. Le tapis tissé en chanvre bio qui couvrait le parquet de bois dur était jonché de boîtes de CD, de jeux d'ordinateur, de DVD, de magazines musicaux et de livres empruntés à la bibliothèque sur la culture rasta jamaïcaine et les méfaits de l'industrie de la viande. Serena et Aaron étaient assis sur le lit à baldaquin de style edwardien, défait, et ils buvaient du champagne dans les plus belles coupes en cristal de sa mère, *en sous-vêtements*, exactement comme Olivia l'avait prévu. En fait, Serena portait un des immenses T-shirts vert sapin BRONXDALE PREP d'Aaron, d'où dépassait légèrement sa culotte La Perla en satin blanc.

Au moins, les sous-vêtements en question étaient *jolis*, c'était déjà ça.

Olivia allait demander en quel honneur était cette petite fête quand Serena explosa :

— Aaron est accepté ! Il entre à Harvard !

Olivia les dévisagea, la bile remontant dans sa gorge. C'était déjà bien assez difficile pour elle de voir la superbe abondance de longs cheveux blond pâle de Serena, maintenant que les siens se trouvaient au fond d'une poubelle quelque part sur la 57e Rue, mais le sourire suffisant sur le visage d'Aaron encadré de ses agaçantes dreadlocks suffisait à lui donner envie de projeter du vomi partout sur sa connerie de tapis garanti 0 % cruauté.

— Prends un pouf, lui proposa Aaron. Ma tasse est assez propre, si tu veux du champagne, reprit-il en désignant la tasse Harvard posée sur son bureau.

Serena agita devant elle une feuille couleur crème.

— Écoute ça : Cher monsieur Rose, lut-elle à haute voix. Nous avons bien étudié votre candidature et c'est avec grand plaisir que nous vous informons qu'elle a été acceptée. Nous vous accueillerons à l'université d'Harvard à la rentrée de…

Olivia s'était rendue chez le coiffeur sans avoir avalé quoi que ce soit au déjeuner, et à cause de cette petite fiesta à la gloire d'Aaron-qu'on-adore, elle avait la tête qui tournait, de dégoût. C'était *elle* qui aurait dû recevoir son courrier, sa candidature anticipée *à elle* qui aurait dû être acceptée, mais après son entretien raté, la conseillère pédagogique de Constance Billard l'avait convaincue qu'il valait mieux ne pas postuler de manière anticipée. Entrer à Yale avait toujours été son unique mission dans la vie – enfin, à part épouser Nate Archibald et vivre heureuse avec lui jusqu'à la fin de leurs jours dans l'hôtel particulier en briques couvert de lierre à deux pas de la 5e, qu'elle avait déjà choisi – mais maintenant elle allait être obligée d'attendre jusqu'au mois d'avril comme toutes les autres tarées de sa classe, pour savoir si elle était même acceptée. C'était totalement injuste.

— Désolé, Olivia.

Aaron sirota son champagne. Il avait toujours fait hyper attention à ne pas froisser sa demi-sœur, mais il était trop content de lui à présent pour s'en préoccuper.

— Je ne vais pas m'excuser d'avoir été reçu. Je le mérite.

C'est ça, et l'énorme aile réservée aux sciences que la société immobilière de son père avait construite l'an dernier sur le campus n'avait absolument rien à y voir, bien sûr.

— Va te faire foutre, répliqua Olivia. Au cas où tu l'aurais oublié, j'aurais déjà eu des nouvelles de Yale si tu ne m'avais pas empêchée de dormir et fait boire de la bière de merde, en mangeant des trucs dégueulasses dans cette chambre de motel immonde la veille de l'entretien.

Aaron roula des yeux.

— Je ne t'ai jamais demandé d'embrasser le type des admissions.

Serena laissa échapper un léger ricanement, Olivia la fusilla du regard.

— Désolée, s'excusa immédiatement Serena. Allez, Olivia, la cajola-t-elle. Tu dois être la meilleure de la classe. C'est clair, tu vas être reçue. Il faut juste que tu patientes jusqu'au mois d'avril pour savoir.

Olivia continuait à lui jeter un regard noir. Elle ne voulait pas attendre avril. Elle voulait savoir *maintenant*.

Aaron s'alluma une nouvelle cigarette aux plantes et lança son menton vers le plafond pour faire quelques ronds de fumée. Il semblait déjà planer sur lui une sorte d'indolence, un air supérieur, comme s'il savait qu'il pouvait maintenant se permettre de boire du champagne toute la journée jusqu'à la fin de l'année et quand même entrer à Harvard. Connard.

— Hé, bâilla-t-il. Faut que j'aille à Scarsdale pour répéter avec mon groupe, mais on n'a qu'à sortir après, pour fêter ça.

Serena se mit debout sur le lit et fit quelques sauts en levant les jambes, comme si elle avait véritablement besoin d'exercice.

— C'est clair.

Olivia contempla la superbe chevelure de son amie

qui s'envolait dans les airs au-dessus de sa tête avant de retomber en une jolie cascade sur ses épaules, tandis qu'Aaron continuait ses ronds de fumée. Tout à coup, Olivia ne supporta plus de se trouver dans la même pièce qu'eux.

— J'ai du travail, lâcha-t-elle, passant la main sur sa nouvelle coiffure et tournant les talons pour quitter la chambre.

— Oh là là ! s'écria Serena en bondissant en bas du lit d'Aaron. Attends, Olivia – tes *cheveux* !

Très sympa d'avoir fini par remarquer.

Olivia s'arrêta sur le pas de la porte et posa la main à l'endroit où ses cheveux foncés s'arrêtaient net sur sa nuque.

— Moi, ça me plaît, déclara-t-elle, sur la défensive.

Serena lui tourna autour comme si elle était une de ces statues grecques en marbre à l'étage principal du Met.

— Oh là là ! n'arrêtait-elle pas de répéter.

Elle tendit la main pour placer une mèche indisciplinée derrière l'oreille d'Olivia.

— *J'adore !* s'exclama-t-elle, un peu trop enthousiaste.

Olivia fronça son petit nez coquin avec suspicion. Serena adorait-elle vraiment sa coupe ou bien faisait-elle semblant ? C'était toujours tellement difficile de savoir.

— Tu ressembles exactement à Audrey Hepburn, lança Aaron depuis le lit.

Olivia savait qu'il disait uniquement ce qu'elle voulait entendre pour se faire pardonner de s'être comporté comme un connard prétentieux parce qu'il entrait à Harvard. Elle faillit mentionner son entretien pour Yale avec Owen Wells jeudi soir, mais décida de garder l'information pour elle.

— Si vous voulez bien m'excuser, leur dit-elle froidement. J'ai des choses à faire.

Serena la suivit des yeux et alla rejoindre Aaron sur le lit. Elle prit la lettre d'Harvard, la replia et la remit soigneusement à l'intérieur de l'enveloppe.

— Je suis tellement fière de toi, murmura-t-elle, en lui tombant dans les bras pour l'embrasser.

Aaron finit par se dégager, mais Serena demeura les yeux fermés, se passa la langue sur les lèvres pour sentir le goût agréable de son baiser aux plantes.

— Je t'aime, s'entendit-elle dire.

Les mots semblaient lui être tombés de la bouche. Elle ouvrit les yeux d'un air rêveur.

Aaron n'avait jamais dit à une fille qu'il l'aimait et il n'avait pas prévu de le dire à Serena, du moins pas maintenant. Mais la journée avait été incroyable jusque-là et elle était belle à tomber, avec ses joues toutes roses et sa bouche parfaite rougie par les baisers. Pourquoi pas ? Ça lui rappelait la fin de l'un de ses fantasmes secrets de rock star dans lequel une fille incroyablement canon et lui fonçaient vers le coucher de soleil sur une Harley d'enfer.

— Je t'aime aussi, lui dit-il en retour, et il l'embrassa encore.

*Avertissement-: tous les noms de lieux, personnes et événements ont été modifiés ou abrégés afin de protéger les innocents. En l'occurrence, moi.*

## salut tout le monde !

**NOUS SOMMES AU-DESSUS DU LOT, N'EST-CE PAS ?**

Alors comme ça, la rumeur disant que l'Ivy League n'acceptait aucune candidature anticipée cette année s'est révélée complètement fausse. Hourra ! Certains d'entre nous ont été reçus ! D'accord, nous nous sentons plutôt exceptionnels, mais si nous nous mettons à faire la fête comme si c'était le réveillon de 2099, à boire du champagne avant l'appel et à sécher la moitié des cours, nous allons très vite nous retrouver entre nous, parce que tous nos autres amis ne pourront plus nous sentir. Essayez de vous tenir à carreau tant que possible, au moins jusqu'en avril, quand tous les autres sauront où ils vont. C'est pour votre bien, croyez-moi.

**LE MOT AVEC UN GRAND A**

Dans une semaine à peine, c'est la Saint-Valentin, l'amour est partout. Nous l'avons sur le bout de la langue. Nous y pensons juste avant de nous endormir. Nous nous surprenons nous-mêmes et nos voisins, en train de gribouiller des cœurs cucul-la-praline en cours de maths. Mais ce n'est pas parce que le monde entier s'est métamorphosé en gigantesque cœur en sucre avec « Sois à moi » écrit dessus que nous devons nous lancer dans tout un tas de promesses intenables. Utiliser le mot avec un grand A en configuration intime peut être dangereux. Personnellement, je préfère m'en servir de manière plus générale, comme dans « Je vous aime tous ». Et je le pense vraiment, en plus !

## ON A VU

**N**, en train de rôder sur **Madison Avenue**, les mains dans les poches de son manteau, l'air bien plus tendu et préoccupé qu'à son habitude. **V** et **D** s'embrasser chez **Shakespeare Books**, près de **NYU** – *Oh*, c'est *trop* mignon. **O** chez **Sigerson Morrison** à **NoHo**, en train d'essayer une paire de chaussures. **S** chez **Fetch** sur **Bleecker Street**, achetant une nouvelle et irrésistible tenue pour chien à offrir à son toutou préféré. **J** et sa nouvelle copine, **E**, gloussant au rayon hygiène féminine chez Duane Reade. Ah, les jeunes. Et **A**, s'approvisionnant en disques de reggae d'occasion dans une minuscule boutique sans enseigne sur la 3$^{e}$ Rue Est. Il faut bien qu'il ait des trucs à écouter pendant qu'il sèche le reste de l'année.

## VOS E-MAILS

**Q:** Chère GG,
J'ai entendu dire que le dealer qui bossait à la pizzeria s'est fait gauler par la police et qu'il est forcé de rouler pour les stups dans le parc, à faire arrêter ses anciens clients.
Dawg

**R:** Cher Dawg,
On dirait un mauvais film de série B. J'espère seulement qu'aucun de nos amis ne décrochera de rôle.
GG

**Q:** Chère GossipG,
J'ai complètement oublié de te le raconter avant, mais j'ai vu la petite troisième aux nichons énormes dans la salle d'attente de mon chirurgien plastique. Elle feuilletait un bouquin intitulé *Seins de stars*. Je ne plaisante pas. Genre, comme si elle était carrément en train de choisir ceux qu'elle allait avoir.
Rapporteuse

**R:** Chère Rapporteuse,
Tout ça est très intéressant, mais peux-tu donc me rapporter – enfin je veux dire me raconter, ce que *toi*, tu faisais là ?
GG

**COMME SI VOUS N'ÉTIEZ DÉJÀ PAS ASSEZ EXCITÉS...**

Maintenant que ces histoires de candidatures anticipées sont terminées, nous pouvons nous concentrer sur des choses un peu plus essentielles : la fashion week. Elle commence vendredi et tous mes chouchous seront là, y compris moi. Alors rendez-vous au premier rang !

Vous m'adorez, ne dites pas le contraire.

gossip girl

## *le maigrichon poète du westside goûte à la gloire*

Mardi matin, en se rendant à Riverside Prep, Dan s'arrêta au kiosque à journaux à l'angle de la 79e et de Broadway pour acheter le numéro de la Saint-Valentin du *New Yorker* et un grand café noir qui semblait avoir été préparé trois jours plus tôt – exactement comme il l'aimait. La première page était une illustration représentant l'arche de Noé amarrée à un embarcadère dans le port de New York, avec la Statue de la Liberté, surgissant au loin. Sur le flanc du bateau étaient peints les mots *The Love Boat*[1], et tous les animaux, alignés pour monter à bord, se tenaient par la main, s'embrassaient et se pelotaient. C'était plutôt marrant. Sans bouger du trottoir, au coin, Dan s'alluma une Camel sans filtre, les doigts tremblants et consulta le sommaire au verso à la recherche de son poème. Il était là, dans la rubrique Poésie : Daniel Humphrey, page quarante-deux, « Salopes ». Il feuilleta la revue, cherchant la page dite, oubliant totalement la cigarette qui brûlait entre ses lèvres. La page quarante-deux était la neuvième

1. « Le bateau de l'amour », qui est aussi le titre original de la série « La croisière s'amuse » *(N.d.T.)*

page d'une nouvelle qui en comptait quatorze, d'un certain Gabriel Garcia Rhodes, intitulée « Amor con los gatos » – « L'amour avec les chats ». C'était là, en plein milieu de cette histoire, que se trouvait le poème de Dan.

*Essuie le sommeil de mes yeux, sers-moi une autre tasse.*
*Je vois ce que tu essaies de me dire depuis le début,*
*En te rasant la tête et en me manipulant si délicate-*
*[ment,*
*Avec du satin et de la dentelle,*
*Tu es une pute.*

Il faisait un froid glacial, mais le front de Dan se couvrit d'une sueur nerveuse et sa langue devint aussi sèche que du petit bois. Il cracha la cigarette allumée sur le trottoir et referma le magazine, qu'il rangea dans son sac noir à bandoulière. S'il était allé jusqu'à la page des auteurs, il aurait pu lire la présentation suivante : *Daniel Humphrey (Poème, p. 42) est en terminale dans un lycée de New York. Il s'agit de sa première publication*. Mais Dan ne pouvait supporter de lire la revue un instant de plus, alors même que des milliers de personnes, la feuilletant, s'interrompaient pour lire son texte brutal, en colère, dont il n'était honnêtement pas persuadé qu'il fût bon.

Dan descendit Broadway en direction de son école, les mains tremblant comme des feuilles. Si seulement il avait manigancé une expédition pour aller saboter les presses du *New Yorker* et les empêcher d'imprimer les voyelles. Tous les numéros spécial Saint-Valentin auraient été retirés de la vente la veille au soir, tard.

Comme si c'était le genre de trucs qu'on peut manigancer.

— Yo, mec.

Juste derrière lui, Dan entendit la voix familière et pleine de suffisance du camarade de Riverside Prep qu'il appréciait le moins. Dan s'arrêta et se retourna ; Chuck Bass rejeta par-dessus son épaule son écharpe griffée en cachemire bleu marine à monogramme et passa une main manucurée dans ses cheveux bruns décolorés de mèches blondes.

— Pas mal ton poème dans le *New Yorker*, *man*.

Il gratifia Dan d'une claque de félicitations sur l'épaule, la chevalière qu'il portait au petit doigt scintilla dans la lumière hivernale.

— Qui aurait cru que tu pouvais être un pareil tombeur ?

N'y avait-il pas une pointe de franche homosexualité chez Chuck Bass ces derniers temps ? Ou peut-être pas. Ses nouvelles mèches et son manteau de laine cintré couleur crème signé Ralph Lauren porté avec des baskets en cuir orange de chez Prada ne signifiaient pas forcément qu'il avait cessé d'agresser sexuellement de pauvres filles éméchées, sans défense, dans les soirées. Peut-être était-ce sa façon de s'exprimer, tout simplement.

Il n'y avait rien de mal à ça.

— Merci, marmonna Dan en triturant le couvercle en plastique de sa tasse de café.

Il se demandait si Chuck comptait faire le chemin jusqu'à l'école avec lui pour discuter du poème. Mais soudain le portable de Dan se mit à sonner, lui évitant de devoir répondre aux questions débiles de Chuck, telles que le nombre de filles qu'il avait baisées avant d'écrire ce texte, ou autres sujets de prédilection de Chuck le matin en allant à l'école, quels qu'ils soient.

Dan plaça son téléphone à l'oreille, Chuck lui redonna une grande tape sur l'épaule puis s'éloigna.

— Allô ?

— Félicitations, Danielson ! lui hurla Rufus dans le combiné.

Son père ne sortait jamais du lit avant huit heures, c'était donc la première fois que Dan lui parlait ce matin.

— T'es un vrai, toi ! Un authentique ! Le *New Yorker*, le foutu *New Yorker* !

Dan pouffa, un peu honteux. D'innombrables carnets remplis des étranges poèmes décousus de son père étaient entassés dans une boîte poussiéreuse, au fond du placard à balais. Bien qu'éditeur des poètes mineurs de la Beat Generation, dans les faits, Rufus n'avait jamais vraiment été publié.

— Et tu ne croiras jamais..., poursuivit Rufus, mais à ce moment de la conversation, sa voix s'interrompit.

Dan entendit la chasse d'eau retentir en fond sonore. Typique. Son père lui téléphonait alors qu'il était aux chiottes.

Dan but une gorgée de café et accéléra le pas, traversant Broadway pour emprunter la 77e Rue. Il allait être en retard en cours de chimie s'il ne se dépêchait pas. Quoique ce ne fût pas très grave.

— Papa ? Tu es toujours là ?

— Attends, fiston, répondit Rufus d'un air distrait. J'ai les mains occupées, là.

Dan voyait d'ici son père se sécher les mains sur

la serviette rouge effilochée qui pendait derrière la porte de la salle de bains et prendre son numéro du *New Yorker* qu'il avait roulé sous son aisselle poilue, pour pouvoir relire le poème de Dan.

— Les responsables des admissions de Brown et de Columbia m'ont appelé pour me dire quel prodige tu es, expliqua Rufus.

On aurait dit qu'il avait la bouche pleine et Dan entendait l'eau couler. Était-il en train de se laver les dents ?

— La bave leur dégoulinait de la bouche, à ces salopards.

— Brown et Columbia ? C'est vrai ? répéta Dan, incrédule.

Devant lui, le trottoir, les vitrines, les piétons, tout se brouilla soudain en une masse, une sorte d'océan, au ralenti.

— Tu es sûr que c'étaient eux, Columbia et Brown ?

— Aussi sûr que ma pisse est jaune, rétorqua allègrement Rufus.

D'habitude, Dan blêmissait à la crudité des propos de son père, mais pour l'instant, il était trop obnubilé par son propre succès. Être un poète publié n'était peut-être pas si mal, finalement. Devant lui se dessinait le portail en métal noir du lycée de Riverside Prep.

— Hé, papa, je dois aller en cours, mais merci d'avoir appelé. Merci pour *tout*, s'emporta-t-il, dans un élan d'affection pour son vieux batailleur de père.

— Pas de problème, fiston. Mais que ça ne te monte pas à la tête, hein, plaisanta Rufus, incapable de dissimuler la fierté dans sa voix bourrue. Souviens-toi que les poètes sont des humbles.

— Je m'en souviendrai, promit Dan avec sérieux. Merci encore, papa.

Il raccrocha, ouvrit le portail et en signant le registre de présence, il salua Aggie, la vieille réceptionniste qui portait une perruque différente chaque jour de la semaine. Son portable émit un bip et il se rendit compte qu'il avait manqué un appel pendant la conversation avec son père. Les téléphones étaient interdits pendant les cours, mais la première heure avait déjà commencé et les couloirs étaient déserts. Grimpant d'un pas lourd l'escalier de béton qui menait au labo de chimie, il écouta sa messagerie.

— Daniel Humphrey, ici Rusty Klein, de Klein, Lowenstein & Schutt. J'ai lu votre poème dans le *New Yorker* et comme j'imagine que vous n'avez pas encore d'agent, je vais vous représenter. Je vous ai inscrit sur la liste des invités pour la soirée Better Than Naked[1] vendredi soir. Nous pourrons discuter. Vous n'en êtes peut-être pas encore conscient, Daniel, mais vous allez faire un carton. Le public a besoin d'un jeune poète sérieux qui le fasse se sentir indigne et superficiel. Et maintenant qu'on a toute leur attention, il faut pas lâcher l'affaire. Vous êtes le futur Keats et on va faire de vous une star tellement vite que vous finirez par croire que vous êtes né comme ça. J'ai hâte de vous rencontrer. Ciao !

Dan chancela devant la porte du labo en écoutant une deuxième fois le message fort et essoufflé de Rusty Klein. Il avait entendu parler de Rusty Klein.

1. « Mieux que nu ». *(N.d.T.)*

C'était elle qui avait négocié le contrat à un million de dollars pour le livre d'un jockey écossais qui prétendait être le fils illégitime du prince Charles. Dan avait lu un article sur ce sujet dans le *New York Post*. Il n'avait aucune idée de ce que pouvait bien être la soirée Better Than Naked, mais c'était plutôt cool de la part de Rusty de l'inscrire sur la liste des invités alors qu'ils ne s'étaient jamais rencontrés. Il avait aussi adoré s'entendre appeler le futur Keats. Keats était une de ses influences majeures et si Rusty Klein pouvait sentir *ça* après la lecture d'un seul de ses poèmes, il était carrément pour qu'elle le représente.

Rangeant son portable dans son sac, il ressortit son exemplaire du *New Yorker*. Cette fois, il jeta un œil à la page des auteurs et lut sa courte biographie avant de revenir à la page quarante-deux. Il relut son poème du début à la fin, sans plus aucune honte de voir son œuvre publiée. Rusty Klein l'avait trouvé bon – *Rusty Klein !* Alors c'était peut-être vrai. Il était peut-être bon. Il leva les yeux, regarda par la petite ouverture vitrée dans la porte du labo et vit les têtes penchées des garçons toutes alignées comme des pièces d'échecs face au tableau noir. L'école lui parut soudain tellement triviale. Il était parti pour des choses phénoménalement plus grandes et infiniment meilleures !

La porte du labo s'ouvrit brusquement et M. Schindledecker, qui était bizarrement petit et vêtu d'un costume croisé très laid, dévisagea Dan en triturant sa moustache brune et raide.

— Vous prévoyez de vous joindre à nous, monsieur Humphrey, ou bien vous préférez rester là à nous observer par la fenêtre ?

Dan roula son exemplaire du *New Yorker* et le cala sous son bras.

— Je crois que je vais me joindre à vous, répondit-il en pénétrant dans le labo et en se dirigeant calmement vers un siège situé au fond de la classe.

Comme c'était étrange. Dan ne faisait jamais rien calmement et il avait à peine reconnu sa voix quand il s'était exprimé à l'instant, car elle contenait une pointe d'insolence, comme si, à l'intérieur de lui, quelque chose de nouveau avait fleuri et était prêt à être libéré.

C'était comme ce vers dans le poème de Keats : « Pourquoi ai-je ri, ce soir ? » La poésie, la gloire, la beauté sont ivresses…

C'était pile ce que Dan ressentait.

## *un scoop fumeux*

— Sortons fumer des cigarettes, murmura Elise à l'oreille de Jenny tandis qu'elles se dirigeaient vers la cafétéria pour la récréation de onze heures, la pause cookies et jus de fruits de Constance Billard.

Seules les élèves de terminale étaient autorisées à sortir de l'enceinte de l'école au deuxième semestre, cette proposition était donc très clairement super illégale.

Jenny se figea dans l'escalier.

— Je ne savais pas que tu fumais.

Elise ouvrit la petite poche extérieure de son sac à dos beige Kenneth Cole et sortit un paquet de Marlboro Light à demi entamé.

— Seulement de temps en temps, répondit-elle en remettant le paquet dedans au cas où un prof apparaîtrait dans l'escalier. Tu viens ?

Jenny hésita. Si la gardienne les voyait partir, elle leur crierait après, elle avertirait leur prof principal et peut-être même leurs parents.

— Comment veux-tu… ?

— On y va, c'est tout, la pressa Elise en la tirant par la main.

Elle se mit à descendre les escaliers en courant, traînant Jenny derrière elle.

— Allez, allez, fonce !

Jenny retint sa respiration et suivit Elise au rez-de-chaussée, elles traversèrent le hall d'entrée moquetté de rouge à toutes jambes, en direction de la porte. Trina, la gardienne de l'école, aboyait dans son casque tout en triant le courrier. Elle ne remarqua même pas les deux troisièmes filer devant elle sans s'arrêter pour signer le registre de sortie.

Olivia était assise, seule, sur le perron de la 94e Rue Est où se réunissaient généralement les terminales de Constance Billard ; elle fumait rageusement une menthol ultra light et passait encore une fois en revue les questions pour l'entretien d'entrée à l'université auxquelles elle se préparait à répondre depuis le mois d'octobre. Il ne restait que deux jours avant son rendez-vous avec Owen Wells et elle refusait catégoriquement de merder celui-là.

*Parlez-moi de vos centres d'intérêt. Quel genre d'activités extrascolaires pratiquez-vous ?*

*Je suis présidente du club français et de la commission d'aide sociale du lycée. Je suis également animatrice du groupe de discussion, j'apporte des réponses aux troisièmes sur des thèmes de société. Je suis classée au niveau national en tennis – je joue tout l'été, mais seulement deux fois par semaine l'hiver. Je suis bénévole pour la soupe populaire aussi souvent que possible. Je suis à la tête du comité d'organisation d'environ huit soirées caritatives par an. Nous étions censés donner un bal de la Saint-Valentin dimanche, au bénéfice de Little Hearts, une association à but non lucratif pour les enfants souffrant de problèmes cardiaques, mais il a été annulé à cause de la fashion week. Nous craignions que personne ne vienne.*

*J'ai envoyé un courrier à toutes les personnes sur la liste d'invités et suis ainsi parvenue à rassembler près de trois cent mille dollars. La récolte de fonds a toujours été un de mes points forts et je projette sérieusement de proposer mes services à Yale.*

Olivia voyait déjà les yeux d'Owen s'écarquiller de surprise, impressionné. Comment Yale pourrait-elle ne pas l'accepter ? Elle était de toute première catégorie.

Une menteuse de toute première catégorie, plutôt. L'histoire de la soupe populaire était complètement bidon et elle avait un peu omis de mentionner les sept autres membres du comité d'organisation qui avaient participé à la collecte de fonds pour Little Hearts.

— Salut, Olivia !

Serena arrivait d'un pas tranquille dans sa direction, ses résilles noires trouées à un genou, ses lumineux cheveux blonds remontés en un chignon négligé. Le genre d'allure qui fait tout de suite trash chez certaines, mais que Serena pouvait se permettre, parce que même habillée n'importe comment, elle avait la classe. Un chauffeur de taxi qui passait à toute vitesse dans la rue la siffla par la fenêtre et klaxonna en la dépassant. Serena était tellement habituée aux sifflets des hommes et aux coups de klaxon des voitures qu'elle ne se donnait même jamais la peine de se retourner.

Elle s'assit à côté d'Olivia et tira de sa poche un paquet turquoise d'American Spirits tout écrasé. Elle s'était mise à fumer cette marque depuis qu'Aaron et elle étaient ensemble, parce que ces cigarettes étaient censées être cent pour cent naturelles et sans additifs.

Comme s'il y avait une telle différence entre le monoxyde de carbone cent pour cent naturel et le monoxyde de carbone artificiel. N'importe quoi.

— J'arrive toujours pas à y croire. Ce que t'es cool, comme ça, souffla Serena qui admirait la coupe d'Olivia tout en allumant sa cigarette. Qui aurait cru que tu serais aussi canon avec des cheveux courts.

Du coup, Olivia toucha sa tête avec affectation. Elle était persuadée d'être furieuse contre Serena, mais elle n'arrivait même plus à se souvenir pourquoi. Sa coiffure était super canon, c'était également son avis.

La flatterie peut faire des merveilles.

— J'essayais de trouver une bonne idée de cadeau pour Aaron, tu vois, pour le féliciter d'avoir été accepté à Harvard... Tu n'aurais pas une idée d'un truc dont il aurait vraiment envie ou besoin ?

Voilà, ça lui revenait. Olivia savait pourquoi elle était en colère contre Serena. *Aaron, Aaron, Aaron.* C'était pénible, limite gerbant.

— Pas vraiment, bâilla-t-elle. Un relookage ?

— Très drôle, répondit Serena. Hé, on les connaît, ces filles, non ?

De l'autre côté de la rue, Jenny et Elise marchaient avec cette timidité, cette façon de se rentrer dedans qu'ont les filles de quatorze ans quand elles veulent approcher quelqu'un à qui elles sont gênées d'adresser la parole.

Pour finir, les deux filles déambulèrent jusqu'à Olivia et Serena.

— On a apporté nos propres clopes, annonça Jenny d'un air aussi nonchalant que possible, bien qu'elle fût toujours un peu flippée d'avoir quitté l'école en douce.

Elise sortit de son sac son paquet de Marlboro, mais avant qu'elle eût pu en offrir une à Jenny, Serena lui lança son paquet d'American Spirits.

— Range-moi ça, fit-elle. Celles-ci sont carrément meilleures pour vous.

Elise hocha la tête d'un air grave.

— Merci.

Elle sortit deux cigarettes du paquet, qu'elle plaça toutes deux entre ses lèvres. Puis elle alluma son briquet Bic vert et tira dessus simultanément avant d'en tendre une à Jenny.

Avec hésitation, Jenny en aspira une bouffée. Après sa rupture avec Nate, elle avait tenté de se mettre à fumer, pour parfaire sa nouvelle image de femme blasée, mais sa gorge avait tellement souffert qu'elle avait été forcée d'arrêter après quelques jours seulement.

— Alors, tu as jeté un coup d'œil à tes e-mails aujourd'hui ? lui demanda Olivia en haussant mystérieusement un de ses sourcils fraîchement épilés.

— Mes e-mails ? s'étonna Jenny, se mettant à tousser après avoir rempli ses poumons de fumée.

Olivia sourit mentalement. Même si le blond de chez Bendel avait l'air un peu abruti, Jenny et lui formeraient un très joli couple. Le grand dadais et la petite mignonne aux gros seins.

— Laisse tomber, répondit-elle, encore plus mystérieuse. Mais fais en sorte de vérifier régulièrement, à partir d'aujourd'hui.

Bien entendu, maintenant, Jenny n'avait plus qu'une idée en tête : se précipiter à l'école pour consulter ses e-mails, mais elle ne pouvait tout de même pas abandonner Elise, surtout que deux autres terminales s'approchaient du perron pour se joindre au groupe de fumeuses.

— Ce que mes putains de pieds peuvent souffrir avec ces bottes. C'est comme les Japonaises avec leurs pieds bandés.

Kati Farkas s'affala à côté d'Olivia et défit la fermeture Éclair de ses bottines bleu canard Charles Jourdan.

— *Arrête* de te plaindre de tes bottes, geignit la quasi-sœur siamoise de Kati, Isabel Coates.

Isabel s'appuya contre la rambarde métallique du perron et but une gorgée de son gobelet en carton plein de chocolat chaud surmonté de crème fouettée. Elle portait un manteau Dolce & Gabbana vert vif trouvé à une vente d'articles de démonstration en soldes. Il n'avait aucun bouton et était noué à la taille par une épaisse corde noire, l'ensemble évoquait une robe de moine, mais vert vif.

Pas étonnant qu'il n'ait jamais été vendu en octobre.

— Peut-être que si tu avais *effectivement* eu les pieds bandés comme les Japonaises, tes bottines ne te feraient pas aussi mal, poursuivit Isabel. Tu n'avais qu'à me les laisser, c'est quand même *moi* qui les ai vues en premier...

— Les Chinoises, ne put s'empêcher de rectifier Jenny. Ce sont les Chinois qui forçaient les femmes à se bander les pieds.

Kati et Isabel la dévisagèrent d'un air crétin.

— Vous ne devriez pas être en cours ? voulut savoir Isabel.

— Elles fument avec nous, fit Olivia, d'un ton protecteur.

C'était plutôt marrant d'avoir deux petites sœurs de troisième. Même si elle n'avait jamais vraiment rêvé d'avoir une *vraie* petite sœur, ni rien.

Kati fit mine de ne pas remarquer qu'Olivia se montrait vraiment sympa avec ces deux petites merdeuses de quatorze ans et préféra jeter ses bras autour de son cou pour placer un baiser sur chacune de ses joues poudrées.

*Mwah ! Mwah !*

— J'ai trop honte, je ne t'ai encore rien dit, mais ta coiffure est carrément *top*. J'adore, j'adore, *j'adore* ! couina-t-elle. Tu as été tellement courageuse. Il paraît que tu avais un chewing-gum dans les cheveux ? C'est pour ça que tu t'es décidée à les couper aussi court ?

— Je peux toucher ? demanda Isabel.

Elle posa son chocolat chaud et vint palper l'arrière de la tête d'Olivia avec une main hésitante.

— C'est trop bizarre ! Comme un garçon !

Olivia regretta soudain de ne pas avoir mis un chapeau ou un genre de turban pour venir au lycée. Elle laissa tomber sa cigarette sur la marche juste en dessous et l'écrasa du bout de sa botte pointue.

— Allez, venez, les filles, lança-t-elle en se mettant debout et en tendant sa main gantée vers Jenny et Elise comme Mary Poppins venant chercher les enfants au terrain de jeux. Je vous raccompagne à l'école.

Jenny et Elise jetèrent leurs cigarettes dans les arbustes qui bordaient la maison voisine et se levèrent, en hissant leurs sacs sur leur dos. Elles avaient testé la pause clope avec les terminales sur un perron dans le froid glacial et ne voyaient pas bien l'intérêt.

— Tu crois que ça m'irait, les cheveux aussi courts ? s'enquit Elise, se pressant pour arriver à suivre Olivia.

N'importe quoi plutôt que la coupe au carré digne du jardin d'enfants qu'Elise arborait en ce moment, mais Olivia n'eut ni le cœur ni l'énergie de le lui avouer.

— Je te donnerai le numéro de mon coiffeur, proposa-t-elle généreusement.

Comme elles passaient le coin de la 93e Rue Est, Mary, Vicky et Cassie franchissaient le portail en faisant de grands signes.

— On vous a vues sortir à la récré !

— On est venues vous chercher !

— On ne voulait pas que vous ayez des ennuis !

Olivia mit les bras autour de Jenny et Elise, les guidant vers le portail, bien consciente que les trois filles se comportaient tout simplement en odieuses petites fouines.

— Tout va bien, leur dit-elle froidement. Vous ne devriez pas être en cours ?

Mary, Vicky et Cassie les dévisagèrent, outrées et incrédules. Elles qui étaient tellement plus *cools* que Jenny et Elise. Que fallait-il qu'elles fassent pour le prouver ?

Serena demeura sur le perron glacial, pas vraiment ravie de se retrouver seule en compagnie de Kati et Isabel. Elle se mit à examiner ses pointes de cheveux, essayant de songer au cadeau spécial université-te-voilà pour Aaron tandis que Kati et Isabel espéraient avidement le vrai scoop sur les cheveux d'Olivia.

— Elle avait des poux, je parie ?

— J'ai entendu dire qu'elle avait eu une crise maniaco-dépressive et qu'elle s'y était attaquée aux ciseaux à ongles. Elle a été obligée d'aller arranger le tout chez le coiffeur.

— Je trouve sa coiffure très cool, répondit Serena d'un air rêveur.

Kati et Isabel la regardèrent fixement, déçues. Si Serena ne balançait rien, elles allaient être obligées d'inventer quelque chose.

Et soyons honnêtes – c'était quand même bien plus marrant.

gossipgirl.net

thèmes ◀précédent suivant▶ envoyer une question répondre

*Avertissement-: tous les noms de lieux, personnes et événements ont été modifiés ou abrégés afin de protéger les innocents. En l'occurrence, moi.*

## salut tout le monde !

### CRISE DE LA QUARANTAINE PRÉMATURÉE

Alors maintenant, **C** se fait faire des *mèches* ? D'accord, elles ne vont pas mal avec ses T-shirts en stretch pastel et ses tennis Prada orange, mais depuis quand est-il aussi… outrancier ? Il paraît qu'il a été vu lundi soir dans un nouveau club exclusivement sur invit', hyper sélect, de Greenwich Village appelé **Bubble**, un lieu réservé aux garçons, si vous voyez ce que je veux dire. Cela voudrait-il dire qu'après avoir dragué toutes les femmes de la ville, il est passé aux hommes ?

Un autre garçon m'inquiète, c'est **N**, mon chouchou. Bien sûr, il est toujours aussi canon, et oui, je donnerais bien mon sac Birkin de chez Hermès pour devenir sa princesse des fées. Si seulement il voulait s'abstenir d'errer vers le haut de la 5e Avenue en ingurgitant des lampées furtives de la flasque en argent qu'il a toujours dans sa poche, comme une véritable boule de nerfs… S'il a besoin qu'on lui tienne la main, il sait où me trouver.

Mais la métamorphose la plus spectaculaire entre toutes, c'est celle de **D,** d'ordinaire si maigrichon et débraillé. Si vous ne l'avez pas encore vu aujourd'hui, voici la nouvelle : il s'est fait couper les cheveux ! OK, c'est clairement l'œuvre du vieux barbier au coin de Broadway et de la 88ᵉ Rue Ouest, mais ses jolis yeux marron sont tout à fait visibles désormais – ça c'est un progrès, pas de doute, et on dirait bien qu'il se laisse pousser les pattes, façon intello sexy. Il assure !

## ON TRAÎNE AVEC LES GRANDES FILLES

Il est extrêmement flatteur d'être prises sous l'aile d'une fille plus âgée et de goûter un peu à la vie des filles-tellement-cools-qu'elles-n'ont-même-pas-à-se-forcer. Mais pas la peine de s'emporter, en s'imaginant que la susdite fille plus âgée va vous appeler pour aller au cinéma avec vous. Ce n'est pas le cas. Et dès qu'elle sera débordée par les exams, les soirées, les boutiques à la recherche de sandales, tout ce que font les filles plus âgées pendant leur temps libre, elle va complètement oublier tous ces supers moments que vous avez passés ensemble. Voire votre nom. Bien sûr, je me trompe peut-être complètement. Vous finirez peut-être amies pour la vie et vous parrainerez l'une l'autre au country club du Connecticut auquel vous vous inscrirez quand vous serez mariées et mères de famille. Mais peut-être pas. Vous ne pourrez pas dire que je ne vous ai pas prévenues.

## VOS E-MAILS

**Q:** Chère GG,

J'ai peut-être mal interprété la situation, mais je suis sûre d'avoir vu A, de Bronxdale, en train de raconter à une autre fille de notre classe : « Je suis le meilleur, je vais à Harvard » et elle qui disait des trucs comme : « Tu es trop beau. J'ai envie de toi. » Hum, il avait pas déjà une copine ?

S.T.V.

**R:** Chère S.T.V.

Ça veut dire quoi, S.T.V., au fait ? Seul témoin visuel ? Sans Toi à Valhalla ? Star de la TV ? Si ce que tu dis est vrai, alors je suis T.P.U.C.B. – triste pour une certaine blonde.

GG

**Q:** Chère Ggirl,

Il paraît que O a été prise en flag' en train de se droguer à l'école et maintenant elle est obligée de faire un travail d'intérêt général en secret. En plus, elle va en cure de désintox, c'est pour ça qu'elle s'est fait raser les cheveux. C'est comme en prison, genre, on est obligé.

Daisy

**R:** Chère Daisy,

On dirait un mauvais téléfilm. Tu ne crois quand même pas tout ce que tu racontes, j'espère ?

GG

Ouh-là. Je suis en retard pour mon application d'auto-bronzant – seul moyen pour moi de garder le sourire jusqu'à l'été.

Vous m'adorez, ne dites pas le contraire.

gossip girl

## n achète un sachet à dix dollars

Mardi, après l'école, Nate s'aventura à Central Park dans l'intention d'approcher les dealers de Sheep Meadow. Il avait passé vingt-quatre heures complètes sans être défoncé, et au lieu de se sentir plein de santé et d'énergie, il s'ennuyait grave, sans herbe. Les cours lui paraissaient deux fois plus longs, et même les blagues de pet pourries de Jeremy Scott Tompkinson lui arrachaient à peine un sourire.

Le soleil de la fin d'après-midi était bas dans le ciel, donnant un étrange éclat doré au gazon bruni et givré. Deux mecs balèzes vêtus d'un sweat-shirt noir portant la mention *Staff* imprimée dans le dos se lançaient un ballon de foot et une minuscule vieille dame en tailleur Chanel rouge et étole de renard promenait son bichon frisé fraîchement toiletté. Comme d'habitude, les dealers étaient tous assis sur des bancs, autour du périmètre de la pelouse, à écouter le sport sur leur walkman ou plongés dans la lecture du *Daily News*. Nate repéra une silhouette familière, un type roux vêtu d'un survet' Puma gris clair, de baskets Puma assorties, grises et blanches, de lunettes de mouche et d'une casquette Kangol noire.

— Salut, Mitchell ! l'interpella Nate, ravi.

La vache, c'était bon de le retrouver. Mitchell leva la main pour le saluer, Nate approcha.

— Je te croyais à Amsterdam, man.

— Pas encore, fit Mitchell en secouant lentement la tête.

— Je te cherchais. J'ai failli aller me fournir chez une de ces racailles, là-bas. T'en as, au moins ? demanda Nate.

Mitchell acquiesça et se leva. Ils empruntèrent le chemin côte à côte, comme des amis en balade dans le parc. Nate sortit un billet de cent dollars plié de la poche de son manteau et le garda dans son poing, prêt à le glisser dans la paume de Mitchell dès qu'il lui aurait filé la marchandise.

— J'ai reçu une nouvelle livraison du Pérou, dit Mitchell en sortant de sa poche un sachet en plastique plein d'herbe qu'il tendit discrètement à Nate.

Un promeneur les observant aurait pu croire qu'ils se partageaient un en-cas, ou quelque chose. Enfin, s'il était complètement naïf.

— Merci, mon pote.

Nate lui tendit le billet de cent et enfonça le sachet dans sa poche en laissant échapper un profond soupir de soulagement. Dommage qu'il n'ait pas pris de papier à rouler, il aurait pu se faire un bon gros joint sur-le-champ.

— Alors, dit-il, estimant que c'était quand même la moindre des politesses de bavarder un moment avec Mitchell avant d'y aller. Tu te casses toujours à Amsterdam ou quoi ?

Mitchell s'immobilisa et défit la fermeture Éclair de sa veste Puma.

— Nan, je suis coincé ici pour un moment.

Il releva son T-shirt gris à manches longues, révélant son torse nu, couvert de taches de rousseur. Et sur sa poitrine étaient fixés des fils.

Nate avait vu suffisamment d'épisodes de *New York District* pour savoir ce que cela signifiait. Le paysage lugubre parut se refermer sur lui, il recula d'un pas et trébucha. Il avait perdu connaissance ou quoi ? Tout ça n'était-il qu'un mauvais rêve ?

Mitchell laissa retomber son T-shirt et remonta la fermeture Éclair de sa veste. Il avança vers Nate, comme s'il craignait que celui-ci n'essaie de déguerpir.

— Désolé, petit. Ils m'ont eu. Je roule pour la police, maintenant, fit-il en désignant de la tête les bancs derrière eux. Ces « racailles », comme tu dis, c'est tous des flics, vu ? Alors n'essaie pas de te barrer. Toi et moi on va rester là jusqu'à ce que je leur fasse signe et ensuite l'un d'entre eux t'emmènera à pied jusqu'au commissariat sur Amsterdam Avenue. *Amsterdam* – quelle ironie, hein ?

Nate sentait bien que Mitchell essayait de le faire sourire pour éviter de se sentir trop mal de l'avoir piégé.

— Bien, fit Nate d'un air figé.

Comment cela avait-il pu se produire ? Il n'avait jamais été trahi avant, c'était une sensation plutôt merdique. Il laissa tomber le sachet d'herbe par terre et shoota dedans pour l'éloigner de lui.

— Et merde, jura-t-il à voix basse.

Mitchell ramassa le sachet et posa la main sur l'épaule de Nate. Il leva l'autre main en l'air et l'agita en direction des flics sur les bancs. Deux types accoururent. Ils ne ressemblaient même pas à des flics. Un des deux portait un jean noir Club Monaco et l'autre un bonnet débile à pompon rouge. Ils présentèrent leur badge à Nate.

— On va pas te mettre les menottes, expliqua Club Monaco. T'es mineur, j'imagine ?

Nate hocha la tête d'un air morose, en évitant le regard du flic. Il aurait dix-huit ans en avril.

— En arrivant au poste, tu pourras appeler tes parents.

*Je suis certain qu'ils seront ravis*, pensa amèrement Nate.

De l'autre côté de la pelouse, les deux joueurs de foot et la vieille dame au chien blanc et poilu s'étaient regroupés et le regardaient se faire arrêter comme s'il s'agissait du premier épisode d'une nouvelle émission de télé-réalité bien croustillante.

— Tu seras relâché dans quelques heures, dit le flic à pompon rouge en prenant quelques notes dans un calepin.

Nate remarqua que le flic portait des anneaux d'or aux oreilles et il se rendit compte que c'était une femme, contrairement à ce que laissaient croire sa carrure et ses mains épaisses.

— Ils te colleront une amende et sûrement une obligation de traitement.

Mitchell gardait la main sur l'épaule de Nate, comme pour lui offrir un soutien moral.

— T'as du bol, ajouta-t-il.

Nate garda la tête baissée, espérant que personne de sa connaissance ne le verrait. Il ne se sentait pas vraiment en veine.

## *le d nouveau est arrivé !*

Mardi après-midi, Vanessa attendait Dan devant Riverside Prep, elle filmait les restes gelés d'une carcasse de pigeon mort en pensant au sexe. Dan lui avait laissé un mot à l'accueil de Constance Billard en lui demandant de venir le rejoindre à la sortie de l'école. *Urgent, retrouve-moi à quatre heures*, disait le message. *Quel cas, celui-là*, songea amoureusement Vanessa. Qu'est-ce qui pouvait bien être si urgent ? Il était sûrement en proie à une crise de paranoïa suite à la parution de son poème dans le *New Yorker* aujourd'hui. Ou alors, il se sentait extrêmement excité et ne pouvait plus attendre pour remettre ça. Avant même d'avoir pris sa douche ce matin, Vanessa s'était précipitée au kiosque du coin pour acheter six exemplaires du *New Yorker*. Comme ça, elle en aurait toujours un sous la main pour l'agiter devant Dan dès qu'il se sentirait particulièrement déphasé.

En y réfléchissant, elle se disait que c'était elle qui aurait dû flipper. Ce poème parlait d'un type qui manquait d'assurance avec les femmes, surtout avec sa petite amie dominatrice. Les gens qui les connaissaient allaient prendre Vanessa pour une vraie casse-couilles. Mais le dernier vers était tellement adorable, tellement sexy, qu'elle ne pouvait pas se plaindre.

*Prends soin de moi. Prends-moi. Prends soin. Prends-moi.*

À la lecture de ces mots, elle avait envie d'arracher tous ses vêtements et de lui sauter dessus. *En douceur*, bien sûr.

Elle était encore plongée dans ses pensées lorsque Dan surgit du portail de Riverside Prep. Il agita son numéro froissé du *New Yorker* et galopa jusqu'à elle dans ses Puma blanches râpées et son velours bleu marine. Il planta un gros baiser mouillé sur ses lèvres.

— J'ai passé la meilleure journée de toute ma vie ! trompeta-t-il. Je t'aime !

— Pas besoin de jouer au romantique pour retrouver le chemin de mon lit, glousa Vanessa avant de l'embrasser à nouveau. Je suis toujours dispo. Et au fait, je t'aime aussi.

— Cool, fit Dan en lui souriant bêtement.

Vanessa n'arrivait pas à croire que c'était le même Dan qu'elle avait vu encore hier. Il restait pâle, maigre et surcaféiné, mais ses yeux marron brillaient et il y avait des traces de fossettes creusées par le sourire dans ses joues d'habitude cireuses. Attends voir. Depuis quand pouvait-elle voir ses yeux ?

— Wouah, t'es allé chez le coiffeur, remarqua-t-elle en reculant pour mieux voir.

Dan avait demandé au barbier de lui couper les cheveux courts, mais en laissant de longues pattes, s'imaginant que c'était un moyen de ne pas ressembler aux connards de bourges de sa classe. Il se passa la main dans les cheveux, un peu embarrassé. C'était une sensation bizarre, mais d'une certaine façon plus propre qu'avant, plus… *homogène*. Et c'était exactement ce qu'il voulait – être jugé sur son œuvre, et pas sur ses cheveux.

Si tu le dis, Rouflaquette Man.

Vanessa posa les mains sur ses hanches. Il y avait quelque chose de si délibéré dans la coiffure de Dan, comme s'il avait fait exprès de choisir un look artiste, bohème, au lieu de demander une coupe, n'importe laquelle.

— C'est différent, commenta-t-elle d'un air songeur, déjà un peu nostalgique de l'ancien Dan aux cheveux hirsutes. J'imagine que je vais m'habituer.

Derrière eux, un groupe de garçons de quatrième s'élança hors du portail de l'école en chantant « Hello Dolly » à tue-tête. Ils sortaient du cours de musique et étaient encore trop jeunes et innocents pour se rendre compte à quel point ils avaient l'air gay.

*Hello Dolly ! Well hel-loo Dolly !*
*It's so nice to have you back where you belong !*[1]

Dan sortit un paquet de Camel sans filtre de son sac noir à bandoulière, donna un petit coup pour en faire sortir une et la coinça entre ses lèvres. Quand il l'alluma, ses doigts tremblaient de manière insensée. Voilà au moins une chose qui n'avait pas changé. Il tendit le paquet à Vanessa.

— T'en veux une ?

1. Salut, Dolly ! Eh bien, salut, Dolly !
C'est si bon de te savoir de retour à la maison !

Vanessa le dévisagea et eut un petit rire perplexe.

— Tu m'as déjà vu fumer ?

Dan expira la fumée au-dessus de sa tête et roula des yeux.

— Excuse-moi. Je ne sais pas ce qui m'a pris.

Il fourra le paquet dans son sac et attrapa les doigts glacés de Vanessa.

— Viens, allons nous balader. J'ai un truc énorme à te raconter.

Ils étaient sur le point de partir quand Zeke Freedman franchit les portes du lycée, en faisant rebondir un ballon de basket bleu fluo. Zeke était costaud, il avait le pas lourd, et pourtant, il était la star de l'équipe de basket de Riverside Prep. Il s'était laissé pousser les cheveux ; noirs et bouclés, ils lui arrivaient maintenant aux épaules, et il arborait une nouvelle veste de snow-board gris souris. Zeke et Dan étaient meilleurs amis depuis le CE1, mais ils n'avaient pas passé beaucoup de temps ensemble ces derniers mois, parce que Dan avait d'autres préoccupations.

En l'occurrence, les femmes et la poésie.

Dan se rendit compte qu'il ne savait même pas à quelle université Zeke avait postulé. C'était surtout de sa faute si cette distance s'était installée entre eux et Dan culpabilisait.

— Hé, Zeke, lança-t-il.

Celui-ci s'arrêta, son corps épais paraissait encore plus massif que d'habitude dans son nouveau blouson.

— Salut, Dan, répondit-il avec un sourire prudent sans cesser de faire rebondir son ballon sur le trottoir gelé. Salut, Vanessa.

— Qu'est-ce que tu penses de sa nouvelle coupe ? demanda-t-elle avec un sourire narquois. Ça fait partie de sa toute nouvelle image de M. Poète Publié.

— Ah bon ?

Zeke ne semblait pas savoir de quoi Vanessa voulait parler. Il jeta un coup d'œil de l'autre côté de la rue, donna un grand coup sur son ballon avant de lever la main pour les saluer.

— À plus.

— À plus, répondit Dan en regardant son vieux copain dribbler la balle en s'éloignant.

— Alors quelle est cette grande nouvelle ? demanda Vanessa tandis qu'ils se dirigeaient vers l'ouest par la 78$^{e}$ Rue.

L'air froid faisait éclater les nuages dans le ciel gris pâle. Au bout de la rue, à travers les branches dénudées des arbres de Riverside Park, Dan aperçut l'Hudson, qui scintillait.

— Eh bien, commença-t-il, cultivant le suspense, ce matin, un agent littéraire spécialiste des gros coups, Rusty Klein, m'a appelé sur mon portable et m'a laissé un message dément. Elle pense que je suis le futur Keats, elle a dit qu'il ne fallait pas lâcher l'affaire, maintenant qu'on avait l'attention du public.

— Ouah. Même *moi*, je la connais ! réagit Vanessa, impressionnée. Mais ça veut dire quoi, en fait ?

Dan souffla un nuage de fumée dans l'air.

— Je crois que ça veut dire qu'elle veut me représenter.

Vanessa se figea. Elle n'était plus très sûre qu'ils iraient où que ce soit.

— Mais tu n'as écrit qu'un seul poème. Qu'est-ce

qu'elle va faire ? Je ne veux pas être rabat-joie, Dan, mais il faut se méfier des gens comme elle, tu sais ? Elle pourrait essayer de profiter de toi.

Dan s'immobilisa à son tour. Il releva d'un coup le col de son manteau de marin en laine noire et le rabaissa aussitôt. Pourquoi Vanessa était-elle aussi négative ? Tout ceci était certes complètement inattendu, mais c'était aussi ultra cool, putain. Et ce n'était pas comme s'il allait pondre des best-sellers et se mettre à écrire des pubs pour Gap bourrées de clichés, juste parce qu'il avait un agent, si c'était ça qui l'inquiétait.

— Je sais pas, je crois qu'elle peut donner un coup de pouce à ma carrière. Si j'arrive à écrire un bouquin, elle pourrait le faire publier, tu vois.

Vanessa souffla sur ses mains, puis frotta ses oreilles nues, glacées.

— On peut aller chez toi ? Je me gèle le cul, là. Et on ferait mieux de bosser un peu sur le film.

Dan jeta sa cigarette sur le sol.

— Hum, en fait, je pensais rentrer à la maison pour relire tous mes carnets. Tu vois, histoire de voir s'il y a un lien thématique entre certains de mes textes. De la matière pour un bouquin.

Vanessa était sur le point de proposer ses services en tant que lectrice, mais Dan n'avait pas l'air de vouloir de l'aide.

— Très bien, dit-elle froidement. Appelle-moi si tu as besoin de quoi que ce soit.

Dan releva son col et alluma une autre cigarette, expérimentant son nouveau look.

— Oh, attends. Je voulais te poser une question. Rusty Klein m'a invité à un truc qu'elle appelle Better

Than Naked. « La soirée Better Than Naked ». C'est ce qu'elle a dit. Tu sais si c'est un groupe ou quoi ?

Better Than Naked était la marque de mode antimode dans laquelle Ruby, la grande sœur de Vanessa, claquait tout le fric que lui rapportaient ses concerts. La plupart de ces vêtements ressemblaient à de vieilles serpillières dégotées dans des boutiques de fripes qui seraient passées sous les roues d'une armada de machines à nettoyer les rues et c'était complètement intentionnel. Une mode très New York, très « fuck la tendance ».

— La fashion week commence vendredi, expliqua Vanessa. Apparemment, elle t'invite au défilé Better Than Naked, que je connais seulement parce que Ruby est dingue de leurs fringues et ne manque jamais un défilé sur la chaîne Metro. Je ne vois pas comment Rusty Klein a pu s'imaginer que toi, tu aurais envie d'y aller, remarque. Qu'est-ce que t'en as à foutre des fringues ? Ça va être bourré de poseurs et de pseudo-célébrités – tu vois le genre, tout le monde de la mode bien insipide.

Dan prit un air pensif en tirant sur sa cigarette.

— Je crois que j'irai faire un tour.

Rusty Klein aurait bien pu lui proposer de le voir pendant une rencontre de catch professionnel. Il s'agissait de construire sa carrière d'auteur, là.

Filmer Dan au défilé Better Than Naked aurait constitué un matériau parfait pour son film, mais Vanessa ne voulait pas gêner Dan pendant son rendez-vous avec quelqu'un d'aussi important que Rusty Klein.

— OK, M. le poète qui cartonne. N'oublie pas tes vieux amis quand tu te baladeras en limousine, une coupe de champ' à la main et entouré de mannequins à poil, fit Vanessa en venant décoiffer sa nouvelle coupe bien proprette. Félicitations.

Dan lui fit un large sourire.

— C'est assez hallucinant, lui accorda-t-il gaiement.

Puis il lui donna un dernier petit bisou, fit demi-tour et remonta Riverside Drive pour rentrer chez lui, le logo Puma argent iridescent scintillant sur son talon.

Un sourire affectueux échappa à Vanessa quand elle le vit s'éloigner d'un pas aussi énergique.

À plus tard, va.

## *s a justement ce qu'ils recherchent*

— Je voudrais voir un de ces nouveaux blousons de golf flashy pour hommes, d'une couleur fluo un peu sympa, genre vert ou jaune, annonça Serena à la vendeuse de la boutique Les Best, mardi après l'école.

Pendant le cours de français, Serena s'était souvenue avoir admiré les nouveaux blousons de golf de Les Best dans le dernier numéro du magazine W et avait décidé que c'était exactement ce qu'il fallait à Aaron. Elle ne se lassait jamais de lui offrir des cadeaux. Tout ce qu'elle achetait était tellement mignon sur lui. C'était comme habiller une poupée, son adorable poupée à elle, grandeur nature, guitariste à dreadlocks en partance pour Harvard.

Le magasin se trouvait sur la 14e Rue Ouest, dans le quartier du conditionnement de la viande, d'où émanait vraiment une odeur de carcasse et de purin, à cause des vieux entrepôts de boucherie. Il n'y avait bien que Les Best, créateur des vêtements de sport les plus merveilleusement coupés de toute la planète, pour trouver ultra cool la crudité de cet environnement ; c'était là qu'il avait décidé de s'installer. L'espace était immense, entièrement décoré de mousseline blanche agrémentée d'une ou deux robes tennis ou de vestes de polo de couleur vive, pendues à de gigantesques crochets métalliques fixés au mur, et rien d'autre. À moins d'en savoir assez sur les vêtements pour demander à en voir d'autres, vous n'aviez rien à faire dans cette boutique, c'était l'idée.

— Nous n'avons plus un seul blouson de golf, je regrette, répondit avec un accent anglais la vendeuse blonde platine.

Elle était, elle aussi, vêtue entièrement de blanc. Même ses baskets étaient en poil de poney blanc.

— Mon responsable s'est gardé le dernier.

Serena observa une sublime robe tennis en soie rayée rouge et blanc suspendue à un crochet non loin d'elle.

— Merde, lâcha-t-elle à voix basse. J'ai vu ce blouson dans tous les magazines, c'était exactement ce qu'il me fallait.

Les Best était son jeune créateur préféré, mais ses tenues étaient peut-être un peu trop *haute couture** pour Aaron, de toute façon. Il se fringuait plutôt skateur. Elle cala son sac Longchamp en cuir ambré sur son épaule.

— Merci pour votre aide, lança-t-elle, espérant arriver avant la fermeture chez XLarge, un magasin de streetwear sur Lafayette Street.

— Attendez ! s'écria quelqu'un.

Serena s'immobilisa sur le pas de la porte et se retourna. C'était à elle qu'on parlait ?

Un mec bronzé aux cheveux blond platine coupés en brosse, et portant précisément le blouson vert vif qu'elle avait espéré acheter à Aaron, tenait ouverte une porte blanche au fond du magasin. Il s'approcha en souriant.

— J'espère que vous ne m'en voudrez pas de poser la question, dit-il en penchant la tête et en observant Serena de haut en bas. Les m'a demandé de chercher une « vraie fille » pour son défilé à Bryant Park vendredi. Je vous ai aperçue juste au moment où vous partiez, mais je *sais* que vous seriez parfaite. J'ai vu votre photo dans les carnets mondains. Vous êtes Serena, c'est ça ?

Celle-ci acquiesça, imperturbable. Elle était habituée à être reconnue, à cause des photos qui paraissaient régulièrement dans les pages *people* des magazines. Une partie non précisée de son anatomie avait même été immortalisée par les célèbres frères Remi en octobre. La photo avait été retenue pour un projet artistique de la régie des transports publics new-yorkais et avait fini placardée dans toute la ville.

— Ça vous intéresse ? demanda le type, plein d'espoir, en haussant ses sourcils teints en blond. Vous êtes exactement ce que nous recherchons.

Serena tripotait les ficelles de son bonnet en cachemire blanc à oreillettes. Vendredi, Aaron et elle avaient prévu de passer toute la soirée ensemble, ils étaient censés boire un verre à Soap dans le Lower East Side, regarder les programmes de troisième partie de soirée à la télé dans sa chambre… traîner, quoi.

Ce qui ne voulait pas dire grand-chose, d'ailleurs.

*Oui, je suis* très *intéressée*, pensa Serena. Aaron et elle pourraient passer du temps ensemble à un autre moment. Ils avaient même tout le reste de leur vie pour ça ! Se voir proposer de participer au défilé Les Best pendant la fashion week new-yorkaise était une chance unique. Ce n'était pas comme si elle avait voulu se lancer dans une carrière de mannequin, ni rien, mais c'était l'occasion de montrer à Les Best à quel point elle appréciait véritablement ses créations. En plus, ce serait trop cool. Aaron comprendrait. D'ailleurs, c'était un amoureux tellement merveilleux qu'il *l'encouragerait* même sûrement à le faire.

— Avec grand plaisir, répondit enfin Serena.

Puis, avec une moue de ses lèvres ni trop pleines ni trop fines et souriant de son aplomb :

— Seulement si je peux avoir votre blouson. J'en cherchais un exactement comme ça pour mon copain et mon petit doigt m'a dit que vous aviez pris le dernier.

— Oh là là, mais carrément, fit le blond en ôtant en un éclair le blouson vert vif et en le pliant de manière experte.

Il se rendit au comptoir, enveloppa le blouson dans du papier de soie noir et le plaça dans le très convoité sac cartonné blanc Les Best.

— Voilà, *darling*, dit-il en tendant le sac à Serena. Je ne l'ai porté qu'une heure, pas plus. Et c'est offert, cadeau. Alors, rendez-vous à seize heures pile dans la tente de Les à Bryant Park, vendredi, d'accord ? Tu seras sur la liste, tu peux inviter quatre personnes. Repère les filles avec un bloc-notes et une oreillette, elles t'indiqueront où aller exactement.

Serena prit le sac. *Yes !*

— Je n'ai pas besoin de faire des essayages, de m'entraîner à marcher sur le podium ou je ne sais quoi ? demanda-t-elle en enfonçant son bonnet blanc sur ses oreilles.

Le type se mit à rouler des yeux pour signaler d'un air très efféminé : *Ne dis pas n'importe quoi.*

— Mon chou, tu es nature. Fais-moi confiance, tu seras sublime, quoi que tu fasses.

Il lui tendit sa carte : *Guy Reed, Chief d'Affairs, Les Best Couture.*

— Si tu as la moindre question, appelle-moi.

Il posa un baiser rapide sur sa joue.

— Hé, quel est ce parfum que tu portes ?

Serena sourit. Elle avait l'habitude qu'on lui pose aussi cette question.

— Je fais le mélange moi-même, lui confia-t-elle, parfaitement consciente que la réponse était tout aussi mystérieuse que le parfum.

Guy ferma les paupières et inspira profondément.

— Mmm, un délice.

Il rouvrit les yeux.

— Je vais devoir en toucher un mot à Les. Il est à la recherche d'un parfum pour sa griffe.

De sa main bronzée, il vint tirer un petit coup sur les ficelles du bonnet de Serena, joueur, et conclut :

— À vendredi, ma petite chérie. Reste au chaud. Et n'oublie pas, la soirée, après, est encore mieux que le défilé.

Serena le gratifia d'un petit baiser dans le vide et sortit dans le froid. Elle était impatiente d'offrir son cadeau à Aaron et de lui apprendre la nouvelle. Il pourrait porter le blouson pour le défilé et après, ils iraient faire un tour à la soirée tous les deux et elle pourrait l'exhiber fièrement.

Dehors, sur la 14e Rue Ouest, elle avait à peine levé sa moufle de cachemire que quatre taxis pilèrent et se mirent à klaxonner pour attirer son attention.

Vous voyez comme c'est difficile d'être aussi belle ?

## *v fait vibrer les gens*

Ruby était encore en pleine crise aiguë de fée du logis ; de tentants effluves de brownies en train de cuire s'infiltraient dans la chambre de Vanessa. Celle-ci était occupée à classer les propositions pour *Rancœur*, magazine artistique conçu par les élèves de Constance Billard dont elle était rédactrice en chef. Le chauffage carburait, les radiateurs étaient brûlants, les plaintes de sirènes d'ambulances et de klaxons résonnaient par les deux fenêtres ouvertes. Sur le parquet nu de la chambre de Vanessa étaient disséminées les contributions habituelles à *Rancœur* : une vingtaine de photographies noir et blanc de nuages, de pieds, d'yeux ou du chien de famille ; trois nouvelles sur l'apprentissage de la conduite, le besoin d'indépendance malgré l'appréciation de l'auteur pour ses parents et pour tout ce qu'ils avaient fait pour elle ; et sept poèmes évoquant le sens de l'amitié.

*Chiant.*

Au bout de la troisième nouvelle, Vanessa alla chercher la cire au sucre de Ruby dans la salle de bains. La cire au sucre était un moyen extrêmement peu soigné, cent pour cent naturel et « virtuellement sans douleur » d'enlever le poil des jambes. Il fallait couvrir les jambes d'une substance poisseuse, collante et marron, appliquer une bande de tissu blanc par-dessus puis arracher la bande en question, ce qui enlevait les poils du même coup.

Sans douleur ? *Ben voyons.*

Vanessa se débarrassa de ses collants noirs, qu'elle envoya sur le sol, étala une sortie de bain noire sur son couvre-lit en patchwork noir et gris et s'installa dessus. Elle tartina ses mollets solides et blafards de la mixture sucrée ; elle avait l'impression d'être un gigantesque donut au sucre. D'ordinaire, elle s'en tenait au service minimum, mais si Dan se mettait à traîner avec des top models et des agents, elle se disait qu'elle devrait au moins faire l'effort d'éliminer les poils sur ses jambes. En plus, le printemps était bientôt là. Elle pourrait peut-être même pousser la folie jusqu'à essayer de porter une minijupe.

— Putain ! glapit-elle en arrachant la première bande de gaze.

Qui pouvait bien avoir décrété que les femmes devaient être toutes douces et avoir la peau lisse comme des bébés ? Pourquoi quelques poils posaient-ils problème ? La plupart des hommes en étaient couverts.

Elle arracha une autre bande.

— C'est pas vrai !

Bon, cette fois, c'était officiel, c'était n'importe quoi. Sa peau était à vif, tellement rouge que Vanessa n'aurait pas été surprise de voir du sang jaillir par les follicules pileux.

Son téléphone sonna. Elle s'en empara et grommela dans le combiné :

— Si jamais c'est toi, Dan, sache que je suis en train de m'arracher les poils des jambes à mains nues en ce moment même, tout ça rien que pour toi. Putain, ça c'est poétique, si tu veux mon avis !

— Allô ? Vanessa Abrams ? Ici Ken Mogul, réalisateur. Vous m'avez envoyé votre court-métrage sur New York il y a quelques semaines. On s'est rencontrés à Central Park, le soir de la Saint-Sylvestre.

Vanessa se redressa et ajusta le téléphone contre son oreille. Ken Mogul était un des réalisateurs alternatifs les plus célèbres au monde, genre. À Noël, il était tombé par hasard sur l'extrait d'une œuvre de Vanessa sur Internet et il avait été tellement impressionné qu'il était venu exprès de Californie pour la rencontrer. Problème, il l'avait trouvée exactement à minuit le soir du réveillon, soit pile le moment où Dan était arrivé pour lui donner un bon gros bisou de Nouvel An. Inutile de préciser que Vanessa avait un peu laissé Ken Mogul dans le vent, bien qu'elle ait fait l'effort de lui envoyer son court-métrage terminé, depuis.

— Oui, je me souviens, répondit-elle très vite, stupéfaite que le réalisateur accepte encore de lui adresser la parole. Que se passe-t-il ?

— Eh bien, j'espère que tu ne m'en voudras pas, mais j'ai montré ton film à Jedediah Angel, qui est un ami à moi et il voudrait le projeter en toile de fond pendant son défilé de ce week-end pour la fashion week.

Vanessa entoura ses jambes de sa serviette de bain noire. C'était un peu gênant de discuter avec Ken Mogul alors qu'elle était pratiquement nue et couverte de mélasse marron.

— Jeremiah quoi ? demanda-t-elle.

Ken semblait toujours s'exprimer en jargon hollywoodien et cette fois, elle ne comprenait absolument rien à ce qu'il racontait.

— Jedediah Angel. C'est un couturier. Sa marque s'appelle Culture de l'Humanité by Jedediah Angel. Ça déchire. Jed dit que tu es la prochaine Bertolucci. Ton film, c'est l'anti-*Dolce Vita*, tu vois ? Tu l'as fait vibrer.

Vanessa sourit. Pourquoi les gens qui avaient réussi se sentaient-ils tous obligés de s'exprimer de manière aussi tarte ? Elle l'avait fait *vibrer* ?

— Génial, fit-elle, pas très sûre de savoir quoi répondre. Et je dois faire quoi ?

— Venir au défilé pour voir ça. J'y serai, bien sûr, et j'ai des gens à te présenter. Tu es déjà une déesse de la réa', chérie. C'est vibrant, ce que tu fais.

— Cool, répliqua Vanessa, un brin atterrée de l'entendre mentionner non pas une, mais *deux* fois le mot « vibrer ». Rappelle-moi le nom du créateur, déjà ?

— Culte de l'Humanité by Jedediah Angel, répéta lentement Ken. Vendredi, dix-huit heures, au Highway 1. C'est un club à Chelsea.

— J'en ai entendu parler, dit Vanessa – c'était le genre d'endroit qu'elle fuyait comme la peste, en général. Bon, j'imagine qu'on se voit là-bas, alors ?

— Fantastique, putain ! s'enthousiasma Ken. Ciao !

Vanessa raccrocha et frotta une boulette de pâte de cire au sucre séchée sur son poignet. Puis elle reprit son téléphone et composa le numéro de Dan sans même regarder le cadran.

— Allô ? répondit Jenny à la première sonnerie.

— Salut, Jennifer, c'est Vanessa.

Vanessa appelait toujours Jenny Jennifer parce que Jenny le lui avait demandé.

— Je ne suis pas sûre que Dan accepte de te parler. Il refuse de m'adresser la parole et il est enfermé dans sa chambre depuis qu'il est rentré. C'est dégueulasse – il clope tellement que la fumée se répand carrément par-dessous la porte.

Vanessa éclata de rire et se laissa tomber en arrière sur ses coussins noirs. Dans sa chambre, tout était noir, sauf les murs, qui étaient rouge foncé.

— Si ça se trouve, il est juste en train de se mettre du gel dans les cheveux. Sa nouvelle coiffure a l'air de demander pas mal d'entretien.

Les deux filles ricanèrent en chœur.

— Je vais voir si je peux le faire venir. Ne quitte pas.

— Qu'y a-t-il ? Jenny a dit que c'était une urgence, fit Dan en prenant le téléphone une minute ou deux plus tard – il avait l'air absent.

Vanessa leva la jambe en l'air et tira sur une autre bande de cire au sucre. On aurait dit qu'elle était collée pour toujours à sa jambe. Elle était là, l'urgence !

— Je pensais que ça t'intéresserait de savoir que Ken Mogul vient d'appeler. Il voulait m'annoncer qu'un créateur de mode, Jedediah Angel, le responsable d'une marque qui s'appelle Culture de l'Humanitaire ou je ne sais quoi, va projeter mon film en toile de fond pour son défilé vendredi. Ken a dit que j'avais fait « vibrer » Jedediah Angel, gloussa-t-elle. C'est hyper drôle, non ?

— C'est *fabuleux*, répondit Dan avec le plus grand sérieux. Vraiment. Félicitations.

*Fabuleux ?* Depuis quand Daniel Humphrey utilisait-il des mots tels que « *fabuleux* » ? Elle ne savait pas quoi dire. Dan n'avait pas du tout perçu le sarcasme dans sa voix. Comme si elle l'avait seulement appelé pour se vanter de son succès.

— Bon, dit-elle d'une voix égale. Je pensais que ça t'intéresserait. Je te laisse te remettre au travail.

Elle songea un instant faire une blague en disant que le jour où ils seraient tous les deux riches et célèbres, ils pourraient s'acheter des grosses baraques voisines l'une de l'autre à Beverly Hills. Mais elle préféra s'abstenir. Dan prendrait sûrement ça au sérieux.

— Appelle-moi plus tard, si tu veux, conclut-elle.

— D'accord, répondit Dan, visiblement distrait par le nouveau poème sur lequel il devait travailler.

Après avoir raccroché, Vanessa sauta au bas du lit. Un coin de la serviette de bain noire était maintenant collé à l'arrière de son genou gauche. Elle se dandina jusqu'à la salle de bains pour tenter d'enlever cette merde au sucre sous la douche. Un jour, quand elle serait atrocement riche et célèbre, elle aurait peut-être son personnel spécial épilation au sucre, mais pour l'instant, elle allait devoir se débarrasser du reste de poils sur ses jambes à l'ancienne – avec un rasoir en plastique rose.

*Avertissement-: tous les noms de lieux, personnes et événements ont été modifiés ou abrégés afin de protéger les innocents. En l'occurrence, moi.*

salut tout le monde !

**BIENVENUE AU CLUB DES STARS ÉPHÉMÈRES**

Alors, qu'est-il arrivé à la princesse de la pop, cette fausse blonde à faux seins au nombril éternellement à l'air dont les chansons passaient *toujours* à la radio le matin, au réveil, et vous restaient dans la tête *toute la journée*, à vous rendre *dingue*. Appelons-la « Sally » pour n'offenser aucun de ses fans enamourés, mais je suis certaine que vous savez de qui je veux parler. Il paraît qu'elle a fait une dépression nerveuse et qu'elle est en cure de désintox à Palm Springs, depuis. Elle aime tellement la région, d'ailleurs, qu'elle a acheté un ranch, là-bas. Elle le fait repeindre dans les tons de rose et l'a baptisé Sallyland. Avec un peu de chance, elle y restera pour toujours, n'en sortant furtivement qu'à la soixantaine passée pour se produire dans un spectacle de cabaret rutilant à Vegas, histoire de prouver qu'elle est encore capable de faire du play-back aux côtés des meilleurs, malgré son âge avancé et son cerveau gâté par la drogue.

Et quid de notre jeune actrice préférée ayant eu quelques ennuis avec la justice – vous vous souvenez, une sombre histoire de sac plein d'articles qui ne lui appartenaient pas exactement, qu'elle tentait de sortir en douce d'un grand magasin connu ? Elle aussi est en désintox, mais ne vous inquiétez pas – l'industrie du cinéma trouvera bien un moyen de la réintégrer. C'est même ce qui différencie les étoiles filantes des vraies stars. Nous avons *envie* de la revoir. Nous voulons savoir qu'il y a une vie après s'être fait griller. Nous voulons la voir revenir au sommet de sa gloire, alors que nous nous fichons pas mal de ce qui peut arriver à Sally. À dix-neuf ans, elle était déjà fatiguée.

## LA DÉSINTOX : EN ÊTRE OU PAS

La désintox et la fac, c'est un peu la même chose, une question de prestige. Il y a les quelques établissements sélects, pleins de célébrités et d'enfants de grandes fortunes, et puis il y a les autres, ceux des gens normaux. L'entrée dans les meilleurs est excessivement compétitive, mais une fois qu'on y est, on y est. Alors je ne m'inquiéterai pas trop pour notre petit N chéri. Il a beau avoir quelques ennuis, ses parents ne vont pas l'envoyer en cure de désintox dans l'équivalent d'une fac de troisième zone.

## VOS E-MAILS

**Q:** Chère GG,
Je suis en stage chez Les Best Couture et j'ai entendu dire que Les a envoyé un espion au lycée de

S pour voir à quoi elle ressemble. Il était assez énervé qu'elle ait été engagée sans qu'il l'ait vue.
lil stagiaire

**R:** Chère lil,
Je parie que ça l'a calmé, je me trompe ?
GG

**Q:** Chère Gossip Girl,
Pourquoi tu ne parles plus jamais de K et de I ? Je me demande si tu ne serais pas l'une ou l'autre.
Œil de Lynx

**R:** Cher Œil de Lynx,
Je ne dirai jamais qui je suis, alors continue à te demander !
GG

**ON A VU**

**K** et **I** – voilà, je parle d'elles aujourd'hui – à Bryant Park se geler le cul en microscopiques minijupes en jean **Blue Cult**, essayant d'obtenir des stagiaires qui montent la garde devant les tentes de la fashion week qu'elles leur donnent des sièges au premier ou deuxième rang pour les défilés de vendredi et samedi, au lieu de leurs habituelles places vers le fond. **O** louer pour la dix-septième fois *Comment voler un million de dollars* ? avec Audrey Hepburn, chez Blockbuster, au coin de la 72ᵉ et de Lex. J'imagine que c'est une manière comme une autre de se préparer à son entretien pour **Yale**. **N** empruntant la Merritt Parkway en direction du Connecticut, à l'arrière du

**4×4 Mercedes** de ses parents. En route pour la cure de désintox, peut-être ? **V** chez **Barneys**, figurez-vous, observant un manteau trois-quarts en chanvre noir effiloché avec coutures en cotte de mailles et agrafes *vintage* de chez **Culture de l'Humanité by Jedediah Angel**. Elle paraissait tentée, mais à ce prix-là, elle ferait mieux de déchirer ses propres vêtements et de les attacher elle-même à l'aide de trombones.

Mon problème n'est pas d'avoir une place au premier rang – c'est de savoir quel défilé choisir. Ils me réclament *tous* ! Soupir. Être populaire, parfois, c'est éreintant.

Vous m'adorez, ne dites pas le contraire.

gossip girl

## *j et e explorent leurs zones à problèmes*

— Plus que cinq minutes, mesdemoiselles, annonça Mlle Crumb à sa classe de troisième de Constance Billard en atelier d'écriture.

Elle dégagea ses cheveux noirs bouclés et s'attaqua au cérumen de son oreille droite à l'aide de la gomme placée au bout de son crayon à papier jaune.

— Souvenez-vous, l'important n'est pas ce dont vous parlez mais la manière dont vous en parlez.

Personne ne leva la tête. Les filles étaient trop occupées à rédiger et de plus, elles préféraient ne pas voir ce que faisait Mlle Crumb quand elle croyait que personne ne la regardait. Elles avaient déjà été dégoûtées trop souvent.

Selon les filles, toutes les femmes profs de Constance Billard étaient lesbiennes, mais Mlle Crumb était la seule qui l'assume officiellement. Elle arborait tous les jours un pin's arc-en-ciel, vivait dans une maison de campagne à New Paltz en compagnie de cinq autres femmes et évoquait souvent sa « partenaire » – clamant par exemple : « L'autre soir ma partenaire buvait de l'Amstel Light en regardant les infos de Barbara Walters, qui la fait complètement craquer, pendant que j'étais dans la cuisine, en train de corriger vos copies. » Tous les ans, les troisièmes étaient impatientes de commencer les ateliers d'écriture avec Mlle Crumb, car elles supposaient qu'elle était plutôt cool et décontractée, vu sa franchise sur sa sexualité. Mais après un cours dans sa classe, les élèves se rendaient compte qu'elles n'allaient pas se contenter de papoter des trucs de filles avec une femme qui aimait les filles pendant quarante-cinq minutes, mais qu'elles allaient être obligées d'écrire des choses tous les jours, de les lire tout fort puis d'écouter Mlle Crumb et leurs camarades critiquer leur production d'une manière pas toujours très sympa. Mlle Crumb avait la dent dure, mais pour ce qui était de la matière, il valait quand même carrément mieux être en atelier d'écriture qu'en cours de géométrie.

Aujourd'hui, Mlle Crumb avait demandé aux filles de choisir un partenaire – au sens platonique du terme – et de décrire une partie de son corps en un paragraphe. Inévitablement, Jenny et Elise avaient décidé de se choisir. Elles commençaient à faire presque tout ensemble.

*Il est étrange que l'on décore nos oreilles avec des boucles, sans essayer de les dissimuler*, écrivit Jenny. *Elles sont tout aussi indécentes que les parties du corps que nous cachons, comme des trous nus qui vont directement dans notre crâne. Les oreilles de mon amie Elise sont petites, couvertes d'un léger duvet blond. Elle a une bonne ouïe, aussi, parce qu'elle ne dit jamais « Comment ? », ni ne me demande de répéter. J'imagine qu'elle les nettoie bien.*

Jenny leva les yeux et décida d'effacer la dernière ligne. Mlle Crumb pourrait mal le prendre, elle qui paraissait particulièrement apprécier le nettoyage des oreilles.

Mais au lieu de remplacer ce passage sur la propreté de l'oreille par autre chose, Jenny se mit à repenser à son e-mail. Elle l'avait consulté régulièrement, comme Olivia le lui avait conseillé ; pourtant, les seuls messages qu'elle avait reçus étaient des plaisanteries envoyées par son frère et Elise, lui disant d'arrêter de vérifier son courrier pour se remettre à ses devoirs. Elle jeta un coup d'œil à son amie, qui noircissait sa feuille et en était déjà au verso. Jenny regrettait de ne pas avoir le don de Dan pour l'écriture. Elle était meilleure dans l'épure, la peinture et la calligraphie.

En haut de la page, elle traça un croquis soigné de l'oreille d'Elise et de son profil, espérant récupérer des points pour son talent d'artiste, même si son devoir était nul. Son esprit se remit à vagabonder, cette fois, vers le garçon blond qu'elle avait repéré chez Bendel. Avait-il un côté artiste, lui aussi ?

La sonnerie retentit, signalant la fin de la dernière heure ; Mlle Crumb se leva et essuya la poudre de craie qui maculait sa robe-tablier gris foncé, qui paraissait avoir été fabriquée par des nonnes dans un endroit froid et hors de la mode, genre Groenland.

— C'est fini, mesdemoiselles. On pose les crayons. Rendez-moi vos devoirs en sortant.

Elle enfonça ses pieds en collant bordeaux dans sa paire de sabots en feutre noir L.L. Bean.

— Et joyeux jeudi après-midi !

— Alors de quoi tu as parlé ? demanda Jenny à Elise, comme elles se dirigeaient vers la sortie, cartables sur le dos.

— Ça ne te regarde pas, répondit celle-ci en rougissant.

— Si tu crois que je ne finirai pas par le savoir… Tu seras sûrement obligée de le lire à haute voix lundi, lui rappela Jenny. J'ai parlé de tes oreilles, c'était assez nul.

Les deux filles courbèrent la tête contre le vent furieux de février et se dirigèrent vers Lexington pour prendre le bus en direction de Bloomingdale, sur la 59e Rue Est. Jenny avait été enrôlée par Elise pour lui trouver le jean parfait à moins de quatre-vingts dollars et, comme d'habitude, Jenny avait besoin d'un nouveau soutien-gorge, puisque les siens s'usaient toujours au niveau de l'élastique ou des armatures, qui lâchaient.

Bloomingdale était un champ de bataille ringard, peuplé de touristes arborant les nouveaux joggings et baskets qu'ils venaient d'acheter au magasin Nike et de mamies à cheveux bleus à la recherche de bonnes affaires, mais c'était le seul endroit où l'on pouvait trouver des soutiens-gorge très grande taille et des jeans à prix modéré, à part chez Macy's, qui était tout bonnement infâme. Les personnes de meilleur goût et aux crédits plus extensibles fréquentaient Bergdorf, Bendel ou Barneys, mais pour des gens comme Jenny ou Elise, il fallait se contenter de Bloomingdale.

— C'est dingue, tu l'enfiles et tu as tout de suite la bonne longueur, remarqua Jenny, envieuse, en regardant Elise essayer son premier jean Paris Blues dans la cabine.

Jenny mesurait à peine un mètre cinquante-deux et elle était obligée de tout raccourcir. Elise, elle, faisait un mètre soixante-dix, mais elle avait d'autres problèmes, comme sa poitrine complètement plate et les capitons de gras sur ses hanches et le bas de son dos, comme une deuxième paire de fesses.

Le visage moucheté de taches de rousseur d'Elise se froissa, elle baissa les yeux vers les bourrelets qui remontaient par-dessus la ceinture du jean taille basse.

— Tu vois pourquoi je n'arrive pas à manger en public ? ronchonna-t-elle en rentrant son ventre et en tirant sur la ceinture.

Le denim contenait neuf pour cent de lycra, mais cela ne semblait pas changer grand-chose. Elle expira, résignée, et son ventre reprit sa taille normale.

— Bon, laisse tomber. Au suivant.

Pendant qu'Elise s'extirpait du pantalon éliminé, Jenny lui tendit un magnifique jean noir pattes d'éléphant en soldes, qui serait top, s'il lui allait. Elle remarqua qu'Elise portait des sous-vêtements en dentelle bleu clair et détourna très vite les yeux, de peur d'être accusée de mater.

Elise prit le jean, passa les pieds dans les jambes et le fit glisser jusqu'à ses hanches.

— Oh là là, j'ai complètement oublié de te raconter ! s'exclama-t-elle en tirant sur le haut du pantalon, fermé par des boutons. Juste avant l'atelier d'écriture, j'ai entendu Kati Farkas et Isabel Coates parler de Nate Archibald aux toilettes, à l'école. Elles racontaient qu'il avait failli aller en prison parce qu'il avait été pris en flag' en train de vendre de la drogue à des gamins de douze ans à Central Park. Son père a dû aller payer sa caution au poste pour le faire sortir, mais il est obligé de suivre une cure de désintox, figure-toi. Vous n'êtes pas sortis ensemble, tous les deux, pendant un moment ? Tu as entendu parler de cette histoire ? C'est fou, non ?

Jenny n'était pas au courant, elle ne savait pas très bien ce qu'elle ressentait. Nate l'avait carrément ignorée à la fin, il l'avait éliminée comme un vulgaire insecte, alors il avait eu ce qu'il méritait, se dit-elle. En plus, Nate paraissait être du genre à toujours revenir au sommet, indemne. Pourquoi devrait-elle perdre une minute de plus à s'inquiéter de son sort et même à penser à lui ? Elle regarda Elise se débattre avec les boutons de son jean. Ailleurs, il lui allait parfaitement, mais la taille était si serrée qu'elle n'arriverait jamais à s'asseoir dedans.

— Pourquoi tu n'essaies pas la taille au-dessus ?

Elise plissa les yeux, d'un air obstiné. Elle faisait ça tout le temps, et Jenny finissait par se demander si elle n'avait pas besoin de lunettes.

— Parce que, Miss Taille Zéro, ma taille c'est 34 et pas 36. Allez, passe-m'en un autre, et arrête de reluquer ma graisse.

— Je reluque rien du tout, insista Jenny en lui tendant un jean stretch Lei un peu trop vieilli, avec des revers effilochés et des poches trouées, mais avec une taille basse assez large, dont il semblait qu'elle conviendrait parfaitement aux hanches d'Elise.

— Et ce n'est pas comme si tout le monde allait savoir quelle taille tu mets. Je ne dirai rien à personne.

Jenny songea immédiatement à son propre problème de taille. Elle n'avait pas prévu de convier Elise dans la cabine pendant qu'elle essaierait des soutiens-gorge. C'est vrai, elles étaient en train de devenir proches, mais était-il vraiment nécessaire qu'Elise apprenne qu'elle ne mettait pas des bonnets D, mais bien des *bonnets E* ? D'un autre côté, elle aurait semblé ne pas lui rendre la pareille, alors qu'Elise lui avait demandé de l'aider dans son essayage de jeans.

Elise fronça le nez en voyant le jean Lei.

— Il fait vraiment trop faux.

— Alors, qu'est-ce que tu veux faire ? demanda Jenny en lançant le pantalon sur le banc au fond de l'étroite cabine.

Elise reboutonna son uniforme et enfila ses sages chaussures plates et noires. Jenny trouvait incroyable qu'Elise puisse donner une telle apparence de mignonne petite écolière bien rangée tant qu'on ne la connaissait pas.

— Je garde le premier. Je sais qu'il ne me va pas pour l'instant, mais j'ai l'intention de perdre cinq kilos avant la fin de l'année. Et tu vas m'y aider.

Jenny hocha la tête. Elle savait ce que c'était, d'acheter trop petit.

Eh oui, on appelle ça le shopping *aspirationnel.* C'est ce que font toutes les filles qui ont de l'ambition.

Les cabines d'essayage du rayon lingerie étaient sales, exiguës et mal éclairées. Tournant le dos à Elise, Jenny retira son sweatshirt J. Crew bleu barbeau à col en V et l'envoya sur le tabouret dans le coin. Puis elle ôta son T-shirt blanc de chez Gap et le laissa tomber au sol, en gardant les bras croisés sur ses seins avec gêne.

— Lequel tu veux essayer en premier ? demanda Elise en passant en revue les divers cintres en plastique que Jenny avait attrapés en vitesse, prétendant une simple efficacité. Le noir en dentelle avec la fermeture sympa ou celui en coton blanc, confort, avec les bretelles extralarges ?

— Passe-moi le noir, marmonna Jenny en tendant le bras en arrière pour le prendre.

Elle dégrafa son soutien-gorge beige maintien renforcé, très laid, et le laissa tomber par terre pour se débattre avec le noir tout en essayant de garder l'intérieur des coudes plaqués à sa cage thoracique pour se cacher. Les bretelles du soutien-gorge noir étaient entièrement raccourcies et au lieu du crochet habituel, la fermeture était un drôle de machin en métal doré. Jenny leva les yeux et vit Elise qui la regardait dans la glace. Trois des parois de la cabine étaient couvertes de miroirs, alors ça ne servait pas à grand-chose que Jenny se mette de dos.

— Tu veux de l'aide ? fit Elise en s'approchant.

Le dos de Jenny se raidit. Elle pouvait laisser tomber la pudeur. De toutes les façons, Elise allait forcément voir ses seins. Elle relâcha ses bras et se retourna, face à elle, nue.

— Tu m'aides à régler les bretelles ? demanda-t-elle en tentant de prendre un air dégagé.

Elle tendit le soutien-gorge à Elise, ses seins pendant devant elle comme des miches de pain au levain bien gonflées. Elle devait reconnaître qu'elle éprouvait une légère sensation de libération. Une certaine libération et une honte totale.

Elise se mit à régler les bretelles sans même essayer de dissimuler le fait qu'elle observait les seins de Jenny en même temps.

— Wouah. Ils sont vraiment énormes, remarqua-t-elle. Comment peux-tu être aussi menue et avoir des nénés aussi gros ?

Jenny mit ses mains sur ses hanches et regarda Elise dans les yeux, en essayant de trouver une repartie fine, mais au lieu de ça, elle éclata de rire.

— Mes nénés ? gloussa-t-elle.

Elise rougit et rendit le soutien-gorge à Jenny.

— J'ai toujours appelé ça comme ça, depuis que je suis petite.

Jenny enfila les bretelles et se tourna.

— Tu vois comment il s'agrafe ?

Elise le ferma et Jenny se retourna vers elle. Le soutien-gorge avait un super maintien, mais ses seins étaient tellement serrés l'un contre l'autre que son décolleté atteignait des profondeurs vertigineuses. Elise la matait toujours.

— Tu trouves que ça fait trop salope ? demanda Jenny.

Puis, pouffant, elle corrigea :

— Enfin, on dirait que mes nénés font encore plus gros.

Elise avait arrêté de cligner des yeux, qui était ce qu'elle faisait toujours quand elle était distraite.

— Tu sais, quand tu m'as demandé ce dont j'avais parlé dans ma rédaction, aujourd'hui ? demanda-t-elle.

Jenny hocha la tête et fit demi-tour pour qu'Elise puisse dégrafer le soutien-gorge.

— Eh bien, c'est ça que j'ai choisi. Tes nénés.

Le dos de Jenny se raidit à nouveau. Quand un garçon vous avoue qu'il a écrit un texte sur vos seins, on sait en gros que soit il vous fait des avances, soit c'est un pervers. Mais Elise étant une fille et, qui plus est, une copine, Jenny ne savait pas très bien comment elle était censée prendre ça.

— Voilà, ça y est, dit-elle très vite en ramassant son vieux soutien-gorge par terre et en l'enfilant. J'achète le noir.

Elles avaient pris huit soutiens-gorge avec elles en cabine, mais Jenny n'en avait essayé qu'un seul.

— Tu es sûre que tu ne veux pas en passer d'autres ? demanda Elise.

Jenny remit son T-shirt et coinça son sweat-shirt sous son bras. La minuscule cabine lui parut soudain extrêmement oppressante.

— Nan, répondit-elle en écartant le rideau noir ouvrant sur le rayon lingerie, qui consistait évidemment en une immense étendue de soutiens-gorge.

Ce serait cool d'aller dans un endroit où les seins n'étaient pas au centre de l'attention de tout le monde.

Genre, une autre planète ?

## o craque pour un homme mûr

— Voulez-vous un autre Coca, mademoiselle ? demanda le serveur à nœud papillon.

— Non, merci, répondit Olivia en gardant les yeux rivés sur la porte.

Toute la semaine, elle n'avait pensé qu'à ça : son entretien avec Owen Wells. Elle avait même fait quelques recherches sur Internet, de manière à pouvoir lui poser des questions pointues à propos de Wells, Trachtman & Rice, le cabinet d'avocats dont il était l'associé. Jeudi soir était enfin arrivé et elle était assise, seule, à la table du coin au Leneman's Bar de l'hôtel Compton. Elle l'attendait. Le bar, bondé, accueillait surtout des hommes d'une quarantaine d'années portant des costumes sur mesure, qui discutaient contrats d'affaires autour de bourbons *on the rocks*, ou étaient assis en compagnie de blondes platine qui n'étaient vraiment, franchement pas leurs femmes. Murs jaunes dorés, nappes blanches immaculées et jazz des années quarante en fond musical, dans le bar régnait une atmosphère sophistiquée et sexy.

Olivia avait passé presque trois heures à se préparer : une heure pour se doucher, se sécher les cheveux et leur donner ce style net, BCBG qui encadrait son visage avec un côté à la fois innocent et intellectuel ; une autre heure pour revêtir sa nouvelle robe en maille à ceinture Les Best, qu'elle avait associée à sa paire de talons Ferragamo porte-bonheur, de sept centimètres, pour se donner un petit supplément de confiance en elle et de hauteur ; et une dernière pour appliquer le maquillage naturel et se parer de l'éclat sain et frais de celle qui fait toujours des nuits de douze heures parce qu'elle ne sort jamais et n'approche ni cigarettes ni cocktails.

*Ben voyons.*

Il n'était que neuf heures moins le quart, mais si elle buvait encore une seule gorgée de Coca, elle aurait tellement envie de pisser qu'elle n'arriverait jamais au bout de l'entretien sans se faire dessus. Olivia avait très envie d'une petite vodka, mais avec sa chance, Owen Wells passerait le pas de la porte au moment où elle descendrait le verre cul sec, ce qui le conforterait dans son impression qu'elle n'était qu'une fêtarde timbrée qui voulait aller à Yale uniquement pour séduire le capitaine de l'équipe d'aviron, donc probablement tomber enceinte et ainsi forcer ce mâle de Yale jusqu'alors innocent et intègre, à l'épouser, et à travailler le restant de ses jours pour parvenir à lui assurer le niveau de vie auquel elle était habituée.

À ce moment-là, un homme d'affaires extrêmement classe assis au bar fit pivoter son tabouret doré et lui adressa un sourire. Il avait des cheveux noirs ondulés, de brillants yeux bleus avec de longs cils recourbés et des sourcils noirs, très arqués. Son visage et ses mains étaient profondément hâlés, comme s'il jouait au tennis au soleil tous les jours de sa vie, et il portait un sublime costume en laine bleu marine avec une chemise d'un blanc éclatant et de simples boutons de manchette en or. Olivia ne faisait généralement pas attention aux hommes mûrs, et celui-là devait avoir au moins trente-huit ans, mais il était si beau qu'il était impossible de ne pas le remarquer.

— Seriez-vous Olivia Waldorf, par hasard ? demanda-t-il d'une voix grave, familière.

— Oui ? fit-elle en hochant la tête avec timidité.

Il descendit de son tabouret avec souplesse et s'approcha de sa table, abandonnant un verre vide au bar. Il tendit la main droite.

— Je suis Owen Wells.

— Bonsoir ! s'exclama Olivia en se levant d'un bond pour lui serrer la main.

Elle était complètement troublée. D'abord, Owen Wells était un collègue de son père, alors il aurait dû être vieux, mal habillé, dégarni et bedonnant. Ce que son père n'était pourtant pas, puisqu'il faisait du sport tous les jours avec un coach personnel, s'habillait chez des créateurs et avait des cheveux magnifiques. Mais il était *gay*. Deuxièmement, Owen Wells avait prévenu qu'il porterait sa cravate Yale et ce type n'en portait aucune, il n'avait qu'une chemise éclatante de blancheur, col ouvert, de sorte qu'elle apercevait le haut de son T-shirt blanc et propre à même son torse musclé – sûrement tout aussi bronzé que le reste de son corps.

Même si elle ne pensait pas *du tout* au reste de son corps, bien sûr.

Troisièmement, elle ne s'attendait pas à ce qu'Owen Wells soit aussi *canon*. Il ressemblait tant à Cary Grant dans *Elle et lui* qu'elle avait envie de se jeter dans ses bras et de lui dire de laisser tomber Yale, qu'elle était à lui, *rien qu'à lui.*

Olivia reprit ses esprits et se rendit compte qu'elle n'avait pas lâché la main d'Owen. Elle la serra avec la plus grande fermeté et confiance dont elle était capable, affolée par l'incapacité de son esprit à se concentrer sur ce qui l'attendait. Elle n'avait rendez-vous avec Owen que pour une seule raison : l'impressionner pour que sa candidature soit retenue par Yale.

— Merci de prendre la peine de me rencontrer, s'empressa-t-elle d'ajouter.

— J'étais très impatient, répondit-il de sa voix virile, troublante. Je viens de me rappeler que j'étais censé porter ma cravate Yale. Pardon. Ça m'est complètement sorti de l'esprit. Je vous ai même vue entrer, mais je ne pensais pas que ça pouvait être vous, je ne vous attendais pas en avance.

Tout de suite, Olivia se demanda s'il avait remarqué qu'elle avait passé vingt minutes aux toilettes à son arrivée, ou qu'elle n'avait cessé de s'essuyer le nez avec sa serviette en papier et de s'observer dans son poudrier Stila, à la recherche d'imperfections disgracieuses, comme une crotte d'œil égarée ou – Pitié, mon Dieu – un bouton.

— Je suis généralement en avance, répondit-elle. Jamais en retard.

Nerveuse, elle but une petite gorgée de Coca. Était-ce le bon moment pour lui dire à quel point elle avait été impressionnée par son travail sur le dossier *Home Depot* contre *La Chaîne du Savoir* ? Devait-elle le complimenter sur son costume ? Elle inspira profondément et tenta de se concentrer.

— J'aime cet endroit, déclara-t-elle en le regrettant aussitôt.

Le bar était sympa, mais son intonation donnait l'impression qu'elle avait envie d'y emménager, genre.

Owen tira la chaise face à elle et lui fit signe de reprendre sa place.

— On commence ?

Olivia lui était reconnaissante d'adopter ce ton détendu et néanmoins professionnel. Elle posa les fesses sur le bout de son siège rembourré et croisa sagement les jambes.

— Tout à fait ! s'enthousiasma-t-elle, rayonnante. Dès que vous êtes prêt.

Le serveur apparut pour proposer autre chose à boire à Owen. Il commanda un bourbon puis se tourna vers Olivia en haussant un de ces sourcils sombres.

— Je vous offre autre chose qu'un Coca ? Je promets de n'en parler ni à Yale ni à votre père.

Olivia rétracta ses orteils dans ses Ferragamo noires. Si elle acceptait, c'était une manière de reconnaître qu'elle avait effectivement envie d'un verre et si elle refusait, elle allait passer pour une prude.

— Je vais prendre un verre de chardonnay, lui dit-elle, estimant que le vin blanc était l'option la plus sûre et la plus raffinée.

— Alors. Dites-moi. Pour quelles raisons Yale devrait-elle accepter votre candidature ? lança Owen après avoir commandé le vin.

Puis il se pencha par-dessus la table et, baissant la voix, dit :

— Êtes-vous aussi brillante que le prétend votre père ?

Olivia se redressa encore un peu plus et se mit à faire tourner et retourner son rubis autour de son annulaire sous la table.

— Je crois que je suis assez douée pour entrer à Yale, répondit-elle posément, en se souvenant de son petit discours. Je suis tous les cours renforcés au lycée. Je suis première de ma classe. Je suis présidente du club français et de la commission d'aide sociale. Je suis animatrice d'un groupe de discussion. Je suis classée au niveau national en tennis. J'ai dirigé le comité d'organisation de cinq soirées caritatives cette année.

Leurs boissons arrivèrent, Owen leva son verre.

— Et pourquoi Yale ?

Il but une gorgée.

— Qu'attendez-vous de Yale ?

Il lui parut étrange qu'Owen ne prenne aucune note, ni rien, mais c'était peut-être une façon de la tester, d'essayer de la pousser à baisser sa garde et à reconnaître qu'elle n'était qu'une timbrée bien née avec une cuillère d'argent dans le cul qui voulait aller à Yale pour faire la fête avec les gars des assoc' étudiantes.

— Comme vous le savez, Yale a un excellent cursus de droit, affirma-t-elle, bien décidée à donner des réponses intelligentes et claires. Et je souhaiterais faire carrière dans le droit du spectacle.

— Excellent, dit Owen en hochant la tête avec conviction.

Il propulsa sa chaise vers l'avant et lui fit un clin d'œil.

— Écoutez, Olivia. Vous êtes une fille intelligente, ambitieuse. Je sais déjà que vous êtes parfaite pour Yale et je promets de faire tout ce que je peux pour les convaincre d'accepter votre candidature.

Il était si beau et si sérieux en disant ces mots qu'Olivia sentit ses joues s'enflammer. Elle but une gorgée de vin pour se calmer.

— Merci, répondit-elle avec gratitude.

Elle but encore un peu de vin et laissa échapper un énorme soupir de reconnaissance et de soulagement.

— Merci. Merci, merci, merci.

À ce moment précis, une paire de mains fraîches vint lui couvrir les yeux. Elle sentit le parfum caractéristique de patchouli et de bois de santal, le mélange d'huiles essentielles préféré d'une certaine personne.

— Devine qui c'est ! murmura Serena à l'oreille d'Olivia, puis elle retira ses mains et ses longs cheveux blonds venant caresser l'épaule de son amie, elle l'embrassa sur la joue. Tu fais quoi ?

Derrière elle, Aaron souriait bêtement, vêtu de son sweat-shirt Harvard bordeaux, cet emmerdeur.

Olivia se mit à cligner des yeux. Ils ne voyaient donc pas qu'elle était au milieu du rendez-vous le plus important de sa vie ?

— Je m'appelle Serena, fit celle-ci en tendant la main à Owen.

Il se leva et la lui serra.

— Charmé.

Il pencha la tête, plus Cary Grant que jamais.

— Alors tu viens me voir demain au défilé Les Best, hein ? demanda Serena à Olivia.

— Il faut que tu viennes, intervint Aaron. Pas question que j'y aille tout seul, petite.

Il avait accepté d'y assister, mais il n'était pas vraiment ravi à l'idée de se retrouver à un défilé. La mode, ça voulait dire fourrure et tests sur les animaux. Carrément contre tout ce qu'il soutenait.

— Ton nom est sur la liste, ajouta Serena.

Owen paraissait complètement dépassé par la conversation. Un soupir exaspéré échappa à Olivia. Elle se leva, se détournant d'Owen pour qu'il n'entende pas ce qu'elle allait dire.

— Ça vous dérangerait de nous laisser seuls ? siffla-t-elle dans un murmure. On parle de Yale, là, c'est ultra important, putain.

Aaron mit le bras autour de la fine taille de Serena pour l'éloigner.

— Si tu veux bien nous excuser, répondit-il à voix basse sur un ton condescendant, son sweat Harvard débile lui donnant un air supérieur. Nous allons faire un tour au nouveau Harrison Street Club, si jamais tu veux nous rejoindre plus tard.

Ils sortirent du bar avec désinvolture, les dreadlocks d'Aaron rebondissaient, la chevelure pâle et dorée de Serena balayait ses épaules ; tous deux avaient l'air si insouciants, si nonchalants, c'en était insupportable.

— Pardon, s'excusa Olivia, en croisant ses chevilles avec délicatesse. Mes amis sont parfois un peu égocentriques.

— Pas de problème.

Owen fixa son bourbon d'un air pensif en faisant tourner les glaçons dans son verre. Puis il releva les yeux.

— Vous ne voulez pas me raconter ce que vous avez fait de si affreux durant votre premier entretien pour que vous pensiez être refusée ?

Olivia reprit une gorgée de vin, puis une autre. Dès qu'elle aurait expliqué ce qui s'était passé, Owen allait changer d'avis, c'était sûr.

— Ce n'était pas une bonne journée, confessa-t-elle, les mots se précipitant hors de sa bouche comme elle faisait tourner, retourner frénétiquement sa bague en rubis autour de son doigt.

Elle ne voulait pas entrer dans les détails les plus gore de son entretien raté, mais si Owen devait l'aider, il valait mieux qu'il sache la vérité.

— Je n'avais pas assez dormi. J'étais fatiguée, stressée, et j'avais très envie de faire pipi. L'homme a dit « parlez-moi de vous » et avant même de réfléchir à ce que je faisais, j'étais en train de lui raconter l'homosexualité de mon père, le futur mariage de ma mère avec un gros type rougeaud dégoûtant, père d'un ado énervant avec des dreadlocks, que vous avez eu le plaisir de rencontrer à l'instant. Je lui ai dit que mon petit ami, Nate, m'ignorait. Ensuite, il m'a demandé quels livres j'avais lus récemment et aucun titre ne me venait à l'esprit. Je me suis mise à pleurer et, à la fin de l'entretien, je l'ai embrassé.

Olivia soupira exagérément, s'empara de sa serviette en papier qui était posée sur la table et se mit à la déchirer sur ses genoux.

— C'était seulement sur la joue, mais c'était néanmoins complètement déplacé. Je voulais juste qu'il se souvienne de moi. Vous savez, on n'a que quelques minutes pour faire bonne impression… Mais je crois que j'ai un peu dépassé les bornes.

Owen sirotait sa boisson en silence, tout en intégrant l'information.

— Je vais voir ce que je peux faire, lâcha-t-il finalement, mais d'une voix maintenant détachée et sceptique.

Olivia déglutit. Manifestement, il la considérait comme une folle et une idiote irrécupérable. Oh non. Elle était fichue.

Soudain, Owen eut un sourire insolent, qui laissa apparaître ses dents très blanches.

— Je plaisante, Olivia. Ça n'a pas l'air si terrible. C'était sûrement l'entretien le plus mémorable et divertissant qu'ait connu Jason Anderson, troisième du nom. Soyons franc, ce n'est pas le type le plus excitant au monde et son boulot doit forcément être un peu monotone. Je suis sûr que vous avez été le clou de toute sa saison d'entretiens.

— Alors vous ne croyez pas mon cas désespéré, après tout ? s'enquit Olivia sur un ton dramatique, très « Audrey a besoin de votre aide ».

Owen saisit sa petite main ornée du rubis dans la sienne, grande et bronzée.

— Pas du tout.

Il s'éclaircit la gorge.

— Vous a-t-on déjà dit que vous aviez une certaine ressemblance avec Audrey Hepburn ?

Olivia rougit de la racine de ses cheveux aux cuticules de ses ongles de pieds. Owen paraissait toujours dire exactement ce qu'il fallait et il ressemblait tellement à Cary Grant, elle en était tout étourdie. Son alliance en or appuyait sur la jointure de ses doigts. Elle la fixa en fronçant les sourcils. S'il était marié, que faisait-il là, à lui tenir la main ?

Owen retira ses mains et remua dans son siège, lisant dans ses pensées.

— Oui, je suis marié, mais nous ne sommes plus ensemble.

Olivia acquiesça avec hésitation. Ça ne la regardait pas du tout, en fait. Mais bon, si jamais Cary – Owen – souhaitait l'inviter à sortir une autre fois, elle ne dirait pas exactement non.

*L'inviter à sortir ?* Avait-elle déjà oublié qu'il ne s'agissait pas vraiment d'un rencard ?

— Bon, je suis sûr que vous devez rentrer faire vos devoirs et tout ça, reprit-il en saisissant à nouveau sa main, comme s'il n'arrivait pas à la laisser partir. Mais puis-je vous rappeler un de ces jours ?

Olivia espérait ressembler *en tous points* à Audrey à ce moment précis. D'accord, Owen avait presque l'âge de son père, c'était un avocat, un homme, un vrai, mais elle ne s'était jamais sentie autant attirée par quelqu'un de toute sa vie. Pourquoi lutter ? Elle était en terminale. Elle avait travaillé dur pendant tout le lycée et, avec un peu de chance, elle entrerait bientôt à Yale. D'accord, sortir avec un homme mûr était dingue et irresponsable, mais il était temps qu'elle s'amuse un peu.

— Oui.

Elle sourit et haussa son sourcil droit parfaitement épilé d'un air théâtral.

— Ça me plairait.

gossipgirl.net

thèmes ◀précédent suivant▶ envoyer une question répondre

*Avertissement-: tous les noms de lieux, personnes et événements ont été modifiés ou abrégés afin de protéger les innocents. En l'occurrence, moi.*

# salut tout le monde !

**UNE JEUNE HÉRITIÈRE VEND SES CHEVAUX POUR DE LA DROGUE !**

Hier soir, je me trouvais à ce nouveau Harrison Street Club et, entre deux gorgées de la version « adulte » du Shirley Temple, le cocktail maison, j'ai eu droit à un scoop tout chaud sur une de mes anciennes camarades de maternelle. Bien qu'elle soit l'héritière de la plus grosse fortune de bois de construction du monde entier, elle a récemment été surprise en train de vendre ses chevaux de concours pour se payer sa drogue. Apparemment, elle ne touchera pas sa part d'héritage avant ses dix-huit ans et n'a droit qu'à une « petite » rente mensuelle. À court de liquide, elle a vendu aux enchères Guns'n'Roses, son étalon primé au saut d'obstacle et s'est servie de l'argent pour s'acheter des amphèt' ou je ne sais quoi. C'est d'un goût ! Apparemment, sa nounou, âgée de quatre-vingts ans – enfin disons, la femme qui s'occupe d'elle depuis le décès de son père et le départ de sa mère pour Sandy Lane, à La Barbade – a appris, pour le cheval, et elle a envoyé ma vieille copine direct en désintox.

On dirait que la désintox est vraiment l'endroit où il faut être cet hiver !

**FASHION WEEK : LE TUYAU**

Attendez-vous à vous geler le cul en essayant de trouver un taxi. Et à patienter une heure pour un défilé avant d'apprendre qu'il aura *deux* heures de retard. Vous verrez des tas de filles anorexiques, bronzées aux UV et lissées au Botox essayer de ne pas remarquer qu'elles sont toutes habillées pareil pour le même défilé et des tas d'homos plus parfumés que les filles. Vous découvrirez que ces immondes treillis serrés en bas sont à nouveau à la mode. Et vous envierez les mannequins, moue boudeuse et jambes de girafe, à qui ils iront effectivement comme un gant. Vous serez agacés par ces femmes en fourrure trop maquillées qui emmènent au défilé leur petit bulldog français avec collier Vuitton, dans un sac à main Vuitton assorti. Vous n'en pourrez plus d'attendre le début de la soirée VIP, où vous serez enfin autorisés à fumer. Attendez-vous à ce que les soirées en question soient vraiment époustouflantes. Et à ne plus vous rappeler de rien le lendemain matin.

**VOS E-MAILS**

**Q:** Chère GG,

Je suis passé devant le bar de l'hôtel Compton hier soir et j'ai aperçu O avec un homme qui habite dans mon immeuble. Il a une fille qui doit être en troisième ou en seconde dans mon école. C'est quoi cette histoire ?

Tom

**R:** Cher Tom,
Qui sait ce qu'elle pouvait bien fabriquer, mais je vois déjà O en méchante belle-mère de cette pauvre fille, pas toi ?
GG

**Q:** Salut GG langue de pute,
Je veux juste te dire : tu déchires. Et pis il paraît que N va en désintox de luxe à Greenwich. Mon cousin y est allé, il est revenu encore plus barré qu'avant.
F.B.

**R:** Cher F.B.,
Merci du compliment, même si je ne suis pas sûre que j'apprécie vraiment de me faire traiter de langue de pute. Quoi qu'il arrive à N en désintox, il n'y perdra jamais son âme ni sa divine beauté !
GG

## ON A VU

**N** et ses parents visiter la toute nouvelle clinique très chic à **Greenwich** en vue de sa future cure. **C** se faire faire les ongles chez Coin, un salon réservé aux hommes à Chelsea. C'est pas une blague. **S** aller chercher le mini T-shirt qu'elle avait commandé dans une des boutiques où l'on personnalise ses vêtements à **Chinatown**. **O** devant chez **Tiffany**, un gobelet en carton dans une main et une viennoiserie dans l'autre, exactement comme **Audrey Hepburn** dans ***Diamants sur canapé***, sauf qu'**O** porte un uniforme gris, et pas une robe du soir noire signée **Christian**

**Dior**. **K** et **I** mettre des pancartes MERCI DE BIEN VOULOIR CIRCULER autour de la tente Les Best. Apparemment, elles *se sont portées volontaires* de façon à obtenir de bonnes places.

On attend des tonnes de neige ce week-end, mais cela nous a-t-il jamais arrêtés ? On se voit au premier rang !

Vous m'adorez, ne dites pas le contraire.

gossip girl

## *rencontre d'âmes sœurs*

— Tout le monde est au courant pour la tempête de neige ? Il est censé en tomber plus d'un mètre d'ici minuit !

Jackie Davies, l'animatrice du groupe de jeunes au Centre de Désintoxication « Rupture », se frotta les mains, comme si se retrouver prisonnière des neiges en compagnie de toutes ces épaves friquées correspondait précisément à l'idée qu'elle se faisait d'un super moment.

Après l'arrestation de Nate à Central Park, son père et Saul Burns, l'avocat de la famille, étaient venus le chercher au poste. Le père de Nate, un capitaine de marine sévère, aux cheveux gris argent, qui traitait les urgences avec une formalité tranchante et efficace, avait réglé l'amende de trois mille dollars et cosigné un accord selon lequel Nate suivrait un programme de soins de dix heures par semaine minimum. Ce qui signifiait que Nate allait être contraint de prendre le train jusqu'à Greenwich, Connecticut, cinq jours par semaine pour suivre son traitement et sa thérapie de groupe.

— Essaie de voir ça comme un job, fiston, avait

tenté de le rassurer Saul Burns. Comme un petit boulot après les cours.

Le capitaine Archibald n'avait rien dit. Clairement, les mots lui manquaient pour dire à quel point Nate l'avait déçu. Par chance, la mère de Nate se trouvait à Monte-Carlo, où elle rendait visite à sa sœur, trois fois divorcée. Lorsque Nate lui avait rapporté la sordide affaire au téléphone, elle avait hurlé, pleuré, fumé cinq cigarettes d'affilée et fini par briser sa coupe de champagne. Elle en faisait toujours un peu trop. Après tout, elle était française.

— Très bien. Commençons par faire le tour du cercle, les enjoignit Jackie d'une voix très gaie, comme si elle assistait à un jour de rentrée en maternelle. Donnez votre nom et expliquez pourquoi vous êtes là. Faites court, s'il vous plaît.

D'un signe de tête, elle encouragea Nate, qui était assis juste à sa droite, à commencer.

Nate s'agita inconfortablement sur sa chaise Eames. Dans cette clinique huppée de Greenwich, Connecticut, tous les meubles étaient du design contemporain, en harmonie avec le décor minimaliste, beige et blanc. Le sol était en marbre italien crème, des rideaux de lin blanc éclatant pendaient devant les baies vitrées et le personnel était vêtu d'uniformes de lin beige créé spécialement par Gunner Gass, l'empereur du jean des années quatre-vingt-dix, ancien patient siégeant désormais au conseil d'administration de l'établissement.

— Alors. Je m'appelle Nathaniel Archibald, mais tout le monde me surnomme Nate, marmonna-t-il.

Il donna un coup de pied dans sa chaise et s'éclaircit la gorge.

— Je me suis fait gauler il y a quelques jours en train d'acheter de l'herbe à Central Park. C'est pour ça que je suis ici.

— Merci, Nate, l'interrompit Jackie.

Elle lui adressa un sourire glacial de ses lèvres maquillées de marron et inscrivit quelque chose sur son bloc-notes.

— Ici, au centre Rupture, nous préférons que vous appeliez la substance par son vrai nom. Dans ton cas, la marijuana. Lorsqu'on est capable d'utiliser ce mot systématiquement, on fait un pas de plus pour s'en libérer.

Elle sourit à nouveau en direction de Nate.

— Veux-tu réessayer ?

Nate jeta un coup d'œil gêné aux autres *losers* de son groupe. Ils étaient sept, en tout, trois mecs et quatre filles, tous avaient les yeux fixés au sol, s'inquiétant de ce qu'ils allaient raconter et l'air tout aussi mal à l'aise que lui.

— Je m'appelle Nate, répéta-t-il machinalement. Les stups' m'ont pris en flagrant délit en train d'acheter de la *marijuana* à Central Park. C'est pour ça que je suis ici.

En face de lui, dans le cercle, une fille à la chevelure brun foncé qui lui arrivait presque à la taille, aux lèvres rouge sang et au teint si pâle qu'il en était presque bleu lui jeta un regard mélancolique, comme une version de Blanche-Neige sous acide.

— C'est mieux, commenta Jackie, puis, faisant signe à la Japonaise assise à côté de Nate : Suivante.

— Je m'appelle Hannah Koto. J'ai pris de l'ecstasy avant d'aller à l'école il y a deux semaines et je me suis fait prendre parce que je me suis allongée par terre pendant mon cours de trigonométrie, pour savoir comment était la moquette.

Tout le monde se mit à rire, sauf Jackie.

— Merci, Hannah, c'est bien. On continue.

Nate zappa les deux personnes suivantes, préférant observer le rythme avec lequel Blanche-Neige agitait ses pieds, comme si elle marquait la mesure d'un concert très privé. Elle était chaussée de bottes en daim bleu ciel qui semblaient ne jamais avoir été portées à l'extérieur.

Soudain, ce fut son tour.

— Je m'appelle Georgina Spark. Tout le monde m'appelle Georgie. Je crois que je suis là parce que je n'ai pas été gentille avec mon père avant sa mort, alors maintenant je suis obligée d'attendre mes dix-huit ans pour vivre ma vie comme je veux.

Le reste du groupe laissa échapper un petit ricanement nerveux. Jackie fronça les sourcils.

— Peux-tu nommer la substance de laquelle tu es dépendante, Georgina ?

— La cocaïne, répondit Georgie, un rideau de cheveux venant dissimuler son visage. J'ai vendu mon cheval de concours préféré pour m'en acheter cinquante grammes. C'était dans la presse et tout. Le *New York Post* du jeudi…

— Merci, l'arrêta Jackie. Personne suivante, s'il vous plaît.

Sans cesser de remuer du pied, Georgie jeta un œil

à travers ses cheveux et croisa le regard intrigué de Nate avec un sourire malicieux, rouge sang.

— *Salope*, articula-t-elle en silence, voulant visiblement parler de Jackie.

Nate lui sourit aussi, acquiesçant du menton très, très discrètement. Saul Burns lui avait dit de faire comme si la désintox était un boulot après les cours. Maintenant il avait une raison pour travailler dur.

## s affiche son amour sur son petit t-shirt

— T'es un copain de cette fille, là, Serena, non ? demanda à Chuck Bass Sonny Webster, un grand maigre aux cheveux noirs de jais striés de mèches café au lait ; assis au deuxième rang, ils attendaient que débute le défilé Les Best, vendredi soir.

Sonny était le fils de Vivienne Webster, une créatrice de lingerie britannique dont les boxers moulants pour garçons faisaient fureur en ce moment. Sonny et Chuck s'étaient rencontrés la veille dans un bar et étaient déjà amis pour la vie. Ils portaient même des mocassins Tods assortis – marron foncé avec des semelles en caoutchouc vert fluo – qui faisaient très propriétaire de yacht gay urbain, et étaient excessivement peu pratiques pour affronter la quantité de neige sans précédent annoncée dans la soirée.

Chuck hocha la tête.

— Elle défile nue. Enfin, c'est ce que j'ai entendu dire, fit-il en passant la main sur ses abdos nouvellement fermes. J'ai hâte de voir ça, ajouta-t-il sans conviction.

— T'as vu, Chuck discute avec, comment il s'appelle déjà, le fils de Vivienne Webster, qui est super gay ? murmura Kati Farkas à Isabel Coates. Je te jure, Chuck est branché mecs, maintenant.

Isabel et elle étaient parvenues à atteindre le premier rang, ainsi qu'elles se l'étaient promis. Ce n'était pas grâce à leur petite action bénévole complètement vaine, consistant à placarder des panneaux Merci de bien vouloir circuler tout autour de Bryant Park, mais grâce au père d'Isabel, Arthur Coates, qui s'était plaint que sa fille et son amie méritaient d'être au premier rang cette année, puisqu'il avait déjà englouti une fortune dans l'entière collection printemps-été de Les Best.

— Il est peut-être bi, lui souffla à son tour Isabel. Il porte toujours cette chevalière en or à monogramme au petit doigt.

— Ouais, remarqua Kati. Et si ça, c'est pas complètement gay…

Sous l'immense tente blanche, dans Bryant Park, s'entassaient rédactrices de mode, photographes, actrices et autres *people.* « Heart of Glass » de Blondie retentissait dans les enceintes Bose. Christina Ricci, portable à la main, au premier rang, se disputait avec son agent, défendant sa décision d'assister au défilé Les Best au lieu de celui de Jedediah Angel, qui se déroulait dans le centre exactement au même moment.

— Regarde, c'est Flow, de 45 ! couina Sonny. Il est *divin*, ce mec. Et là, Christina Ricci. Elle vient de passer une commande énorme à ma mère.

Chuck balaya la salle du regard, à la recherche d'autres stars et pour bien se faire voir lui-même ; apercevant Olivia dix sièges plus loin, au troisième rang, il lui envoya un baiser, elle lui fit un petit sourire en coin.

— Qu'est-ce qu'on fait là, déjà ? bâilla Olivia, s'adressant à Aaron.

Bien que Serena la soûle carrément en ce moment, elle avait décidé de venir au défilé pour voir si quoi que ce soit dans la nouvelle collection d'automne de Les Best s'accorderait avec son nouveau style. Maintenant qu'elle se retrouvait entassée sous la tente surchauffée, bondée, gagnée par la musique bien trop forte et la puanteur entêtante des parfums, comme une gamine de douze ans avec son billet pour un concert de 45, elle n'en avait honnêtement plus rien à foutre des vêtements, ni de Serena, la star du défilé. Tout ça pour que Serena puisse prouver qu'elle était vraiment le centre de l'univers.

De toute façon, Olivia n'avait pas besoin de fréquenter de mannequins sublimes ni de créateurs de mode déjantés. Elle entrait à Yale, la meilleure institution d'enseignement supérieur du monde entier et en plus, *très bientôt*, un homme mûr hyper classe allait l'inviter à sortir. Elle avait le sentiment d'être une femme super accomplie pour quelqu'un d'aussi jeune. Le bruit et les paillettes de la fashion week lui paraissaient moins attirants, maintenant que sa vie était aussi… stimulante. En plus, ils étaient assis au troisième rang, insulte majeure pour elle, qui avait toujours été installée au premier ou deuxième rang, à tous les défilés auxquels elle avait assisté.

— Honnêtement, je commence à me demander ce que je fais là, bougonna Aaron.

Il défit la fermeture Éclair de son blouson de golf Les Best vert flashy offert par Serena et la remonta aussitôt. La toile de coton raide du blouson ponctuait d'un bruissement sonore chacun de ses mouvements. Il était bien trop tape-à-l'œil à son goût, mais il l'avait gardé sur lui, parce que Serena avait insisté qu'il ne pouvait pas venir à un défilé et s'asseoir au troisième rang sans porter une pièce créée par le couturier. Aaron aimait l'ambiance bourdonnante qui régnait là. C'était un peu comme assister à un concert de rock. Mais c'était tellement bidon d'être tous là-dedans pour regarder... des *fringues*.

À l'extérieur, la neige tombait sans discontinuer sur la ville illuminée depuis plus de deux heures. Olivia voyait déjà d'ici la folie pour trouver un taxi plus tard dans la soirée, avec tout le monde en petite tenue, planant complet et estimant tous qu'ils méritaient de monter dans le prochain taxi. De sa chaussure en cuir noir verni Les Best, elle donna un coup de pied dans l'arrière de la chaise de Nicky Hilton et bâilla pour la cinquantième fois. Elle avait encore la bouche grande ouverte, en plein bâillement, quand les lumières baissèrent soudain, la musique s'arrêta. Le défilé était sur le point de commencer.

La collection présentée était celle de l'automne suivant, le thème était le Petit Chaperon rouge. Le décor était une forêt de conte de fées, orné de troncs d'arbre en velours marron foncé dont les branches basses étaient couvertes de feuilles en soie chatoyante vert émeraude. Un air de flûte flotta jusqu'à leurs oreilles et soudain Serena surgit sur scène vêtue de sa jupe plissée grise, l'uniforme de Constance Billard, de cuissardes de daim rouge, une mini-cape de laine rouge nouée autour de son cou. Sous la cape, elle portait un petit T-shirt blanc à elle, avec I LOVE AARON s'étalant en noir sur sa poitrine. Ses longs cheveux blonds séparés en deux tresses encadraient son visage dépourvu de tout maquillage, à l'exception de ses lèvres, colorées d'un rouge vif exaltant. Serena arpentait le podium avec une assurance décontractée, elle faisait voler sa jupe plissée, pivotait puis posait pour les photographes comme si elle avait des années d'expérience.

*Qui est-ce ?* murmurèrent en chœur des centaines de voix avides de ragots. Et qui est Aaron ?

Olivia leva les yeux au ciel, encore plus assommée et agacée maintenant que le défilé avait débuté.

— Mais qui est Aaron ? geignit Sonny à l'oreille de Chuck Bass.

— J'en sais rien, putain, lui répondit celui-ci.

— Ce ne serait pas Aaron Sorkin ? Tu sais, le scénariste de télé ? suggéra une rédactrice de mode de *Vogue* en fourrure à sa voisine.

— Je ne sais pas qui c'est, mais c'est un sacré veinard, remarqua un photographe.

— Il paraît qu'il l'a larguée. J'imagine qu'elle essaie de le récupérer, ricana Isabel à Kati.

— Ne te retourne pas maintenant, mais je crois qu'il est là et il a l'air furax, souffla Kati.

Toutes deux se retournèrent d'un coup et braquèrent les yeux sur lui.

Serena envoya un baiser à Aaron depuis l'estrade, mais celui-ci se sentait tellement rougir, gêné par ce T-shirt, qu'il ne le remarqua même pas. Il avait cru que Serena serait nerveuse à l'idée de parader aux côtés de tous ces top models. Il avait cru qu'elle aurait besoin de son soutien moral, mais manifestement, elle s'amusait comme une folle. Elle devait être aux anges d'entendre son nom chuchoté dans toute l'assemblée. Pas lui. Bien sûr, il voulait être célèbre – en tant que *star du rock*. Et pas parce qu'il était le garçon du T-shirt I LOVE AARON de Serena. Il sortit la boîte en fer-blanc contenant ses cigarettes aux plantes de la poche de son blouson. Avant même qu'il ait pu l'ouvrir, un vigile posa la main sur son épaule.

— On ne fume pas sous les tentes, monsieur.

*Fait chier*, murmura Aaron dans sa barbe. Mais il ne pouvait tout de même pas se lever et quitter sa place tant que Serena était encore sur scène. Il jeta un coup d'œil à Olivia, sur le siège à côté de lui. Elle se mordait les lèvres et se tenait le ventre comme si elle avait des gaz ou quelque chose.

Olivia aurait voulu cacher ses oreilles percées d'un diamant pour ne plus entendre tout le monde susurrer le nom de Serena. *Tu as vu ses yeux ! Ses jambes ! Sa merveilleuse chevelure !* C'était écœurant au plus haut point, et la soirée VIP allait être du même acabit, c'était sûr. Dès que Serena sautilla hors du podium par le passage marqué « VERS LA MAISON DE MÈRE-GRAND » et disparut en coulisses pour changer de tenue, Olivia se mit debout.

— Je crois que je vais y aller avant qu'il y ait trop de neige, annonça-t-elle à Aaron.

— Ah ouais ? fit-il en se levant d'un bond. Je t'aide à trouver un taxi.

Serena n'avait pas besoin de lui ici. Elle serait sûrement entourée de tant d'admirateurs à la soirée qu'il ne pourrait même pas l'approcher. Elle ne lui en voudrait pas s'il filait en douce.

Dehors, dans Bryant Park, la neige leur arrivait déjà à la cheville. Les statues des lions sur les escaliers de la bibliothèque publique semblaient encore plus imposantes et menaçantes, ainsi couvertes de blanc.

— Je crois que je vais sauter dans un train pour Scarsdale, lâcha Aaron, en référence à la banlieue de Westchester où il avait vécu avec sa mère avant de décider d'emménager avec la nouvelle famille de son père en ville, à l'automne dernier.

Il ouvrit son Zippo d'un coup sec et s'alluma une cigarette aux plantes.

— Mes potes et moi, on se retrouve toujours sur le terrain de golf quand il y a des grosses tempêtes comme ça. C'est sympa.

— Putain, ça a l'air trop fort, répondit Olivia avec indifférence.

De gros flocons de neige glacés vinrent se poser sur ses cils chargés de mascara, elle plissa les yeux, enfouit ses mains dans les poches de son manteau du soir Les Best en cachemire noir et se mit en quête d'un taxi. *Putain*, ce qu'il faisait froid.

— Tu veux venir avec moi ? proposa Aaron, bien qu'Olivia se soit comportée comme une vraie garce récemment.

Ils restaient demi-frère et demi-sœur, ils pouvaient au moins essayer d'être amis.

— Non, merci, grimaça-t-elle. Je vais appeler cet homme que j'ai rencontré. Voir s'il veut venir boire un verre avec moi, genre.

Elle adorait : le mot « homme » avait l'air tellement plus sophistiqué que « mec ».

— Quel *homme* ? demanda Aaron avec suspicion. Quand même pas ce vieux de Yale avec qui tu étais hier soir ?

Olivia se mit à taper des pieds pour éviter que ses orteils ne soient gelés par le froid dans ses babies Les Best pas du tout adaptées au temps. Pourquoi fallait-il toujours qu'Aaron se croie aussi supérieur ? C'était exaspérant.

— D'abord, je pourrais très bien avoir rendez-vous avec quelqu'un d'autre. Ensuite, qu'est-ce que ça peut bien te faire, de toute façon ? Enfin, si c'est lui, *et alors* ?

Elle lança sa main en l'air et l'agita avec impatience. Il n'était que neuf heures. Où étaient passés tous ces foutus taxis ?

— Je ne sais pas, fit Aaron en haussant les épaules. J'imagine que ça doit être un gros banquier d'affaires qui file plein de pognon à Yale, tu dois flirter avec lui ou je ne sais quoi parce que tu veux absolument y entrer. Et ça craint franchement, si tu veux mon avis.

— Mais justement, je ne t'ai rien demandé, lui répondit Olivia, hargneuse. Mais peut-être que je devrais t'écouter, toi, puisque Monsieur a été accepté à Harvard avant tout le monde alors que Monsieur ne fait rien d'autre que de rester en caleçon toute la journée à boire de la bière en faisant croire qu'il joue dans un groupe hyper cool alors qu'il est à chier, et puisque Monsieur sait tout, visiblement.

Un taxi pila au coin de la 53e Rue pour laisser sortir quelqu'un. Olivia fonça droit dessus.

— Tu ferais mieux de garder pour toi tes jugements à la con quand tu ne sais pas de quoi tu parles ! lança-t-elle à Aaron avant de sauter dans le taxi et de claquer la portière.

Frissonnant dans son fin blouson de coton, Aaron

rentra les épaules contre le vent mordant et emprunta la 42e Rue vers l'est, en direction de la gare de Grand Central. Ça lui ferait du bien de glander un peu avec les copains, pour changer. Les femmes le faisaient vraiment chier.

Mais franchement, nous le valons bien, non ?

## *bien mieux que nu*

Dan essaya de ne pas fixer les mannequins quand elles arrivèrent sur l'estrade du défilé Better Than Naked uniquement vêtues de minijupes plissées en velours marron, sans rien du tout en haut. Leurs jupes étaient si courtes qu'il voyait même les culottes blanches à froufrous qu'elles portaient en dessous – des culottes de petites filles *vintage* des années 50 si parfaitement ajustées sur les top models que leurs fesses en débordaient. Au lieu de s'asseoir au premier rang, où Rusty Klein avait réussi à lui dégoter une place, entre Stevie Nicks et Vanessa Beecroft, l'artiste performeuse ultra branchée, Dan était resté au fond du Harrison Street Club, les doigts crispés autour de son carnet relié de cuir noir, essayant de prendre une pose d'auteur, au cas où Rusty Klein soit à proximité, en train de l'observer secrètement.

Le défilé se déroulait sur fond de musique folklorique allemande très bizarre, le podium était jonché de paille. Des petits garçons blonds coupés au bol, en culottes de peau, une laisse de cuir à la main, promenaient des chèvres blanches et bêlantes tandis que des top models d'une taille incroyable marchaient à grands pas, juste à côté d'eux, leurs seins nus rebondissant en rythme.

*Bestialité*, griffonna furtivement Dan dans son calepin. Les chèvres chiaient partout et il avait remarqué que les ourlets des jupes étaient intentionnellement effilochés. On avait dessiné des larmes sur les joues des mannequins à l'aide d'un crayon à paupières bleu iridescent. *Filles de ferme perdues*, nota Dan en essayant de ne pas se sentir complètement déplacé. Mais qu'est-ce qu'il foutait à un défilé de mode ?

Une brune d'une vingtaine d'années installée à côté de lui se pencha pour tenter de lire ce qu'il écrivait.

— Tu bosses pour qui ? voulut-elle savoir. *Nylon* ? *Time Out* ?

Elle portait des lunettes pointues serties de strass, attachées, comme les vieilles dames, à une chaîne en or autour de son cou, et avait la frange la plus épaisse que Dan ait jamais vu.

— Pourquoi t'es pas assis avec la presse ?

Dan referma son carnet avant qu'elle puisse en lire plus.

— Je suis poète, dit-il sur un ton important, j'ai été invité par Rusty Klein.

La femme ne parut pas vraiment impressionnée.

— Et tu as publié quoi, récemment ? demanda-t-elle d'un air suspicieux.

Coinçant son calepin sous son bras, Dan lissa ses tout nouveaux favoris. Une des chèvres, qui s'était échappée, sauta du podium. Quatre vigiles s'élancèrent à sa poursuite.

— En fait, un de mes poèmes les plus récents est dans le numéro de cette semaine du *New Yorker*. Il s'intitule *Salopes*.

— J'y crois pas ! s'extasia la femme en chuchotant assez fort.

Elle plaça sur ses genoux son sac fourre-tout bleu lavande Better Than Naked et en sortit son exemplaire du *New Yorker*, qu'elle feuilleta rapidement pour trouver la page quarante-deux.

— Tu ne comprends pas. J'ai lu ce poème par téléphone à *toutes* mes copines. Je n'arrive pas à croire que c'est toi qui l'as écrit.

Dan ne savait pas quoi dire. C'était la première fois qu'il rencontrait une vraie fan, il se sentait à la fois gêné et ravi.

— Je suis content qu'il vous ait plu, répondit-il avec modestie.

— Il ne m'a pas plu, corrigea la femme. Il a changé ma vie ! Tu veux bien me le signer ? demanda-t-elle en lui jetant la revue sur les genoux.

Haussant les épaules, Dan reprit son stylo. *Daniel Humphrey*, gribouilla-t-il juste à côté de son poème, mais sa signature lui parut un peu trop simple et impersonnelle, aussi ajouta-t-il une petite fioriture juste en dessous. Il avait mordu sur quelques lignes de la nouvelle de Gabriel Garcia Rhodes, ce qui semblait une sorte de sacrilège, mais peu importe, il venait de signer son premier autographe ! Il était célèbre – un vrai, un authentique auteur !

— Merci, merci *beaucoup*, dit la femme en reprenant son magazine.

Puis, désignant son carnet, elle reprit :

— Et maintenant, continue à écrire, murmura-t-elle respectueusement. Fais comme si je ne t'avais pas dérangé.

La musique folklorique allemande se changea en

opéra et les petits garçons quittèrent le podium, emmenant leurs chèvres. Les mannequins envahirent l'espace arborant de longues capes de laine noire, des cuissardes de daim bleu canard et des coiffures en plumes d'autruche. On aurait dit des personnages tout droit sortis d'un épisode du *Seigneur des Anneaux*.

Dan rouvrit son calepin et commença à noter. *Gentilles et méchantes sorcières*, griffonna-t-il. *Loups affamés, à l'affût*. Il mordilla le bout de son stylo et ajouta : *Putain, si seulement je pouvais m'en griller une petite*.

## *v pose en poseuse*

Pour son apparition au défilé Culture de l'Humanité by Jedediah Angel au Highway 1 à Chelsea, Vanessa décida de rompre avec ses habitudes de ne porter que du noir, et emprunta le pull rouge à col rond manches trois-quarts de Ruby. Elle l'avait déjà mis une fois et il lui avait valu plein de compliments, sûrement parce qu'il était si décolleté qu'il révélait le haut de ses seins pâles et un soupçon de son soutien-gorge en dentelle noire. Vanessa était arrivée en retard, parce que sa sœur avait insisté pour qu'elle s'y rende en taxi et bien entendu, celui-ci s'était trouvé coincé dans la neige près d'Union Square. Pendant que le chauffeur hurlait après la société de dépannage sur son portable et que la radio braillait dans les baffles, Vanessa lui avait faussé compagnie. Lorsqu'elle arriva enfin au club, ses oreilles étaient figées par le gel et elle ressemblait à une boule de neige sur pattes. Le défilé avait déjà commencé et elle était certaine qu'on ne la laisserait pas franchir l'énorme porte de garage qui servait d'entrée, mais lorsqu'elle avait donné son nom à la fille de l'accueil, un vigile muni d'une lampe torche avait été assigné pour escorter personnellement Vanessa à sa place, au *milieu* du *premier rang*. Sur la chaise, était fixé un carton au nom de Christina Ricci barré au marqueur noir et remplacé par Vanessa Abrams. Vanessa ne s'était jamais sentie aussi importante de toute sa vie.

La salle était plongée dans l'obscurité, seulement éclairée de chandelles blanches d'une trentaine de centimètres, alignées de chaque côté du podium. Des mannequins vêtues de robes de matelot bleu marine arrivant au-dessus du genou, à passepoil blanc et boutons dorés au revers, tenaient à hauteur de leur bouche des cornes de brume tandis que le vacarme d'une terrible tempête rugissait dans les enceintes. Un unique projecteur éclairait le mur blanc derrière le podium, sur lequel était projeté le court-métrage sur New York que Vanessa avait envoyé à NYU. Le film était en noir et blanc, et, associé aux costumes marins des mannequins, il se teintait d'une sorte de classe très années quarante. Et bien que tout le public parût prendre bien trop au sérieux cette mise en scène bidon de la mode au grand large, Vanessa devait reconnaître que c'était plutôt cool de voir son film là, en grand.

La femme maigre comme un clou assise à côté d'elle ouvrit son Palm Pilot d'un coup sec et tapa : *Toile de fond géniale*, avec son long ongle rouge. Elle portait une accréditation sur son pull en cachemire couleur caramel, avec le mot *Vogue* écrit dessus, et arborait un carré court brun à la frange épaisse éclaircie de mèches bronze. Elle poursuivit sa frappe : *Note : Demander à Jed d'où vient le film.*

Vanessa songea un instant à lui donner un petit coup de coude pour lui dire : « C'est moi qui l'ai fait », mais elle estima que ce serait plus marrant de se taire pour voir ce qui allait se passer. Quelqu'un détesterait peut-être le film et ferait un esclandre, taillant du même coup une réputation à Vanessa, la fameuse réalisatrice dont le portrait amèrement honnête de New York aurait complètement déprimé la fashion week. Elle se demanda comment Dan se débrouillait au défilé Better Than Naked. Elle l'imagina en train de demander du feu à ce mannequin brésilien, la nouvelle coqueluche des couturiers – Anike ou un autre nom du genre – sans même savoir de qui il s'agissait. C'était ce que Vanessa adorait le plus chez Dan, sa divine innocence.

C'était maintenant la séquence qui montrait deux vieillards coiffés de bonnets noirs, en vestes de laine à carreaux rouges et noirs assorties, en train de jouer aux échecs à Washington Square Park. L'un des deux piquait du nez, sa tête oscillait sur sa poitrine, son cigare allumé perché en équilibre précaire sur sa lèvre inférieure proéminente. L'autre claquait des doigts pour s'assurer que son partenaire était bien endormi avant de changer les pièces de place sur l'échiquier et de réveiller son ami d'un coup de coude.

Dans le Highway 1, les bruits de tempête s'effacèrent pour laisser place à une retentissante musique de big band. Un gigantesque bateau en carton fut amené sur la scène par des mannequins hommes musclés tirant d'épaisses cordes blanches, simplement vêtus de slips bleu marine. Le bateau s'immobilisa et l'on abaissa la passerelle. Les mannequins sortirent, deux par deux – il devait y en avoir une centaine, comment avaient-elles toutes pu tenir dans ce bateau ? –, toutes en parure soutien-gorge et culotte de satin bleu marine et bas jarretière en résille blanche, longs gants blancs, hautes bottes de daim blanc. Ayant descendu la passerelle avec une efficacité toute militaire, elles se lancèrent dans une chorégraphie compliquée qui paraissait être un croisement entre des signaux de contrôle aérien et de la natation synchronisée. Tout à coup, les rangées parfaites de mannequins gesticulant s'écartèrent, pour laisser passer un mec ultra chic avec de longs cheveux roux bouclés portant un costume trois pièces blanc avec à la main une canne en or incrustée de pierres précieuses, qui se mit à *faire des claquettes.*

Ce n'est pas une blague.

Ses boucles rousses rebondissant en rythme, il poursuivit ses claquettes jusqu'au bout du podium, s'arrêta net et entreprit d'applaudir le public. Derrière lui, les mannequins se tenaient sur une jambe, genou bien en l'air, comme des flamants roses, en tapant dans leurs mains, elles aussi. Soudain la musique se tut et le public se déchaîna.

Le roux devait être Jedediah Angel, décréta Vanessa ; il se trouvait juste devant elle. Il salua très bas, il ressemblait un peu au magicien d'Oz dans son costume blanc ajusté. Soudain, il la désigna et se mit à pousser des cris et à taper dans ses mains en lui faisant signe de se lever. Vanessa secoua la tête, paniquée, mais Jedediah Angel continuait à l'encourager à se mettre debout.

— Lève-toi, chérie. Lève-toi !

La foule était en plein délire, désormais. Ils n'avaient pas la moindre idée de qui Vanessa pouvait bien être, mais puisque Jedediah Angel voulait qu'elle salue, elle devait sûrement être *quelqu'un.* Vanessa céda ; elle se leva, gênée, le visage cuisant et les épaules secouées par une crise de fou rire tout à fait inhabituelle chez elle, puis elle baissa la tête en réponse à leurs applaudissements.

Elle entendait déjà Ken Mogul lui glisser à l'oreille : « Il va falloir t'y habituer, mon chou. Tu vibres grave. » Et même si c'était évidemment plutôt cool de voir tant de gens faire comme s'ils la vénéraient, elle était impatiente de comparer son expérience avec celle de Dan, tellement toute cette histoire était grotesque.

À moins, bien sûr, qu'il ne se soit déjà enfui pour le Sud de la France en compagnie d'un sublime top model brésilien de dix-neuf ans.

*Avertissement-: tous les noms de lieux, personnes et événements ont été modifiés ou abrégés afin de protéger les innocents. En l'occurrence, moi.*

## salut tout le monde !

### TOMBE LA NEIGE !

Pour l'instant, il est tombé trente-cinq centimètres de neige et me voilà coincée à la soirée VIP la plus sélect, la plus torride de toute la fashion week, entourée de mes créateurs de mode favoris de tous les temps, de centaines de mannequins sublimes et autres acteurs beaux à croquer, des rédactrices de mode les plus en pointe du métier et de cinq des photographes les plus avant-gardistes du monde de la mode. Franchement, je me fous que toute la ville soit ensevelie sous la neige. Je ne veux plus jamais quitter cet endroit !

### ON A VU

**O** attendre son rendez-vous dans le coin du petit bar romantique de ce nouvel hôtel design sur Perry Street. **S** signer des autographes à la soirée **Les Best** au **Crème**, sur la 43e. **C** à la même soirée, entouré de mannequins hommes plus jeunes que lui, signant également des autographes – pour qui se fait-il passer ? **N** accompagner notre héritière du Connecticut préférée dans sa limousine jusqu'à son hôtel particulier de Greenwich. **J** et sa nouvelle meilleure amie foncer sous la neige jusque chez Blockbuster Video et Hunan Wok sur Broadway, près de chez **J** – grosse fiesta en préparation. **D** au milieu d'une nuée de mannequins à la soirée **Better Than Naked** au **Harrison Street Club**. Était-ce juste pour lui taxer des clopes ou bien avaient-elles toutes lu son poème ? **V** à la soirée **Jedediah Angel** au **Highway 1**, faire semblant de flirter avec tout le monde à sa manière, délicieusement banale.

J'espère simplement que tout le monde est aussi enchanté que moi d'être coincés où ils se trouvent jusqu'à ce que la météo s'améliore. N'oubliez pas, rien de tel que la chaleur humaine pour se réchauffer.

Oups, on me prend en photo pour le supplément Style du week-end, et mes lèvres ont vraiment besoin d'un peu de brillant.

Vous m'adorez, ne dites pas le contraire.

gossip girl

## *comme dans la fameuse scène de* titanic

— Comment ça se fait que Dan ne t'a pas invitée ? demanda Elise en plongeant un ravioli à la vapeur dans une flaque de sauce au soja.

Pour affronter la tempête de neige, Elise et Jenny avaient réuni un festin de bouffe chinoise, de biscuits au chocolat et de films dont elles n'avaient jamais entendu parler, vu qu'il ne restait plus rien d'autre à louer chez Blockbuster Vidéos. Elles étaient maintenant installées devant une retransmission télévisée de la fashion week, chez Jenny, dans le salon de son appartement familial, désordonné et délabré, de l'Upper West Side. Étrangement, la caméra venait de faire un plan sur le public du défilé Better Than Naked et de zoomer sur Dan un instant, alors qu'il griffonnait comme un forcené dans son foutu carnet noir.

— Parce que je suis sa petite sœur, répondit Jenny, tout ébahie d'avoir vu le visage cireux de son frère et sa nouvelle coiffure en direct à la télé.

Elle savait que Dan se rendait au défilé, mais elle n'avait même pas essayé de savoir si elle pouvait l'accompagner. L'étiquette « nouveau Keats » lui était tellement montée à la tête qu'il ne remarquait même plus son existence.

L'image bascula vers la tente Les Best à Bryant Park, où se pavanait Serena van der Woodsen avec un tout petit T-shirt blanc où il était écrit I LOVE AARON, sa jupe plissée grise de Constance Billard, une cape en laine rouge et des bottes Les Best. Apparemment, elle était censée incarner une version sexy du Petit Chaperon rouge, genre.

Franchement, qui pourrait bien avoir envie d'acheter un uniforme scolaire ?

— Hé, ce serait pas l'animatrice de notre groupe de discussion ? Serena van der Woodsen ? observa Elise.

Jenny enfourna un cookie entier dans sa bouche et hocha la tête, les joues gonflées. C'était bien Serena. Toujours aussi parfaite.

— Vite, change de chaîne ! Jamais je pourrai avaler quoi que ce soit si j'ai ces jambes sous les yeux, couina Elise en lançant un coussin de velours brodé de perles sur le poste de télévision.

Jenny gloussa et éteignit carrément. Elle saisit sa tasse I LOVE NY remplie de Coca en jetant un coup d'œil inquiet aux provisions étalées sur la vieille malle qui servait de table de salon. L'appartement était tellement crasseux qu'elle craignait qu'un cafard dégoûtant de la taille d'un homard ne tombe à tout moment du plâtre effrité du plafond, pile dans ses nouilles au sésame. Elle remarqua qu'Elise n'avait encore rien avalé.

— Tu n'as quand même pas de problème pour manger devant moi, au moins ? demanda Jenny en s'emparant de baguettes, qu'elle plongea dans la boîte en carton contenant les nouilles. Je promets que je ne te regarderai pas.

Elise prit son ravioli avec les doigts et en mangea la moitié.

— C'est juste à la cafétéria de l'école, dit-elle, la bouche pleine. Je suis incapable de manger, avec toutes ces filles maigres qui reluquent ma graisse.

— Tu n'es pas grosse, répondit Jenny, qui pourtant retrouvait l'appétit lorsqu'elle était en compagnie d'Elise, parce qu'elle se sentait tellement menue en comparaison.

Cela dit, c'était plutôt un soulagement de constater qu'Elise n'avait pas de véritables troubles de l'alimentation et qu'elle manquait simplement de confiance en elle. C'était ça le truc, avec les nouveaux amis – on n'était jamais sûr de les connaître vraiment, en fait.

— C'est toi qui as peint ça ? demanda Elise en désignant le portrait à l'huile que Jenny avait fait de son père, accroché au-dessus de la cheminée.

Rufus portait un maillot de corps blanc, col en V avec des trous de cigarettes et ne s'était pas rasé depuis plusieurs jours. Ses cheveux gris et raides étaient hirsutes, ses yeux noisette agités d'excitation provoquée par la caféine et l'abus d'acide dans les années soixante. Le portrait était plutôt ressemblant.

— Ouais, fit Jenny en entortillant ses nouilles autour de ses baguettes.

Elle n'avait plus rien peint depuis les portraits de Nate en décembre. Elle avait représenté son visage dans tous les styles qu'elle avait étudiés. Il y avait le Nate Picasso, Nate Monet, Nate Dali, Nate Warhol et Nate Pollock. Mais lorsque celui-ci lui avait brisé le cœur, elle les avait tous brûlés dans une poubelle métallique sur la 99e Rue. Il s'agissait d'une forme de catharsis – leur amour réduit en cendres. D'ailleurs, maintenant qu'elle y réfléchissait, elle aurait dû garder les cendres pour en faire quelque chose – un autoportrait ou un apaisant paysage marin – mais c'était trop tard.

Elise attrapa un autre ravioli vapeur.

— Tu peux faire un portrait de moi ? demanda-t-elle.

Jenny tourna les yeux vers la fenêtre du salon, très sale. La neige était si épaisse, on aurait dit que quelqu'un faisait exploser de gigantesques oreillers de plume dans le ciel.

— Bien sûr, dit-elle en se levant pour aller chercher son matériel.

De toute façon, elle n'avait rien de mieux à faire.

— Cool !

Elise jeta les restes de ses raviolis vapeur dans leur boîte et déboutonna son jean Seven trop serré. Puis elle ôta son col roulé rose de chez Gap, retirant du même coup son soutien-gorge brassière sans agrafe. Lorsque Jenny réapparut avec sa toile neuve et sa palette, Elise était étalée de tout son long sur le canapé, ses cheveux blonds et raides frôlant ses épaules mouchetées de taches de rousseur, complètement nue.

— Qu'est-ce que tu fabriques ? voulut savoir Jenny, stupéfaite.

Elise étira ses bras au-dessus de sa tête et s'appuya contre les coussins.

— J'ai toujours voulu poser nue, dit-elle. Tu sais, comme la fameuse scène dans *Titanic*.

Jenny s'installa en tailleur sur le sol, face à elle et mouilla son pinceau.

— Bon, c'est toi qui vois, fit-elle en fronçant les sourcils en direction de son voluptueux et obstiné modèle.

Sa nouvelle amie manquait peut-être moins de confiance en elle qu'elle ne l'avait cru. Mais pas d'un grain de folie.

## *certains l'aiment chaud*

Olivia était assise à une table dans un coin du bar en rez-de-chaussée du Red, un nouvel hôtel de charme, chaleureux et romantique de Perry Street ; elle buvait une vodka tonic en essayant d'éviter la retransmission de la fashion week sur la chaîne Metro. On aurait dit qu'à chaque fois qu'elle levait les yeux, il diffusait le même extrait montrant Serena sautillant sur le podium au défilé Les Best, dans son uniforme et ce T-shirt idiot I LOVE AARON. Même au bar, elle entendait les gens murmurer « Qui est-ce ? » et « Qui est Aaron ? » Ce qui suffisait à la faire grimper aux murs tapissés de velours rouge.

— Je porte ma cravate Yale, cette fois, annonça Owen avec un sourire malicieux.

Il venait de franchir la porte, vêtu d'un imperméable Burberry terre de Sienne et d'un feutre noir, qui lui donnaient une allure encore plus virile et fringante que lors de leur première rencontre. Il se glissa sur la banquette de velours rouge à côté d'Olivia et l'embrassa sur la joue. Le contact de son visage froid et humide, à cause de la tempête, envoya une décharge dans tout son corps.

— Salut, beauté.

D'un coup, Olivia oublia totalement Serena. Elle

était en compagnie d'un homme mûr, sexy, qui lui donnait du « beauté ». *Non mais.*

— Salut, fit-elle en faisant tourner et retourner le rubis à son doigt. Désolée de t'avoir fait sortir par un temps pareil. Je m'ennuyais tellement.

La serveuse approcha, Owen commanda un martini dry au Bombay Sapphire, sec. Il sortit un paquet de Marlboro Light de sa poche, coinça deux cigarettes entre ses lèvres, les alluma et en tendit une à Olivia. Ses sourcils noirs se froncèrent d'un air sombre, préoccupé, tandis qu'il scrutait Olivia de ses yeux bleu perçant.

— Tu n'as pas d'ennuis, au moins ?

*Comment ça, des ennuis ?* Olivia tira une taffe de sa cigarette et réfléchit à sa réponse. Si on estime qu'en pincer pour son interlocuteur de Yale, plus âgé et marié s'apparente à des ennuis, alors oui, elle avait de *terribles* ennuis.

— Peut-être, répliqua-t-elle en minaudant. Et toi ?

La serveuse apporta à Owen son martini. Il croqua l'olive verte qui flottait dans le verre et s'essuya la bouche à l'aide d'une serviette en papier. Une ombre de barbe de fin de journée venait souligner sa mâchoire nettement dessinée.

— J'étais en petit déjeuner d'affaires ce matin, à manger des Cheerios avec cinq autres avocats et j'ai pensé à toi, reconnut-il.

Olivia fit courir son ongle sur son genou en résille.

— Ah bon ? fit-elle en regrettant immédiatement que sa voix parût si pressante et pleine d'espoir.

Owen amena son verre à ses lèvres, ses ardents yeux bleus scintillèrent.

— Ouais. J'ai eu une semaine de folie, mais je promets d'envoyer ce rapport à Yale dès que possible.

— Oh, lâcha Olivia, déçue.

Elle se mit à touiller son verre à l'aide de sa petite paille de cocktail marron. Pour une fois, elle ne pensait plus à Yale. Quand elle était avec Owen, elle avait l'impression d'être déjà au-delà de Yale. Elle était sa « beauté », la star de son spectacle. Ou peut-être se faisait-elle des illusions.

Jetant un œil vers la vitre derrière eux, Olivia put à peine distinguer les voitures garées dans la rue. Elles n'étaient plus que des masses blanches, des sortes de gros éléphants idiots, endormis. Elle sentait le regard d'Owen sur elle tandis qu'elle tirait sur sa cigarette et expirait un filet de fumée grise au-dessus de leur tête. Il lui avait demandé la permission de la revoir, oui ou non ? Ce qu'il n'aurait pas fait s'il n'avait pas été attiré par elle. Il était juste tendu, voilà tout. Dans la tête d'Olivia, les caméras s'apprêtaient à tourner. Elle était la *femme fatale** qui allait séduire le bel avocat, respectable, plus âgé qu'elle. Yale était la dernière chose dont elle ait envie de parler pour l'instant.

Elle prit une dernière bouffée de sa cigarette puis l'écrasa dans le cendrier en chrome au milieu de la table.

— J'ai failli aller en prison, un jour, attaqua-t-elle, en essayant de se donner un air fascinant.

Ce n'était pas tout à fait vrai. Quelques mois plus tôt, elle avait volé un pyjama en cachemire au rayon hommes chez Barneys, ce devait être un cadeau surprise pour Nate alors que leur couple battait de l'aile.

Mais lorsque la rupture s'était produite pour de bon, Serena avait convaincu Olivia de rendre le pyjama. Elle ne s'était même pas fait prendre.

Owen eut un petit rire et reprit son verre. Il portait des boutons de manchette ornés d'un Y bleu, assortis à sa cravate Yale bleue et or.

— Tu es exactement le genre de filles dont Yale a besoin, plaisanta-t-il.

— Et je suis vierge, laissa-t-elle échapper en papillonnant des cils, troublée d'avoir tenté une remarque aussi hasardeuse.

C'était étrange. Bien qu'Owen soit absolument superbe et qu'elle ait très envie de voir quelle impression ça faisait de l'embrasser, elle avait un peu peur de ce qu'elle était en train de faire.

— Exactement ce qui manque à Yale, rit Owen.

Il croisa puis décroisa ses jambes. Olivia se rendit compte qu'elle le rendait nerveux, ce qui n'était pas du tout dans son intention.

Elle passa sa main sous la table et vint poser ses petits doigts tremblants sur sa main chaude et bronzée.

— Je veux bien que tu m'embrasses, murmura-t-elle d'une voix basse, voilée, exactement comme celle de Marilyn Monroe dans *Certains l'aiment chaud*.

Owen posa son verre.

— Viens par là, dit-il sur un ton bourru en passant son bras libre autour d'elle et en l'attirant vers lui.

Son menton rêche irrita le visage d'Olivia lors de leur baiser, mais elle n'avait jamais été embrassée avec autant de savoir-faire et de puissance de toute sa vie. En plus, il sentait l'Eau d'Orange Verte d'Hermès, le parfum pour homme qu'elle préférait entre tous.

Olivia avait cru que la culpabilité l'assaillerait à l'instant où leurs lèvres se rencontreraient. *C'est un ami de papa*, se dit-elle. *Il est vieux.* Mais Owen embrassait si bien, maintenant qu'il avait commencé, qu'elle n'allait sûrement pas lui demander d'arrêter.

## *s n'arrive pas à retrouver son petit ami, et alors ?*

— Je lui ai dit qu'elle avait un plus joli derrière que toutes les filles du métier, certifia un des stylistes de Les Best au photographe du magazine *W*. Hanches fines, petit cul de garçon. On a l'impression qu'elle pourrait enfiler le vieux jean crade de son mec et le faire paraître frais et sexy.

Serena secoua sa jolie tête blonde en signe de protestation amicale et tira sur son American Spirit.

— Mon copain ne porte jamais de jeans. Il trouve ça surfait. Il met des treillis en toile verte. Les vrais, ceux qui viennent des surplus de l'armée.

Elle parcourut des yeux le Crème, ce nouveau go-go club de la 43e Rue où la soirée d'après défilé battait maintenant son plein ; la salle était bondée, enfumée, elle ne vit Aaron nulle part. Il n'était même pas venu backstage au défilé, alors elle avait cru qu'elle le retrouverait ici.

— Et ton copain ne s'appellerait pas Aaron, par hasard ? lui demanda le styliste.

Il gloussa en désignant son T-shirt.

— Il faudrait que Les en fasse une série. Tout le monde adorerait – ce serait complètement dingue !

— Ça vous dérangerait de reculer un instant pour

que je puisse la prendre en photo ? demanda le photographe au styliste.

— Et vous pourrez me signer un autographe sur ce Polaroid, pour ma collection, Serena ? s'enquit un tout petit homme d'une quarantaine d'années, vêtu d'un pantalon en cuir, ses cheveux blancs tondus.

— Moi aussi ! l'interrompit une autre voix.

Serena remonta son jean bleu ciel taille basse offert par la maison Les Best et pointa du doigt le logo I LOVE AARON qui s'étalait sur son T-shirt en faisant un grand sourire pour la photo.

— Je parie que si tu vendais ce T-shirt aux enchères sur-le-champ, tu en tirerais mille dollars, s'amusa le photographe en la mitraillant. Mais évidemment, tu ne t'en sépareras jamais.

Serena tira à nouveau sur sa cigarette, le groupe autour d'elle attendait une réponse. Le T-shirt était très mignon, mais elle l'avait fait faire sur un simple coup de tête, parce qu'elle pensait qu'Aaron trouverait ça marrant, c'était une manière de se faire pardonner d'apparaître à un défilé de mode un vendredi soir, qui était normalement *leur* soirée. Elle était bien du genre coup de tête, comme fille, et c'était exactement la raison pour laquelle cette idée d'enchères lui plaisait autant. Elle pourrait donner l'argent à une bonne cause, comme Little Hearts, l'association pour les enfants, qui aurait dû bénéficier de l'argent récolté lors du bal de la Saint-Valentin.

— Allez, on le fait, gloussa-t-elle étourdiment.

Le groupe d'admirateurs poussa un cri ravi et la suivit jusqu'au bar comme des petites souris en adoration suivant le joueur de flûte de Hamelin.

— Qui veut acheter un T-shirt ? lança Serena en

grimpant sur le bar et se mettant à parader en long et en large comme si elle était à nouveau sur le podium.

Évidemment, seule une fille aussi sublime pouvait se permettre ce genre de choses.

Le DJ se joignit à la fête et passa le vieux classique de Madonna, « Vogue », à plein volume. Serena secoua les fesses, lança la poitrine en avant – le tout très bon enfant – et toutes les paires d'yeux se tournèrent vers elle.

— Cinq cents dollars ! cria quelqu'un.

— Personne d'autre ? fit Serena, provoquant l'assemblée éblouie. C'est pour une bonne cause.

— Sept cents !

— Huit !

Serena arrêta de danser, leva les yeux au ciel et sortit ses cigarettes de sa poche, comme pour dire : « Ce que vous pouvez être radins. » La foule rit et une quinzaine de briquets se présentèrent à elle. Elle se pencha pour allumer sa cigarette auprès d'un petit veinard en gilet de fourrure puis reprit sa parade en remuant des hanches en rythme, cigarette à la bouche, attendant que les enchères montent.

— Mille dollars ! cria le veinard à gilet en fourrure.

Il s'était trouvé assez près de Serena pour savoir que ça les valait.

Serena lança les bras en l'air et cria très fort, mettant au défi l'assemblée de surenchérir. Elle avait beau s'en vouloir de penser une chose pareille, mais ça ne la dérangeait pas qu'Aaron ne soit pas là. Elle était peut-être amoureuse, mais elle s'éclatait carrément sans lui.

## *le défoncé roucoule*

— On peut demander au majordome de nous jouer du piano à poil, si on veut, dit Georgie à Nate. Il fait tout ce que je lui dis.

À la fin de la thérapie de groupe, lorsque arriva l'heure où les patients externes devaient rentrer chez eux, la tempête de neige était déjà si forte que Nate ne put trouver aucune voiture pour l'accompagner à la gare, Georgie proposa donc de l'y conduire. Mais à la gare, les trains ne roulaient plus, alors la très accommodante Georgie avait emmené Nate chez elle, dans sa Range Rover noire, conduite par un garde du corps. Ils étaient maintenant installés sur le sol de son immense et luxueuse chambre et étaient occupés à se défoncer en regardant la neige s'entasser sur la lucarne, au-dessus de leur tête.

L'hôtel particulier de l'Upper East Side où Nate avait grandi était doté de quatre étages, d'un ascenseur privé et d'une cuisinière à demeure vingt-quatre heures sur vingt-quatre. Mais le manoir de Georgie, à Greenwich, dans le Connecticut, avait quelque chose que n'avait pas son hôtel particulier familial – de vastes espaces à l'intérieur et des hectares de terrain tout autour de la maison. C'était une sorte de ville en soi, et Georgie possédait son propre arrondissement privé, où elle pouvait faire absolument tout ce qui lui chantait, pendant que sa très vieille nounou anglaise était au lit, à regarder BBC Amérique et que les autres domestiques vaquaient à leurs occupations dans d'autres quartiers. Dans sa salle de bains se trouvait même une méridienne sur laquelle elle pouvait s'allonger en attendant que se remplisse son jacuzzi en marbre, de trois mètres cinquante.

— Sinon, on pourrait baiser bruyamment dans les escaliers, ajouta Georgie. Ça rendrait dingue le personnel.

Nate appuya la tête contre le pied du lit à baldaquin king-size de Georgie et amena le joint qu'ils partageaient à ses lèvres.

— Et si on se contentait de regarder tomber la neige un moment…

Georgie roula sur le dos et posa la tête sur la jambe du pantalon en ripstop bleu marine Culture de l'Humanité de Nate.

— Oh là là, ce que tu peux être zen. Je n'ai pas l'habitude de traîner avec des gens aussi zen.

— Tes amis sont comment ? demanda Nate en tirant à fond sur le joint.

Le goût de l'herbe et les sensations qu'elle produisait lui semblaient meilleurs parce qu'il avait été forcé de s'en passer pendant un temps.

— Je n'ai plus d'amis, répondit Georgie. Ils m'ont un peu tous laissé tomber, parce que je suis trop cinglée.

Nate posa la main sur sa tête et se mit à lui caresser les cheveux. Ils étaient incroyablement doux et magnifiques.

— Moi, je traînais avec trois mecs de ma classe

à l'école, dit-il en évoquant Jeremy, Anthony et Charlie. Mais après quelques jours sans défonce, je n'avais plus vraiment envie de les voir, en fait.

— C'est ce que Jackie appelle les « amitiés négatives ». Une « amitié positive », c'est quand tu fais des choses constructives, sympas avec tes amis, comme préparer des cookies, faire des collages ou de l'escalade.

— Je suis ton ami, annonça tranquillement Nate.

Georgie frotta l'arrière de sa tête contre sa jambe.

— Je sais.

Elle rit, sa poitrine pas trop petite se mit à ballotter sous son T-shirt blanc serré.

— Tu veux qu'on prépare des cookies ?

Nate peignit dans l'air une mèche de ses cheveux qu'il laissa retomber, petit à petit, sur ses genoux. Olivia avait également de longs cheveux, mais ils n'étaient ni aussi raides ni aussi soyeux que ceux de Georgie. Marrant comme les filles peuvent être différentes.

— Je peux t'embrasser ? demanda-t-il, sans vouloir vraiment paraître aussi formel.

— D'accord, murmura Georgie.

Nate se pencha, effleura de ses lèvres l'arête de son nez, son menton et enfin sa bouche. Elle lui rendit avidement son baiser puis s'écarta et prit appui sur ses coudes.

— C'est ce que Jackie appelle « alimenter ses besoins maladifs ». Tu fais quelque chose qui te procure une sensation agréable mais temporaire, au lieu de « guérir tes blessures ».

— Pourquoi temporaire ? fit Nate, haussant les épaules et désignant la lucarne désormais complètement recouverte de neige. Je ne suis pas près de partir.

Georgie ramena ses pieds sous elle et se leva. Elle disparut dans la salle de bains, Nate l'entendit ouvrir un placard, fouiller parmi des flacons de médicaments, faire couler l'eau. Puis elle ressortit, la brosse à dents dans la bouche, ses yeux brun clair tout brillants, comme si elle venait d'avoir une apparition, ou au moins une bonne idée.

— Il y a un vieux carrosse dans le grenier, annonça-t-elle, la bouche pleine de dentifrice. On peut aller s'y installer.

Elle repartit cracher dans la salle de bains puis réapparut et tendit la main à Nate.

— Tu viens ?

Nate se mit debout et attrapa sa main. Un bourdonnement avait envahi son corps, dû à l'herbe et à l'intense douceur de la peau de Georgie. Il ne désirait qu'une seule chose : l'embrasser encore.

— Je pourrai « alimenter mes besoins maladifs » là-haut ? demanda-t-il.

Il se sentait décidément très défoncé.

Un des fins sourcils noirs de Georgie s'arqua et elle passa sa langue sur ses lèvres rouge foncé.

— Je pourrais même te laisser « guérir mes blessures ».

Nate fit son sourire de travers, celui qu'il avait quand il était chargé. Qui aurait pu croire que le blabla psy pouvait être aussi excitant !

# *nous, notre corps*

— J'ai la main qui fatigue, se plaignit Jenny à Elise après avoir peint sa tête et son cou. Je ferai le reste demain.

— Fais voir, dit Elise en se mettant en position assise.

Elle avait une si petite poitrine que Jenny ne pouvait s'empêcher de la fixer. Ses seins étaient comme ces petites pommes de terre nouvelles que son père avait fait pousser l'été où ils avaient loué une maison en Pennsylvanie. Petits, durs et d'un rose tirant sur le beige.

— Ça a l'air bien, dit Elise en regardant la toile, les yeux plissés. Mais pourquoi tu as peint mon visage en vert ?

Jenny avait horreur que les gens posent des questions sur son art. Elle ne savait pas pourquoi elle faisait ce qu'elle faisait, c'était comme ça. Comme son père disait toujours : « L'artiste n'a à répondre à personne d'autre qu'à lui-même. » Ou *elle-même*, dans le cas présent.

— Parce que j'étais d'humeur verte, répliqua-t-elle, agacée.

— Eh bien, le vert, c'est ma couleur préférée, remarqua joyeusement Elise.

Elle remit sa culotte et son col roulé mais laissa son pantalon et son soutien-gorge sur le sol.

— Oh, c'est pas vrai ! Moi aussi, je l'ai, ce livre ! couina-t-elle en montrant du doigt un livre de poche épais et lourd sur l'étagère derrière la télé.

Elle alla le chercher.

— Le tien est tout neuf. Tu ne l'as jamais lu ?

Jenny grignota un coin de cookie en lisant le titre sur le dos du livre. *Le nouveau Ceci est mon corps, pour les femmes.*

— Mon père me l'a offert l'an dernier. À mon avis, il a pensé que si je le lisais, il n'aurait pas à expliquer quoi que ce soit à propos de sexe – je n'aurais qu'à feuilleter pour trouver les trucs embarrassants.

— Mais tu n'y as même pas jeté un œil ? Il y a des passages franchement *visuels.*

Jenny ne savait pas. Elle avait immédiatement rangé l'ouvrage derrière la télé parmi d'autres livres offerts par son père qu'elle n'avait jamais eu l'intention de lire, tels que : *De l'espace pour respirer : guide bouddhiste pour une vie créative*, *Les Sept Secrets de Mao : les femmes derrière le président Mao* et *Trouver le dragon en vous : quel est votre art* ?

— Visuel dans quel sens ? demanda Jenny, intriguée.

Elise vint s'asseoir sur le canapé de cuir usé, livre à la main, croisant ses longues jambes nues de manière très théâtrale.

— Je vais te montrer.

Elle ouvrit le livre, Jenny vint s'installer tout à côté d'elle, pour pouvoir voir.

La première chose qu'Elise trouva fut un schéma détaillé d'une femme à quatre pattes par-dessus un homme allongé sur le dos. Le livre avait été écrit dans les années soixante-dix et le texte avait été mis à jour, mais pas les illustrations. L'homme avait des cheveux longs qui lui arrivaient aux épaules, une barbe bien fournie et un collier autour du cou. Son pénis était à la verticale, tout raide et semblait être dans la bouche de la femme. Les deux filles partirent dans une crise de fou rire.

*Berk !*

— Je te l'avais dit, fit Elise, très fière d'être tombée sur une perle pareille du premier coup.

— Et dire que je n'avais jamais vu ça, s'écria Jenny.

Elle arracha le livre des mains d'Elise et se mit à fureter à l'intérieur.

— Oh là là ! s'étrangla-t-elle, en tombant sur un dessin représentant le même couple dans une autre position.

La femme avait toujours le sexe de l'homme à cheveux longs dans la bouche, mais cette fois, elle était aussi allongée, avec les pieds autour de sa tête à lui, jambes écartées, pour qu'il puisse lui faire la même chose à *elle*. Jenny ne connaissait même pas le mot pour décrire *ça*.

— Je pensais que c'était encore un de ces bouquins nazes où on t'explique ce que ça fait d'avoir ses règles et tout ça. Mais attends, ça, c'est un vrai livre de sexe pour les femmes.

— Je crois qu'il en existe un pour les ados, aussi, super chiant, mais ma mère m'a acheté celui-là par erreur. Je n'en croyais pas mes yeux quand j'ai commencé à le lire.

Les deux filles se plongèrent dedans et finirent par

tomber sur un chapitre intitulé « Relations entre personnes du même sexe ».

— Comme Mlle Crumb, nota Jenny, en poursuivant sa lecture.

L'introduction était longue et commençait par la phrase : « Vos sentiments sont authentiques, il ne faut pas les ignorer… » À l'extérieur, elle entendait le grattement d'un chasse-neige qui passait non loin. Elle leva les yeux et, à travers le carreau crasseux du salon, vit que la neige tombait toujours sans interruption.

— Hé, t'as envie d'essayer ? demanda Elise.

— Quoi ? fit Jenny en revenant au livre.

— De nous embrasser, répondit Elise dans un souffle à peine audible.

*Vos sentiments sont authentiques, il ne faut pas les ignorer.*

D'accord, mais Jenny ne ressentait pas vraiment de sentiments pour Elise. Elle l'aimait bien, c'est sûr, mais elle ne se sentait pas attirée par elle. Cela dit, embrasser une fille avait l'air excitant. C'était une chose qu'elle n'avait jamais faite et si elle se sentait mal à l'aise, elle pourrait toujours s'imaginer en train d'embrasser ce grand garçon blond qu'elle avait repéré chez Bendel.

Elle referma le livre, croisa les mains sur ses genoux. Son visage n'était qu'à quelques centimètres de celui d'Elise.

— D'accord, on essaie.

Ce n'était qu'une expérience, un truc nouveau à tenter quand on s'ennuie, un soir de tempête de neige.

Elise se pencha, la main sur le bras de Jenny. Elle

ferma les yeux, Jenny aussi. Elise appuya ses lèvres contre la bouche fermement serrée de Jenny. Ce n'était pas exactement un baiser – c'était trop *sec*. On aurait plutôt dit un genre de pression.

Elise s'écarta et toutes deux ouvrirent les yeux.

— Dans le livre, il est dit qu'il faut se détendre et profiter du moment, surtout quand c'est la première fois.

Elle avait appris le bouquin par cœur, ou quoi ?

Jenny rassembla ses boucles brunes au-dessus de sa tête en lâchant un grand soupir par le nez. Elle ne savait pas pourquoi elle était aussi tendue, mais elle aurait préféré qu'Elise ait gardé son pantalon.

— Tu veux bien remettre ton jean ? demanda-t-elle. Je crois que je pourrais mieux me détendre si tu es habillée, tu vois ?

Elise bondit du canapé et sauta dans son jean.

— Voilà. C'est mieux comme ça ? demanda-t-elle en le laissant déboutonné pour reprendre sa place.

— D'accord, on recommence, répondit Jenny, en se secouant un peu.

Elle ferma les yeux, glissa les mains sous la chevelure d'Elise et les noua autour de son cou, en essayant de se montrer moins prude avec cette histoire.

Après tout, elle était une artiste et les artistes font toutes sortes de choses démentes.

## *le futur keats rencontre sa future muse*

Après le défilé Better Than Naked, on nettoya la paille restant sur le podium et des stroboscopes rouges et bleus sillonnèrent les murs tendus de velours noir. DJ Sassy lança le gros son house made in France et le Harrison Street Club se transforma en discothèque européenne seventies, remplie de mannequins de quarante kilos demi-nues buvant du champagne à même la bouteille.

Dan était debout, seul, au bar, à siroter son cocktail au Red Bull et Dieu seul sait quoi d'autre. Le goût était exactement celui de l'aspirine pour bébé et il n'avait choisi cette boisson que parce que le barman lui avait assuré qu'elle était bourrée de caféine et de taurine, qui lui garantissaient de tenir hyper éveillé toute la nuit.

Tout à coup, il remarqua une femme de taille colossale dotée d'une perruque crêpée d'un roux flamboyant – c'était *forcément* une perruque – aux lèvres roses fluo et portant d'énormes lunettes de soleil en écaille, qui se tenait au milieu de la salle comble. Les mains en porte-voix, elle se mit à hurler :

— Daniel Humphrey ? J'appelle Daniel Humphrey !

C'était Rusty Klein.

Dan renversa la tête en arrière, descendit son cocktail cul sec et se mit à cligner des yeux sous l'effet de la caféine et de cet autre truc montant directement à son cerveau. Tant bien que mal, il approcha de la femme, son cœur tambourinait plus fort que la musique.

C'est moi, Dan, dit-il d'une voix rauque.

— *Voyez-vous ça !* Notre nouveau *poète* ! Tu es *adorable* ! *Parfait !*

Rusty Klein repoussa ses énormes lunettes au-dessus de son crâne et fit tintinnabuler les énormes bracelets d'or qui recouvraient ses longs poignets osseux en attrapant Dan pour l'embrasser sur les deux joues. Son parfum était huileux, acide, un peu comme du thon.

— Je t'adore, mon chou, ronronna-t-elle en serrant Dan très fort.

Dan se déroba à son étreinte, peu habitué à être manipulé par quelqu'un qu'il venait de rencontrer. Il ne s'attendait pas à ce que Rusty Klein soit aussi *effrayante*. Ses sourcils étaient teints de la couleur de sa perruque et elle était habillée en duelliste, avec une veste ajustée, manches bouffantes Better Than Naked, et pantalon de torero assorti, le tout en velours noir. Un rang de perles noires collait à son décolleté pâle et décharné.

— J'essaie d'écrire de nouveaux poèmes, bégaya Dan. Enfin, pour mon livre…

— Merveilleux ! cria Rusty, lançant à nouveau sa bouche vers lui et lui barbouillant sûrement le visage de rose à lèvres brillant. Il faut absolument convenir d'un déjeuner la semaine prochaine.

— Heu, je vais au lycée tous les jours la semaine prochaine, mais je sors à quinze heures trente.

— Au *lycée* ! s'exclama Rusty. Tu es *trop mignon* ! Eh bien, va pour le thé, alors. Appelle mon bureau et demande à Buckley, mon assistant, d'arranger ça. Oh, bordel !

Elle agrippa le bras de Dan, sa main était comme une serre dont les ongles étaient vernis en rose orangé et longs d'au moins sept centimètres.

— Il y a quelqu'un que tu dois absolument rencontrer ! reprit-elle.

Rusty relâcha Dan et ouvrit grand les bras pour y accueillir une fille d'allure fragile avec un long visage triste et des cheveux blonds sales. Elle portait un simple déshabillé rose pâle transparent sur sa maigre silhouette ; ses cheveux plats, qui lui arrivaient à la taille, n'étaient pas peignés, comme si elle sortait du lit.

— Mystery Craze, voici Daniel Humphrey. Daniel, Mystery roucoula très fort Rusty. Mystery, ma chérie, tu te souviens de ce poème que je t'ai fait lire ? Celui dont tu as dit… Oh, bordel. Je te laisse le lui dire. Maintenant, si vous voulez bien m'excuser, je vais aller lécher le cul de mon créateur préféré pour qu'il veuille bien m'offrir gracieusement de nouveaux vêtements. Je vous adore, tous les deux. Ciao ! ajouta-t-elle avant de s'éloigner sur ses talons aiguilles noirs, hauts de douze centimètres.

Mystery cligna ses immenses yeux gris fatigués. On aurait dit qu'elle avait passé toute la nuit à nettoyer les sols, comme Cendrillon.

— Ton poème m'a sauvé la vie, confia-t-elle à Dan à voix basse, de son timbre voilé.

Dans sa main fragile était calé un verre élancé contenant un liquide rouge vif.

— C'est du Campari, dit-elle en suivant le regard de Dan. Tu veux goûter ?

Dan ne buvait jamais rien qui ne contienne pas de caféine. Il fit non de la tête et coinça son carnet noir sous son bras. Puis il alluma une Camel et tira une grande bouffée. Voilà qui était beaucoup mieux. Maintenant, au moins, il avait quelque chose à faire, à défaut de trouver quelque chose à dire.

— Alors, tu fais de la poésie, toi aussi ? hasarda-t-il.

Mystery planta son pouce dans son verre puis le lécha. La commissure de ses lèvres se teintait de rouge à cause du Campari, ce qui lui donnait l'apparence d'une petite fille qui viendrait de manger un Mister Freeze à la cerise.

— J'écris des poèmes, des nouvelles. Et je travaille sur un roman autour de la crémation et de la mort prématurée. Rusty dit que je suis la future Sylvia Plath, répondit-elle. Et toi ?

Dan sirota sa boisson. Il n'était pas certain de bien comprendre ce qu'elle entendait par « mort prématurée ». Pouvait-il jamais y avoir un bon moment pour mourir ? Il se demanda s'il pourrait écrire un poème sur ce thème, mais bon, il ne voulait pas voler son sujet à Mystery.

— Je suis censé être le futur Keats.

Mystery replongea son pouce dans son verre et le mit à nouveau dans sa bouche.

— C'est quoi ton verbe préféré ?

Dan tira encore une fois sur sa cigarette et souffla la fumée dans la salle bondée, bruyante. Il ne savait pas trop si c'était le club, la musique, la caféine ou la taurine, mais il se sentait tellement vivant, tellement bien à ce moment précis, à discuter de mots avec cette fille qui s'appelait Mystery à qui il avait sauvé la vie. Ça lui plaisait carrément.

— Mourir, répondit-il en terminant son verre et en le posant, vide, sur le sol. Le verbe « mourir ».

Il était conscient de donner l'impression de vouloir l'épater. Vu qu'elle écrivait un livre sur la mort prématurée et la crémation. Pourtant, c'était la vérité. Presque tous ses poèmes parlaient de la mort. Mourir d'amour, mourir de colère, d'ennui, d'angoisse ; s'endormir et ne plus jamais se réveiller.

— Moi aussi, fit Mystery dans un sourire.

Ses yeux gris, son visage fin et allongé étaient d'une beauté sobre, mais ses dents de devant étaient de travers, toutes jaunes, comme si elle n'avait jamais vu de dentiste de toute sa vie. Elle piqua un nouveau cocktail au Red Bull sur le plateau d'un serveur et le tendit à Dan.

— Rusty prétend que les poètes seront les stars de cinéma de demain. Un jour, on se baladera chacun dans notre limousine, entourés de gardes du corps.

Elle lâcha un grand soupir.

— Comme si la vie allait être plus facile avec ça, reprit-elle.

Levant son verre pour le faire tinter contre celui de Dan, elle annonça d'un air sombre :

— À la poésie.

Puis elle attrapa la main de Dan et l'attira vers elle pour écraser ses lèvres d'un profond baiser imbibé de Campari.

Dan savait qu'il aurait dû repousser Mystery, protester qu'il avait une copine, qu'il était amoureux. Il n'aurait pas dû aimer se faire draguer par une fille étrange et quasiment nue aux dents jaunes. Mais les lèvres de Mystery avaient un goût doux et amer à la fois, et il voulait comprendre les raisons de sa tristesse et de son épuisement. Il voulait la découvrir, à la manière dont il découvrait parfois la métaphore parfaite lorsqu'il écrivait un poème, et pour cela, il devait continuer à l'embrasser.

— Quel est ton substantif préféré ? souffla-t-il dans son oreille tandis qu'il reprenait sa respiration.

— Sexe, lâcha-t-elle en replongeant vers ses lèvres.

Dan lui rendit son baiser en souriant.

C'était peut-être à cause de la taurine, mais parfois, c'est si bon d'être un vilain garçon.

## *la fille derrière la caméra*

— Alors c'est toi, la réalisatrice de génie.

Un beau gosse blond, bronzé, vêtu d'un bermuda de surfeur orange un peu baggy, de sabots Birkenstock en cuir blanc et d'un gilet en poil de poney marron et blanc sans rien dessous sourit à Vanessa de toutes ses dents d'un blanc éclatant. Il s'appelait Dork ou Duke, quelque chose comme ça, et prétendait être producteur.

— C'est la future Bertolucci, corrigea Ken Mogul à l'intention de Duke, ou peut-être Dork. Dans un an, son nom sera sur toutes les lèvres.

Ken était habillé style urban cow-boy, il portait une doudoune sans manche Culture de l'Humanité couleur argent sur une chemise western noire à boutons-pression blanc nacrés. Ses mèches rousses étaient logées sous un Stetson et il portait même des santiags noires sous son jean Culture de l'Humanité légèrement évasé en bas. Il était arrivé à New York le soir même, depuis l'Utah où son dernier film venait d'être présenté, lors du festival de Sundance. Il s'agissait d'une œuvre ambitieuse sur un sourd et muet, ouvrier dans une conserverie en Alaska, qui vivait dans une caravane entouré de trente-six chats. L'homme ne disait rien, il passait le plus clair de son temps devant son ordinateur, d'où il envoyait des e-mails à des filles via des sites de rencontres, aussi Ken avait-il dû se montrer extrêmement créatif dans le maniement de la caméra pour que l'action tienne la route. C'était son film le plus réussi à ce jour.

— Mon pote, ton film, pour moi, ça a été une deuxième naissance, tu vois, dit Dork à Vanessa. Ça m'a rendu heureux pour la journée.

Les coins de la bouche de Vanessa remontèrent en un sourire de Joconde mi-ennuyé, mi-amusé. Elle ne savait trop que penser de s'entendre appeler « mon pote », mais elle était contente d'avoir rendu Dork heureux pour la journée.

La soirée Culture de l'Humanité by Jedediah Angel était un truc encore plus énorme que le défilé lui-même. Le Highway 1 avait été décoré en tente de mariage hindou et des mannequins en bikini, qui n'avaient même pas participé au défilé, paressaient sur des canapés de cuir en sirotant des martini dry au safran ou dansaient sur fond de musique live bhangra. Vanessa tira sur son haut rouge moulant. Il était difficile de ne pas se sentir obèse quand on était entouré d'autant de top models décharnées de deux mètres de haut.

— Tiens. Voici le type d'*Entertainment Weekly*, dit Ken Mogul en lui passant un bras autour de la taille. Souris, c'est un reportage photo !

Duke se mit de l'autre côté de Vanessa et vint coller sa joue bronzée et anguleuse contre la sienne, douce et pâle. Il sentait l'huile solaire.

— Dites salami !

Vanessa avait pour principe de ne pas sourire lorsqu'on la forçait à poser pour une photo, mais pourquoi pas ? Elle ne courait pas franchement le risque d'être emportée dans un tourbillon de paillettes, d'épouser Duke au Temple du Surf et du Sable pour ensuite vivre un bonheur dégoulinant jusqu'à la fin de ses jours dans une cabane de surfeur avec studio de cinéma sur la plage, à Malibu. Elle était bien trop new-yorkaise pure sucre pour ça. Non, cette soirée serait son unique concession au kitsch et demain, elle redeviendrait normale.

— Salami ! s'écrièrent-ils tous les trois en adressant leur plus grand sourire au photographe.

Duke demeura à côté de Vanessa après le départ de celui-ci.

— À quel hôtel es-tu descendue ? demanda-t-il, supposant qu'elle était de Los Angeles, comme toutes les personnes qu'il connaissait.

Vanessa ouvrit sa bouteille d'Évian, en but une gorgée.

— En fait, je suis de New York, j'habite dans le quartier de Williamsburg, avec ma sœur. Je suis toujours au lycée. Et elle, elle joue dans un groupe.

Dork parut super excité.

— Mon pote ! s'écria-t-il. Tu es exactement comme un personnage créé par un scénariste, tu vois ? Tu es le style « urbain branché », fit-il en dessinant les guillemets dans l'air. Sauf que toi, tu existes. Tu es plus vraie que nature. T'es de la bombe !

Pour un type qui s'appelait Dork, il ne manquait pas de perspicacité.

— Merci, dit Vanessa, pas très sûre que sa réponse soit appropriée.

C'était la première fois qu'elle discutait avec quelqu'un d'aussi idiot. Sentant une main se poser sur son coude, elle se retourna.

Un homme âgé, plutôt frêle, portant une veste d'intérieur en velours violet et des lunettes noires rondes lui sourit.

— Vous êtes la réalisatrice ?

— On peut dire ça, fit-elle en acquiesçant.

Le vieil homme agita un doigt osseux dans sa direction.

— Ne prenez pas votre talent trop au sérieux, déclara-t-il avant de s'éloigner.

Duke se pencha vers elle pour lui murmurer avec insistance à l'oreille :

— Je suis à l'hôtel Hudson. T'as pas envie de venir dans ma chambre boire un verre ou autre chose ?

Vanessa était consciente qu'elle aurait dû lui dire d'aller se faire foutre, mais elle ne s'était jamais fait draguer par un surfeur imbécile et très beau, qui aurait pu draguer n'importe quel top model présent mais l'avait choisie, elle, à la place. C'était plutôt flatteur, en fait. Et ce vieux bonhomme ne venait-il pas de lui dire de ne pas prendre les choses trop au sérieux ? Dieu merci, elle avait pris la peine de s'épiler les jambes.

— Peut-être tout à l'heure, répondit-elle, évitant de remballer complètement Dork. Il y a pas mal de neige dehors, pour l'instant.

— C'est vrai, putain, fit Duke en se donnant une tape sur la tête avec un rire crétin. On danse, alors ?

Il lui tendit la main, les muscles de ses bras saillaient d'un air engageant. On aurait dit qu'il ne ratait pas une séance de musculation et survivait grâce à un régime de boissons protéinées et de pain complet.

Vanessa tira à nouveau sur son T-shirt rouge, prit la main de Duke et le suivit sur la piste bondée, vibrante. Elle n'en revenait pas elle-même – elle qui détestait danser ! Au moins, personne de sa connaissance ne la verrait.

Vraiment ?

## *audrey reste habillée*

La neige ayant rendu les rues totalement impraticables, et puisqu'ils étaient coincés en ville, Olivia décida que l'option la plus séduisante était de prendre une suite à l'hôtel où ils se trouvaient.

— On pourra regarder la télé et commander des trucs au service d'étage, murmura-t-elle, séductrice, à l'oreille d'Owen. Ça sera cool.

La chambre luxueuse comportait un lit king-size, un jacuzzi encastré, une télé à écran plasma sur un mur et ouvrait sur une vue impressionnante de l'Hudson blanchi, partiellement gelé. Owen appela le service d'étage, fit monter une bouteille de Veuve Clicquot, du *filet mignon**, des *pommes frites** et un gâteau à la mousse au chocolat. Lorsque tout fut arrivé, ils s'allongèrent sur le lit et se nourrirent mutuellement de gâteau en regardant *Top Gun* sur TNT.

— Comment se fait-il que vous soyez séparés, avec ta femme ? demanda Olivia en mettant une fourchette de gâteau dans la bouche ouverte d'Owen.

Des miettes chocolatées s'éparpillèrent sur les taies d'oreillers en coton d'Égypte blanc.

Owen plongea sa petite cuillère dans le glaçage du gâteau et l'offrit à la bouche d'Olivia.

— Nous ne sommes pas…

Il hésita, réfléchit à sa réponse, fronçant ses sublimes sourcils bien dessinés.

— Je préférerais ne pas en parler.

Olivia lui adressa un sourire compatissant, tout en laissant le glaçage fondre sur sa langue. Elle aimait jouer le rôle de l'autre femme. Elle se sentait si… *puissante*. En face d'eux, sur l'énorme écran plat, Tom Cruise et Kelly McGillis se roulaient une pelle sur la moto.

— Elle est allée à Yale, elle aussi ?

Owen s'empara de la télécommande, qu'il pointa en direction de l'écran. Puis il la reposa sans changer de chaîne.

— Je ne sais pas, répondit-il sur un ton qui ressemblait exactement à celui du petit frère d'Olivia, Tyler, quand il regardait la télé et que leur mère lui demandait s'il avait fait ses devoirs.

Olivia saisit la télécommande à son tour et se mit à zapper. Une rediffusion d'un épisode de *Friends*. De la lutte. *Cribs*, sur MTV. Elle n'était pas très sûre d'apprécier le côté gamin d'Owen. Elle préférait de loin *l'homme* en lui.

— Elle est allée à Yale ou non ? insista-t-elle.

— Hmm, répondit Owen en enfournant un énorme morceau de gâteau dans sa bouche. Diplômée d'astronomie.

Olivia haussa les sourcils, Sean « P. Diddy » Combs faisait visiter sa demeure de l'Upper East Side. La femme d'Owen avait l'air d'un génie. Quel genre de personne pouvait être diplômée d'astronomie, d'ailleurs ? Celles qui voulaient devenir astronautes ? Elle aurait préféré qu'Owen dise que sa femme n'avait pas fait d'études du tout, qu'elle passait son temps à regarder des émissions sur les chiens à la télé en mangeant des beignets. Et comme à la fin, elle pesait deux cents kilos, il avait été forcé de dormir dans la chambre d'amis, avant de déménager, finalement – parce qu'il n'y avait plus de place pour lui.

Olivia passa sur AMC, sa chaîne préférée, spécialisée dans les classiques du cinéma. On en était presque à la moitié de *Casablanca*, avec Ingrid Bergman et Humphrey Bogart. Les Allemands avaient envahi Paris et Ingrid avait peur.

Elle s'adossa aux oreillers, regrettant sa longue chevelure qui autrefois s'étalait de chaque côté de son visage, d'une manière qu'elle supposait irrésistible.

— Parfois je m'imagine que je vis à cette époque, dit-elle rêveusement. Tout paraît tellement plus sophistiqué, tu vois ? Personne ne porte de jean, tout le monde est très poli et les femmes ont des coiffures magnifiques.

— Oui, mais il y avait une guerre. Et une grosse, lui rappela Owen en essuyant sa bouche avec une serviette de lin blanc et en s'adossant lui aussi aux coussins, à côté d'elle.

— Et alors ? insista Olivia. C'était quand même mieux.

Owen lui prit la main, Olivia détourna le regard de la télévision pour étudier son profil.

— Tu sais que tu ressembles tout à fait à Cary Grant ? murmura-t-elle.

— Tu trouves ?

Owen tourna la tête vers elle, ses yeux bleus s'embrasèrent, très sexy.

— Je me suis fait couper les cheveux pour ressembler à Audrey Hepburn, reconnut Olivia.

Elle se mit sur le flanc et posa la tête contre son torse viril, dans sa chemise blanc éclatant.

— Nous pourrions être Audrey et Cary, ajouta-t-elle.

Owen embrassa ses cheveux, pressa doucement sa main.

— Il te regarde, petite, murmura-t-il.

De sa main libre, il commença à lui frotter le dos ; Olivia sentait son alliance en or cogner les bosses de sa colonne vertébrale.

Dehors, il neigeait plus fort que jamais. Olivia regarda les flocons tomber, incapable de se détendre. Il lui était presque impossible de ne pas penser à la femme d'Owen, astronaute de génie, assise seule, chez elle, écrivant d'impossibles équations astronomiques sur un tableau noir, sans cesser de s'interroger sur son mari. Même si Olivia et Owen ne ressemblaient pas exactement à Audrey Hepburn et Cary Grant, Olivia était bien certaine que les gentilles filles qu'Audrey interprétait ne perdaient pas leur virginité dans des chambres d'hôtel avec des hommes mûrs et mariés, quelle que soit la profondeur de la neige. Pourquoi ne pas conclure le film ici, pendant qu'il était encore bien ?

Owen respirait profondément, maintenant, il ne lui frottait plus le dos. Dès qu'Olivia fut certaine qu'il était endormi, elle fila et demanda au concierge en bas de lui appeler un taxi pour rentrer chez elle. Après tout, elle avait une réputation à tenir. Et on ne pouvait pas dire qu'elle le jetait.

Le meilleur moyen pour continuer à intriguer un homme est de disparaître.

## *toujours les mêmes qui s'amusent*

— Bataille de boules de neige ! cria à pleins poumons Serena, à personne en particulier.

Elle dansait avec un tas de mannequins de Les Best, éméchés et à demi nus, sa crinière blonde emmêlée sur sa nuque, créant une sorte de dreadlock unique, un effet plage. Elle avait été soulagée de son T-shirt I LOVE AARON pour la somme ultra cool de quatre mille dollars par son vieil ami Guy Reed, de la boutique Les Best, elle n'était plus donc vêtue que d'un sexy soutien-gorge à balconnets rose de chez La Perla qui ressemblait à un haut de maillot de bain.

— Volley-ball dans la neige ! hurla un type, encore plus fort.

Il portait une combinaison de ski noire de la ligne de sport Les Best, des bottes en fourrure et un cache-oreilles noirs. À travers l'immense vitrine du bar, il désigna le filet de volley qui avait été installé dehors, sur le trottoir enneigé.

En quelques secondes, la salle tout entière, ces corps en sueur qui se tortillaient, partit à l'attaque du vestiaire et tous enfilèrent le premier manteau en peau de chez Fendi ou parka en duvet d'oie de chez Prada qui leur tombaient sous la main pour protéger du froid leurs corps maigrichons, avant de foncer à l'extérieur pour batifoler dans la neige.

Serena gloussa en enfilant une parka beige doublée en polaire avec capuche bordée de fourrure de castor, qui aurait convenu à un Eskimo géant. Ces deux dernières heures, elle avait bu plus de champagne que lors du réveillon du Nouvel An, elle avait la tête qui tournait, elle avait chaud partout. Elle n'eut pas le temps de remonter la fermeture Éclair que quelqu'un l'attrapait par la main pour l'entraîner dehors avec lui.

La neige avait tout enveloppé, les réverbères coloraient d'or la couverture blanche et duveteuse. Sans les coups de klaxon et le rugissement constant de la circulation, il régnait sur la ville un calme agréable, elle semblait s'être enfin endormie. Piaillant de ravissement, la bande de mannequins, stylistes et photographes s'élança dans les congères leur arrivant à hauteur des cuisses et se mit à smasher par-dessus le filet de volley, au mépris total de la paix ambiante.

— N'est-ce pas magnifique ? souffla Serena.

Elle regrettait qu'Aaron ne soit pas là, elle aurait voulu pouvoir l'embrasser et lui dire combien elle l'aimait, tout en fourrant une grosse boule de neige dans son col. Mais il n'était pas là – quel rabat-joie, celui-là –, alors elle allait devoir faire sans. Elle se tourna vers le type qui lui tenait la main. C'était celui à la combinaison de ski noire, il était grand, blond, sublime. Comme tout le monde ici. Elle lâcha sa main et ramassa une poignée de neige.

— Viens par ici, dit-elle en lui faisant signe d'approcher. Je veux te confier un secret.

Il fit un pas dans sa direction, son haleine produisait des nuages de vapeur.

— Quoi ?

Serena se mit sur la pointe des pieds, les bras autour de son cou. Elle embrassa sa joue douce et froide.

— J'aime Aaron ! couina-t-elle en enfonçant la boule de neige dans sa combinaison de ski avant de détaler pour rejoindre les autres.

Le type s'élança à sa poursuite, l'attrapa par les jambes et la plaqua au sol juste comme ils arrivaient au filet de volley. Le jeu s'interrompit, la foule de fêtards magnifiques se mit à jeter des boules de neige aux deux chahuteurs, se ménageant quelques pauses de temps à autre pour allumer une cigarette ou faire une retouche de gloss sur leurs lèvres, avant de s'y remettre. Serena hurlait de rire, la neige lui rentrait dans le jean. C'était ça le mieux, quand on était aussi belle et insouciante. Peu importe avec qui on se trouvait, ni quelle idiotie on pouvait bien faire, on s'amusait toujours follement. D'ailleurs, quel intérêt d'être amoureuse d'une seule personne, quand le monde entier vous adore déjà.

## *une expérience pas très concluante*

Jenny et Elise s'embrassaient toujours quand le téléphone sonna.

Dring, dring !

— Merde ! fit Jenny qui repoussa Elise, bondit hors du canapé et courut jusqu'à la cuisine.

Personne ne pouvait les voir, pourtant Jenny avait quand même l'impression d'avoir été surprise en train de faire quelque chose d'incroyablement embarrassant.

— Tout va bien ? grogna joyeusement Rufus au bout du fil. Je suis coincé ici avec Max, Lyle et les autres nazes. Saloperie de neige.

Il passait la majeure partie de ses soirées du vendredi dans un vieux bar de l'East Village, avec ses amis auteurs communistes. Il avait l'air enjoué, comme toujours quand il avait bu deux ou trois verres de vin rouge.

— Vous ne faites pas de bêtises, hein, les filles ?

— Non-non, fit Jenny en rougissant.

— Bon, dis à ta copine de ne pas bouger de chez nous. Faudrait être cinglé pour sortir ce soir.

— D'accord, acquiesça Jenny.

Elle avait un peu espéré qu'Elise rentrerait chez elle, pour pouvoir prendre un bon bain chaud et se remettre de ses émotions, mais elle pouvait difficilement lui demander de partir, alors que le sol était recouvert de plus d'un mètre de neige et que celle-ci continuait de tomber.

— À plus, papa, dit-elle, regrettant presque de ne pas pouvoir lui dire combien elle était troublée de ce qui venait de se passer.

Elle était peut-être une artiste en herbe, mais cela ne voulait pas dire qu'elle était obligée de faire des expériences tout le temps. Elle raccrocha.

— On fait quoi, maintenant ? demanda Elise en faisant son entrée dans la cuisine, jean toujours déboutonné.

Elle prit un biscuit fourré au chocolat, qu'elle sépara en deux et se mit à lécher la crème à l'intérieur.

Elise semblait suggérer qu'elle était prête à passer au chapitre suivant de *Ceci est mon corps pour les femmes*, mais Jenny refusait tout net de s'avoir de quoi il s'agissait. Elle fit semblant de bâiller.

— Mon père a dit qu'il rentrait bientôt, mentit-elle. Et puis, je suis plutôt crevée.

Elle jeta un œil par la fenêtre de la cuisine. Tout était blanc, la neige tombait toujours. On aurait dit la fin du monde.

— Viens, fit-elle en la guidant vers sa chambre. Mon père veut que tu restes dormir ici.

Elle n'avait qu'un lit une place, qu'elle ne partagerait sûrement pas avec Elise. Surtout en sachant à quel point elle était… *chaude* et imprévisible.

— Tu dormiras dans mon lit et moi sur le canapé.

— D'accord, répondit Elise, dubitative. Il vaudrait

mieux que j'appelle ma mère. Tu n'es pas fâchée contre moi, au moins ?

— Fâchée ? répéta Jenny d'un air détaché. Pourquoi est-ce que je serais fâchée ?

Elle ouvrit un tiroir, d'où elle sortit un grand T-shirt et un pantalon de survêtement, qu'elle tendit à Elise.

— Mets ça pour dormir, exigea-t-elle.

Sans ça, Elise pourrait bien décider de dormir nue, ce qui craindrait vraiment, surtout si Rufus rentrait tard dans la nuit et décidait de débarquer dans la chambre de Jenny pour lui infliger un sermon absurde sur le sens de la vie, comme il le faisait régulièrement lorsqu'il avait abusé du vin. Elle sortit un pyjama pour elle et referma le tiroir.

— Je vais prendre une douche. Sers-toi de mon portable pour appeler ta mère, si tu veux.

Elise prit les vêtements et leva les yeux vers les tableaux accrochés aux murs de la chambre de Jenny. Celui au-dessus du lit représentait le chat des Humphrey, Marx, somnolant sur le poêle, peint à l'huile épaisse. Marx était d'une profonde couleur turquoise et le poêle, rouge. Près de la fenêtre était fixé un autoportrait des pieds de Jenny, les ongles de ses orteils étaient peints en orange, les os de ses pieds en bleu.

— Tu es vraiment douée, remarqua Elise en faisant glisser son jean sur ses genoux. Tu ne veux pas finir mon portrait ?

Jenny attrapa son peignoir en éponge rose à la patère derrière la porte.

— Pas ce soir, répondit-elle, en se dépêchant de traverser le couloir en direction de la salle de bain.

Elle allait prendre une longue douche bien chaude et, avec un peu de chance, le temps qu'elle sorte, Elise serait déjà endormie. Demain, après le petit déjeuner, elles iraient faire de la luge au parc, comme des filles normales. Finies les expériences. Personnellement, Jenny trouvait ça complètement surfait.

## *n facilite la guérison de cette timbrée d'héritière orpheline*

— Tiens les rênes dans une main et le fouet dans l'autre, commanda Georgie à Nate.

Ils se trouvaient dans le grenier de Georgie, mais au lieu de se prélasser dans le carrosse, une superbe pièce d'antiquité, à fumer de l'herbe et à s'embrasser, tranquilles, Georgie était complètement déchaînée et forçait Nate à *conduire* l'équipage.

Le grenier lui-même était incroyable. Il était rempli de beaux objets d'autrefois, mais en parfait état, comme si, à tout moment, quelqu'un allait les redescendre et s'en servir à nouveau. Le carrosse était recouvert de peinture dorée, doublé de velours violet et sous le siège, à l'intérieur, dans une petite malle de cuir, il y avait des couvertures et des moufles de fourrure pour rester au chaud pendant la promenade. Mieux encore, huit chevaux de bois blancs, dotés de panaches de plumes blanches, fixés à de véritables harnais de cuir, tiraient la voiture.

— Allez, plus vite, *plus vite*, hue, *hue* ! cria Georgie aux chevaux de bois en faisant claquer son long fouet de cuir et en bondissant sur le siège en cuir rouge du cocher.

Wouah.

Nate se recula sur le siège à côté d'elle et tenta d'allumer un autre joint, mais Georgie remuait tellement dans tous les sens, qu'il lui tomba des mains.

— Putain ! s'écria-t-il, exaspéré.

Il se pencha pour voir à quel endroit du parquet peint en blanc son joint était tombé, mais le grenier n'était éclairé que par une unique et faible ampoule et il ne le vit nulle part.

— C'est rien, fit Georgie en sautant en bas du carrosse. Viens, je veux te montrer quelque chose.

À contrecœur, Nate abandonna le joint où il était tombé et la suivit de l'autre côté du grenier, où s'entassaient tout un tas de vieilles malles en bois.

— C'est là-dedans que je garde tous mes vieux trucs de cheval, expliqua Georgie.

Elle ouvrit celle du dessus et en sortit une poignée de rubans remportés lors de concours hippiques.

— J'étais vraiment une bonne cavalière, dit-elle en les présentant à Nate.

Ils étaient tous bleus et portaient le nom du concours en lettres d'or. Premier prix – Concours Hunter Junior – Hampton, lut Nate.

— Cool, fit-il en lui rendant les rubans.

Si seulement il avait retrouvé ce joint.

— Regarde ça, dit Georgie, en sortant de la malle une grosse boîte en plastique blanc, qu'elle plaça entre les mains de Nate.

Il y eut un bruit à l'intérieur quand Nate la tourna pour lire ce qui était écrit sur le côté. C'était le nom d'une clinique vétérinaire équine. Il lança un regard interrogatif à Georgie.

— Ce sont des calmants pour les chevaux. J'en ai

déjà pris. Une moitié de pilule suffit à t'envoyer sur une autre planète, je te jure.

Nate remarqua quelques minuscules perles de sueur au-dessus de sa lèvre supérieure ; c'était étrange, car le grenier était mal chauffé et lui se gelait le cul. Indifférent, il haussa les épaules, lui rendit la boîte.

Georgie dévissa le bouchon et versa quelques-uns des énormes cachets blancs dans sa paume moite.

— Allez. Cette fois, je vais en prendre un entier. Ou sinon, on pourrait en prendre deux chacun pour voir ce qui se passe.

Ses cheveux foncés lui retombaient sur les yeux, elle les écarta avec impatience et se mit à compter les pilules.

Nate la regarda fixement, tout à coup effrayé. Il était presque sûr que Georgie avait déjà pris quelque chose lorsqu'elle avait disparu dans sa salle de bain et vu qu'avant ça, elle était déjà défoncée, rajouter un calmant pour les chevaux au cocktail lui paraissait être la pire idée qu'il ait jamais entendue. Que pourrait-il faire s'il se retrouvait avec une fille complètement branque en overdose dans le grenier d'un énorme manoir à Greenwich, Connecticut, au milieu de la pire tempête de neige de toute l'histoire de la Nouvelle-Angleterre ?

— Je passe mon tour, perso, dit-il.

Il désigna un petit système métallique dans la malle, pensant que s'il détournait son attention, Georgie oublierait peut-être les cachets.

— Qu'est-ce que c'est ?

— Un cure-pied, répondit-elle très vite. Le palefrenier s'en sert pour nettoyer les sabots des chevaux. Allez, prends-en un.

Nate secoua la tête, luttant pour trouver un moyen de les faire sortir tous les deux du royaume des pilules pour chevaux et de rallier un terrain plus sûr.

— Georgie, dit-il en plongeant ses yeux vert émeraude dans les siens, brun foncé et en saisissant son poignet avec une telle force que tous les cachets se répandirent sur le sol. On redescend, d'accord ?

Elle laissa sa tête retomber lourdement contre la poitrine de Nate.

— D'accord, rechigna-t-elle.

Sa longue chevelure soyeuse traînant presque par terre, Nate la porta le long du couloir qui séparait l'escalier menant au grenier, de sa chambre. Il écarta la moelleuse couette blanche et la posa sur le lit, mais elle s'agrippa à lui.

— Ne me laisse pas seule.

Nate ne comptait pas l'abandonner. Qui savait ce dont elle serait capable dans ce cas-là.

— Je reviens dans une seconde, dit-il en se dégageant.

Il pénétra dans la salle de bain, laissant la porte entrouverte pour pouvoir arrêter Georgie à temps s'il lui prenait l'envie de faire une bêtise. Trois petites bouteilles de médicaments sur ordonnance étaient alignées à côté du lavabo. Nate reconnut le nom de Percoset, parce qu'on lui avait administré cet analgésique lors de l'extraction de ses dents de sagesse, mais il n'identifia pas les deux autres. Aucun des trois flacons n'était au nom de Georgina Spark.

Il se lava les mains, puis regagna la chambre. Georgie, en sous-vêtements de coton blanc, était à plat ventre sur son lit, elle ronflait doucement et avait l'air bien plus innocente qu'elle ne méritait de le paraître. Nate s'assit à côté d'elle et la contempla un moment. Les os de ses vertèbres saillaient dans son dos, bougeant au rythme de ses respirations. Il se demandait s'il devait appeler quelqu'un, ou s'il était normal que Georgie s'endorme après avoir avalé un tas de pilules.

Pendant la réunion du groupe au centre « Rupture », aujourd'hui, Jackie avait dit que si jamais ils avaient du mal, s'ils avaient besoin d'une main tendue, ils pouvaient l'appeler. Nate sortit son portable de sa poche et chercha le numéro de Jackie – elle avait insisté pour que tout le monde l'enregistre durant la réunion. Nate avait cru qu'il n'en aurait franchement jamais besoin. Il repartit en direction de la salle de bain quand il entendit la tonalité.

Le téléphone sonna longtemps avant que Jackie ne réponde enfin, d'un air endormi.

— Oui ?

Nate jeta un coup d'œil à sa montre et se rendit compte, trop tard, qu'il était deux heures du matin.

— Salut, dit-il lentement. C'est Nate Archibald, je fais partie du groupe que vous avez rencontré aujourd'hui, expliqua-t-il en regrettant d'avoir l'air aussi défoncé. Je suis chez cette fille, Georgie. Je viens de découvrir qu'elle a pris tout un tas de cachets, je crois qu'elle va bien – elle dort – mais je voulais juste vous demander si je devais faire quelque chose ?

— Nate, répondit Jackie, d'un ton urgent, et l'air d'avoir tout à coup ingurgité dix tasses de café. Je veux que tu me lises les étiquettes sur les médicaments et, si tu peux, précise-moi combien elle en a pris.

Il saisit les flacons et lui lut les noms, sans évoquer

les calmants pour chevaux, car il était certain qu'elle n'en avait ingurgité aucun.

— Je ne sais pas combien elle en a avalé, ajouta-t-il, désemparé. Je ne l'ai pas vue faire.

— Tu es certain qu'elle dort ? Elle a une respiration régulière ? Elle ne vomit pas, ne s'étouffe pas ?

Nate fonça dans la chambre, plus paniqué que jamais, mais Georgie dormait toujours paisiblement, sa cage thoracique se gonflait et se contractait doucement à chaque respiration, ses cheveux noirs s'étalaient sur l'oreiller de chaque côté de sa tête, parfaite image de Blanche-Neige assoupie.

— Oui, fit-il, soulagé. Elle dort.

— Bien. Je veux que tu restes auprès d'elle et que tu la veilles. Fais attention qu'elle ne se mette pas à vomir. Si c'est le cas, fais-la asseoir, appuie-la contre ton épaule et tape-lui dans le dos, c'est pour éviter qu'elle ne s'étouffe en vomissant. Je sais que ça a l'air désagréable, mais il faut qu'elle soit bien. Il faut que tu facilites sa guérison.

— D'accord, répondit Nate d'une voix tremblante.

Il jeta un nouveau coup d'œil vers Georgie, en priant pour qu'elle ne fasse rien de bizarre.

— Je vais envoyer une ambulance de la clinique. Il va leur falloir un certain temps, parce que les routes sont plus ou moins fermées, mais je crois que vous n'êtes pas trop loin – ils finiront bien par arriver. Tu es prêt à rester fort, Nate ? Souviens-toi, tu es notre héros ce soir, notre Prince Charmant, notre chevalier en armure étincelante.

Nate approcha de la fenêtre et scruta le paysage. Il y avait tellement de neige que l'allée circulaire en graviers devant le manoir était impossible à distinguer des vastes étendues de pelouse au-delà. Il n'avait pas l'impression d'être le Prince Charmant, il se sentait impuissant, pris au piège, comme Rapunzel dans sa tour. N'avait-il pas déjà bien assez de problèmes comme ça ?

— D'accord, dit-il à Jackie en essayant de paraître plus sûr de lui qu'il ne se sentait. À bientôt.

Il raccrocha et rangea son téléphone dans sa poche arrière.

Bien entendu, le Prince Charmant était bien loin d'imaginer qu'il avait peut-être sauvé la vie de Blanche-Neige. Mais c'est toujours des héros malgré eux dont nous tombons amoureuses dans les contes de fées, malgré leurs défauts.

gossipgirl.net

thèmes ◄précédent suivant► envoyer une question répondre

*Avertissement-: tous les noms de lieux, personnes et événements ont été modifiés ou abrégés afin de protéger les innocents. En l'occurrence, moi.*

## salut tout le monde !

### FAUT-IL VRAIMENT QUE NOUS RESSEMBLIONS AU PETIT CHAPERON ROUGE ?

À chaque fashion week je me pose la même question. Pourquoi les mannequins des défilés portent-elles des combinaisons spatiales, pourquoi sont-elles habillées comme Hansel et Gretel, ou presque nues, alors que je préférerais mourir que me trimbaler comme ça dans la rue ? Et là, je dois toujours me remémorer que les défilés sont un véritable spectacle et que tout l'intérêt de la mode est de divertir, de provoquer l'imagination, de rendre le monde plus beau. La mode, c'est de l'art, l'art imite la vie ; il n'y a rien à expliquer. Plus j'y pense, plus j'ai envie de revêtir le costume du Petit Chaperon rouge et de rôder en quête de loups. Il est temps d'investir dans une cape rouge !

### MAIS OÙ EST PASSÉE TOUTE CETTE NEIGE ?!

Comment se fait-il qu'à chaque tempête de neige un peu sérieuse dans cette ville, il ne faille que quelques heures pour que la neige fonde et que tout revienne à la normale, juste à temps pour que nous puissions aller en cours le lundi matin ? Je crois qu'il s'agit d'un stratagème pour nous forcer à être tous présents en classe à la Saint-Valentin, alors que ce jour devrait être déclaré férié. Personnellement, je crois que je vais prendre ma journée, quoi qu'il arrive. Sinon, comment pourrais-je profiter des roses, chocolats et bijoux que vont m'envoyer mes admirateurs secrets ?

## VOS E-MAILS

**Q:** Chère GG,
Je suis dégoûté : la fille qui me plaît ne m'aime pas autant que moi, je crois. Ton site me remonte le moral.
Blue.

**R:** Salut, Blue,
Comment sais-tu qu'elle ne t'aime pas ? Tu lui as posé la question ? Cela dit, souviens-toi que je serai toujours là pour toi quand cette fille te laissera tomber.
GG

**Q:** chère gg,
tu es sexy. tu veux être ma valentine ?
oskar

**R:** Cher oskar,
Merci pour le compliment. Malheureusement, je ne suis pas libre et j'ai déjà une soirée super sexy de prévue. Mais si tu tiens vraiment à m'inonder de cadeaux, je ne m'en plaindrai pas, je te jure.
GG

**ON A VU**

**O** quitter un hôtel seule, tard vendredi soir et prendre le *métro* pour rentrer chez elle, figurez-vous – scandaleusement commun. J'imagine qu'elle pensait ne pas se faire remarquer. Erreur. **S**, le **Chief d'Affairs de Les Best**, et **Les Best** lui-même, vêtu de sa combinaison de ski noire griffée, devant les bureaux de l'association **Little Hearts**, tôt hier matin, avec l'air de ne pas s'être couchés de la nuit. **S** portait un soutien-gorge rose et un anorak appartenant à un type quelconque. Mais qu'est-il donc arrivé à son mec ? **N** arriver à Grand Central hier après-midi, l'air complètement ahuri et dans les vapes, mais toujours sublime, bien sûr. **D** s'extirper d'un taxi pour aller faire du shopping chez **Agnès B. *Homme****. Attends, il s'agit bien du même **D** ? **Agnès B.** est française et **D** s'étant toujours imaginé en existentialiste, un concept français... Mais bon, je m'écarte du sujet. **V** en train de filmer un bull-terrier laissant derrière lui un filet de pisse jaune sur la neige blanche. Ouf, au moins une qui n'a pas changé.
Je vous souhaite une Saint-Valentin pleine d'adoration, de gâteries et une paire de magnifiques sandales Jimmy Choo à talons minuscules totalement inutilisables par ce temps. Souvenez-vous. Vous le valez carrément.

Vous m'adorez, ne dites pas le contraire.

gossip girl

## *la cerise sur le gâteau d'olivia*

Toute la matinée, Olivia avait redouté la réunion du groupe de discussion. Cela ne la dérangeait pas de discuter de garçons, de l'influence des autres filles, ni des divers sujets que les troisièmes pouvaient bien avoir envie d'évoquer. Après tout, c'était la Saint-Valentin, aujourd'hui, et *tout le monde* à Constance parlait des garçons. Mais elle craignait toutes les questions que le groupe allait forcément poser à Serena à propos de son défilé pour Les Best, et comment c'était de se retrouver entourée de tous ces mannequins célèbres, et gna gna gna. Elles allaient sûrement lui parler de son T-shirt débile I LOVE AARON, et que se passe-t-il avec Aaron, parce qu'elles avaient pourtant entendu dire que gna gna gna. Comme si ça avait le moindre intérêt.

Pas vraiment.

Pourquoi le monde était-il à ce point rempli de copieurs alors que la vie offrait tant de choix différents ? Olivia glissa une tranche supplémentaire de gâteau au chocolat sur son plateau, juste histoire d'avoir de quoi s'occuper pendant que les filles du groupe de discussion la feraient chier à mourir.

— Salut, bâilla-t-elle à moitié en s'asseyant à la

table comble, quelques minutes après le début de la réunion. Désolée d'être en retard.

— Pas de problème, répondit gaiement Serena.

Ses longs cheveux blonds avaient été rafraîchis, éclaircis avant le défilé et ils étaient encore plus brillants et parfaits qu'avant.

— On était en train de parler des problèmes des parents d'Elise. Elle pense que son père pourrait avoir une liaison.

De minuscules barrettes roses en forme de cœur retenaient l'épaisse frange jaune paille de chaque côté de la tête d'Elise. Il y avait des cercles foncés sous ses yeux bleus, comme si elle avait passé la nuit entière à s'inquiéter.

— Ça, ça craint, compatit Olivia. Crois-moi, je sais de quoi je parle.

Elle décida de s'en tenir là. Le groupe de discussion reposait peut-être sur la notion de partage, mais elle refusait d'entrer dans les détails des liaisons de son père avec des hommes lorsqu'il était encore marié à sa mère.

Serena hocha vigoureusement la tête.

— J'étais justement en train de leur raconter que toutes les familles sont complètement barrées. D'ailleurs, Olivia, la tienne en est l'exemple parfait.

Olivia se hérissa.

— Merci bien, répliqua-t-elle sèchement. Mais je crois que tout le monde n'a pas besoin d'entendre parler de mes problèmes pour l'instant.

Jenny arracha une petite peau morte près de son ongle et donna un coup de pied nerveux dans sa chaise. Toute la matinée, elle avait redouté qu'Elise ne déballe tout et qu'elle attaque la réunion en évoquant les baisers homosexuels. Dieu merci, elle avait d'autres préoccupations.

— Bon, on n'est pas obligé de parler de nos familles perturbées, si ça te gêne, dit Olivia à Elise, essayant de se montrer compréhensive.

Elise acquiesça tristement.

— Et puis, il y avait aussi autre chose dont je voulais parler.

Jenny fit une grimace.

Oups.

Olivia lui fit un signe de tête encourageant :

— Oui, de quoi s'agit-il ?

Vicky Reinerson leva la main très haut. Elle portait une cape en laine rouge qui ressemblait à celle qu'avait portée Serena lors du défilé Les Best, sauf que la sienne paraissait un peu usée, comme si elle l'avait empruntée à sa grand-mère, genre.

À croire qu'elle n'avait pas bien compris le message : les capes revenaient à la mode cet *automne*, pas ce printemps.

— Oui, mais quand elle aura fini, s'il te plaît, Serena, tu pourras nous raconter le défilé Les Best ? supplia Vicky. Tu avais *promis*.

Serena gloussa, comme si elle avait des *milliers* d'anecdotes démentielles à raconter. Olivia eut envie de la gifler.

— Le truc le plus fou, c'est que j'ai fait une bataille de boules de neige avec Les Best sans même savoir que c'était lui !

Serena jeta un coup d'œil vers Olivia, qui la fusillait du regard.

— Mais bon... Je garde ça pour la fin, reprit-elle

avant de se tourner vers Elise. Qu'est-ce que tu disais déjà ?

Le visage d'Elise devint aussi violet qu'une prune.

— Je… Je voulais parler des baisers, bredouilla-t-elle. Des baisers entre filles.

Jenny cogna dans la chaise d'Elise. Mary, Cassie et Vicky ricanèrent en se donnant des coups de coude. Voilà qui s'annonçait bien. Une rumeur avait circulé, quelques mois plus tôt à propos de Serena et Olivia, qui se seraient embrassées dans la baignoire de la suite que la famille de Chuck Bass louait en permanence à l'hôtel Tribeca Star.

— Je pense que tout le monde devrait pouvoir embrasser n'importe qui, répondit Serena. Les baisers, c'est fun !

Olivia engloutit un gros morceau de gâteau au chocolat, en réfléchissant à la manière de renchérir sur ce que Serena venait de dire.

— Les mecs aiment voir les filles s'embrasser, déclara-t-elle, la bouche pleine. On voit ça tout le temps dans les films, rien que pour exciter les hommes.

C'était exact. Ils en avaient même parlé en cours de cinéma, avec M. Beckham.

— Alors, Serena, c'était comment, de porter toutes ces fringues Les Best hyper cools ? fit Jenny, cherchant désespérément à changer de sujet.

Serena étira ses longs bras filiformes au-dessus de sa sublime tête blonde et soupira joyeusement :

— Vous voulez vraiment savoir ?

Tout le groupe acquiesça avec enthousiasme, à l'exception d'Elise et Olivia.

— D'accord, je vais vous raconter.

Olivia leva les yeux au ciel, se mettant au défi de fermer le clapet de Serena en annonçant sa liaison torride avec un homme d'affaires marié de trente-huit ans, ce qui était quand même franchement plus intéressant que se trimbaler sur un podium dans des vêtements débiles que personne ne voudrait jamais mettre, de toute façon. Elle jeta un œil sur la table, Elise était occupée à gribouiller furieusement son nom sur un bloc-notes. *Elise Wells. Mlle Elise Wells. Mlle Elise Patricia Wells. E. P. Wells.*

Soudain, Olivia sentit le contenu de son estomac remonter directement dans sa gorge. *Wells* ? C'était le nom de famille d'*Owen*. Et Elise venait de raconter qu'elle soupçonnait son *père* d'avoir une *liaison*. Owen n'avait pas mentionné de fille, mais maintenant qu'Olivia y réfléchissait, Elise avait ses yeux, et sur le perron, elle avait allumé deux cigarettes en même temps, exactement comme Owen vendredi soir au bar. *Merde*. Pour ce qu'en savait Olivia, Owen pouvait bien avoir dix enfants qu'il avait simplement omis de mentionner. *Putain !*

Olivia repoussa sa chaise et se précipita à l'infirmerie, derrière la cafétéria, où elle arriva juste à temps pour dégueuler son gâteau au chocolat en plein sur le tapis tissé à la main de l'infirmière O'Donnell. Il n'y avait pas de quoi être fière, mais c'était le plus sûr moyen de se faire renvoyer illico à la maison.

Sitôt Olivia partie, la cafétéria se mit à bourdonner de rumeurs que s'échangeaient les filles à propos des problèmes d'Olivia Waldorf.

— Il paraît qu'elle a une maladie rare. Elle a perdu tous ses cheveux. En fait, c'est une perruque, clama Laura Salmon.

— J'ai entendu dire qu'elle était enceinte d'un vieux. Lui est marié à un membre de la famille royale et veut l'épouser, mais sa femme refuse de lui accorder le divorce, expliqua Rain Hoffstetter.

— C'est pas vrai ! Alors sa mère et elle pourraient accoucher en même temps ! hurla Kati Farkas.

— Elle n'est pas enceinte, idiote, c'est à cause de ses troubles de l'alimentation, raconta Isabel Coates aux filles de cette même table, dans un murmure confidentiel. Ça fait des années qu'elle essaie de s'en débarrasser.

À la table du groupe de discussion, Serena rétablit involontairement la vérité.

— Tout ira mieux dès qu'elle saura qu'elle est acceptée à Yale.

## *apathie contre poésie*

— Joyeuse Saint-Valentin, tombeur, lança Zeke Freedman à Dan au début du cours d'histoire américaine, en quatrième heure.

Il lui tendit un sac en papier rose.

— Aggie m'a demandé de te donner ça. Un coursier l'a laissé à la conciergerie.

Les anses du sachet étaient nouées d'un ruban de satin rouge. Dan tira sur le nœud et vida le contenu du sac sur son bureau : une petite boîte blanche et un mince carnet de cuir rouge. La boîte contenait un petit stylo argenté, au bout d'une chaîne en argent. À l'intérieur, un descriptif expliquait que ce stylo fonctionnait parfaitement en apesanteur et était utilisé par les astronautes dans l'espace. Il mit la chaîne autour de son cou et ouvrit le carnet à la première page, où quelqu'un avait griffonné un message : *Mets-toi en apesanteur, charmeur. Ça te plaît ?*

Dan relut le mot, complètement abasourdi. C'était trop bizarre pour venir de Vanessa, ce qui signifiait que c'était forcément de la part de Mystery. La sonnerie marquant le début du cours retentit, M. Dube traversa la salle pour effacer le tableau. Dan coinça le paquet sous son siège et ouvrit son cahier en faisant semblant d'écouter ce que M. Dube racontait sur le

Vietnam et l'apathie. L'école lui paraissait tellement nulle et sans intérêt, maintenant qu'un agent de première catégorie telle que Rusty Klein souhaitait le représenter et qu'une poétesse visiblement brillante et mystérieusement sexy lui envoyait ces cadeaux de Saint-Valentin exquisément astucieux.

Soudain Dan se souvint de Vanessa ; ses mains se mirent à trembler. Il ne lui avait rien envoyé pour la Saint-Valentin – certes, Vanessa n'était pas du tout branchée par cette « connerie de fête commerciale », comme elle disait, mais il ne l'avait même pas appelée. En réalité, son gros problème était... qu'il l'avait trompée. Et il n'avait pas seulement embrassé, en plus. Il l'avait *trompée* trompée.

Whoups.

Tout était de la faute de Mystery. Avec son déshabillé transparent et ses dents jaunes et tordues, elle lui avait donné l'impression de vivre un de ses poèmes, d'embrasser une fille étrange et captivante de son invention, lors d'une fête démente de sa création. Il avait été incapable de résister à son imagination, qui s'était débridée et l'avait envoyé, trébuchant, à travers le paysage enneigé, jusqu'au studio pourri de Mystery à Chinatown, où il lui avait fait l'amour dans toutes sortes de positions ressemblant à du yoga sur son inconfortable futon, tandis que le soleil se levait sur la ville désolée, recouverte par la neige. C'était presque comme si rien de tout ça ne s'était vraiment *produit*. C'était de la *fiction*.

Sauf que ça n'en était pas. Il avait trompé Vanessa.

Pendant tout le reste du week-end, Dan avait été aux prises avec une terrible gueule de bois et avec une telle culpabilité et haine de soi existentielles qu'il n'avait pu répondre aux innombrables messages de Vanessa sur son portable.

Il avança à la fin de son cahier d'histoire. Et s'il écrivait un poème pour Vanessa et lui envoyait par e-mail pendant la pause de midi ? Ce serait bien plus significatif que des fleurs, des chocolats ou une carte de Saint-Valentin cucul la praline. Et le mieux serait qu'il n'aurait pas besoin de lui parler, ni donc de reconnaître qu'il l'avait trompée, parce qu'il n'avait jamais été doué pour les mensonges.

M. Dube écrivait maintenant au tableau. Dan fit semblant de prendre des notes.

*Anges de craie*, écrivit-il. *Qui produisent du sens.*

Puis il songea à quelque chose qu'avait dit Mystery, alors qu'ils devaient en être à leur quatrième ou cinquième cocktail au Red Bull. Quelque chose comme, elle en avait assez d'écrire des poèmes obscurs qui tournaient autour de ce qu'elle voulait vraiment dire. Le subtil était mort. Vive le style direct.

*Embrasse-moi. Sois à moi*, écrivit Dan, en imitant les petits slogans sur les bonbons en forme de cœur que les filles distribuaient toujours le jour de la Saint-Valentin. *Torride !*

Il relut ces mots sans vraiment les voir. Son esprit était trop obsédé par sa nuit avec Mystery pour passer à autre chose. Ses cheveux blonds, plats et sales sentaient le pain grillé ; quand elle avait posé ses mains froides et moites sur son ventre nu, il avait frissonné de tout son corps. Il ne lui avait même pas demandé ce qu'elle entendait par « mort prématurée » dans ses textes ni comment son poème « Salopes » lui avait sauvé la vie, mais il était tellement grisé par la taurine contenue dans le Red Bull et par ses dents épouvantablement jaunes qu'il ne s'en serait pas souvenu, de toute façon.

*Ai perdu ma virginité une deuxième fois*, écrivit Dan, et c'était la vérité. Coucher avec Mystery, c'était comme un nouveau dépucelage. Était-il possible qu'il éprouve cela à chaque fois qu'il ferait l'amour à une nouvelle femme ?

Avant qu'il ait le temps d'imaginer qui serait la prochaine veinarde, la cloche sonna, tirant Dan de sa rêverie. Il referma son cahier d'un coup sec et le coinça sous son bras.

— Hé, lança-t-il à Zeke. Je te paie des sushis à midi si tu m'attends pendant que je passe vite fait à la salle informatique pour envoyer un e-mail.

— D'accord, fit Zeke en haussant les épaules, essayant de ne pas paraître trop excité de voir son vieux copain daigner s'intéresser de nouveau à lui.

Depuis quand Dan Humphrey, le roi de l'omelette pas chère et du mauvais café, mangeait-il des sushis ?

— Il paraît que t'as tiré le gros lot, vendredi soir, cria Chuck Bass à l'attention de Dan lorsqu'ils se croisèrent dans l'escalier.

Chuck portait son pull bleu marine col en V, l'uniforme de Riverside Prep, sans rien dessous.

— Beau boulot.

— Merci, marmonna Dan en se dépêchant de rejoindre la salle informatique.

Ce serait se voiler la face que de penser que Vanessa n'apprendrait jamais la vérité sur Mystery et lui, mais dès qu'elle recevrait son tout dernier poème, il était convaincu qu'elle le pardonnerait. Comme Mystery l'avait dit dans son message – c'était un charmeur.

## *les filles sont folles de leurs admirateurs secrets*

Vanessa se sentait un peu ridicule de se retrouver aux côtés des autres désespérées, entassées dans la salle informatique surchauffée de Constance Billard. Elles étaient toutes occupées à vérifier leur e-mail pour la centième fois, pour voir qui leur avait envoyé une pathétique carte virtuelle pour la Saint-Valentin ou leur avait mis un message sur leur page « Admirateur Secret », nouvelle tradition qui manquait gravement de créativité, instaurée par l'école à la dernière Saint-Valentin. Mais comme Dan se connectait au moins une fois par jour et qu'il avait été tellement occupé ce week-end, à cause de son rendez-vous avec Rusty Klein, au point de ne pas pouvoir la rappeler, elle pensait qu'il essaierait peut-être de lui envoyer un e-mail aujourd'hui, vu que c'était la Saint-Valentin – même si évidemment ni l'un ni l'autre n'accordaient d'importance à cette connerie commerciale.

Bien évidemment.

— Salut, entendit-elle derrière elle.

C'était la petite sœur de Dan, qui consultait sa page « Admirateur Secret » sur l'ordinateur voisin.

— Salut, Jennifer.

Jenny se propulsa en arrière sur sa chaise à roulettes, puis repartit vers l'avant. Elle avait fait un brushing, ses boucles brunes étaient raides, ce qui lui donnait l'air plus âgée, plus sophistiquée que d'habitude.

— Dis donc, Dan et toi vous avez dû bien vous éclater à ce défilé. Il n'est rentré que samedi après-midi. Mon père a râlé en disant qu'on était tous les deux trop gâtés et irresponsables, mais il a complètement oublié de crier après Dan, comme toujours.

Vanessa passa la main sur son crâne presque rasé.

— En fait, je ne suis pas allée au même défilé que lui. J'étais invitée à un autre.

— Oh, fit Jenny, l'air troublée.

Au fond d'elle, Vanessa sentait que quelque chose n'allait pas. Qu'est-ce que Dan avait bien pu faire pendant tout ce temps ? Mais bon, la neige avait fichu un beau bordel. Il avait peut-être passé la nuit chez Zeke, genre. Il habitait dans le coin.

Elle entra son adresse, hairlesscat, mot de passe : miaou et cliqua sur l'icône de sa boîte de réception. Bien entendu, il y avait un message de Dan et – quelle surprise – il s'agissait d'un poème. Vanessa le lut avidement ; une grimace lui échappa en constatant qu'il n'y avait consacré absolument aucun effort. *Torride ?* Ça voulait dire quoi, ça ? Et puis : « *J'ai perdu ma virginité une deuxième fois* » ? Il se foutait de sa gueule ou quoi ?

Elle cliqua sur « répondre » et écrivit : *Ha. Ha. J'ai bien ri. J'ai pleuré. Qu'est-ce que tu me fais, là ? On est censé tourner un film ensemble, tu te souviens ?*

En attendant que Dan réponde, elle se rendit sur

sa page « Admirateur Secret ». Elle fut surprise d'y trouver quatre messages.

`Je répète à tous mes copains le plus grand bien de toi. Personne ne lie mieux que toi la forme et le fond, milady. PrettyBoy`

`Grâce à toi, ce monde pourri se pare d'une autre forme de beauté. Ne perds pas ton originalité. D.`

`Joyeuse Saint-Valentin à ma sœur que j'adore – RubyTuesday`

`Peux-tu venir à Cannes ? Parlons-en autour d'un café à Brooklyn mercredi soir ? Le cinéaste qui t'a découverte.`

Vanessa leva les yeux au ciel en lisant le dernier message. Elle appréciait tout ce que Ken Mogul avait fait pour elle, mais il ne l'avait pas exactement découverte. Elle ne sortait pas de nulle part.

Elle revint à sa boîte de réception, pas de réponse de Dan ; elle se déconnecta.

— À plus, murmura-t-elle à Jenny, qui avait les yeux collés à son écran.

— À plus, répondit Jenny sans lever la tête.

Il y avait pas moins de trois messages sur sa page « Admirateur Secret ».

`Désolée de ne pas t'avoir offert de bonbons, mais je ne savais pas lesquels tu préférais. allons en acheter après` l'école. De toute façon, je n'ai pas très envie de rentrer chez moi directement. La fille triste.

Au fait, quand veux-tu terminer le tableau ?? Encore moi.

Ces deux-là venaient évidemment d'Elise, mais le troisième avait tout à fait l'air d'avoir été écrit par un authentique, un véritable *garçon.*

Désolé d'avoir mis aussi longtemps à t'écrire, mais je n'ai pas eu le cran de le faire avant. Si tu veux me rencontrer, je prends le bus sur la 79e Rue pour rentrer chez moi après les cours. Je ne sais pas trop à quoi tu ressembles, mais si tu vois un grand blond tout maigre qui te regarde dans le bus, souris, parce que ce sera sûrement moi. Joyeuse Saint-Valentin, Jhumphrey. Je suis impatient de te rencontrer. Je t'embrasse, L.

Jenny relut ce message plusieurs fois. Un grand maigre aux cheveux blonds ? Il avait l'air de ressembler exactement au garçon qu'elle avait vu chez Bendel ! Mais de quoi L était-elle l'initiale ? Lester ? Lance ? Louis ? Non, tous ces prénoms lui paraissaient trop nazes, et son message n'avait pas du tout l'air naze, juste mignon. Mais comment avait-il eu son adresse e-mail ? Oh, peu importe – elle avait du mal à y croire : *il voulait la rencontrer* !

Jenny effaça immédiatement les messages d'Elise

et se précipita vers l'imprimante pour récupérer celui de L. Évidemment qu'elle allait prendre ce bus tout l'après-midi et toute la nuit, s'il le fallait. Mais s'ils ne se retrouvaient jamais, Dieu les en garde, Jenny pourrait toujours chérir sa lettre d'amour et la garder pour toujours.

Elle qui croyait en avoir fini avec l'amour. Voyez comme la Saint-Valentin peut être magique ?

## *la plus douce des drogues*

— Mais pourquoi t'as pas appelé les pompiers ? demanda Jeremy Scott Tompkinson à Nate en effritant du shit dans un papier à rouler posé sur son genou droit.

— Lâche-le, remarqua Charlie Dern. Il était défoncé, je te rappelle.

— Moi, je lui aurais dit : « À plus, espèce de tarée ! Rien à foutre si tu baises pas avec moi ! » plaisanta Anthony Avuldsen.

Jeremy avait réussi à piquer du shit à son frère aîné, étudiant venu rendre visite à la famille, et les quatre garçons étaient maintenant blottis sur un perron éloigné d'East End Avenue, en pause juste avant le cours de sport.

Nate souffla sur ses mains nues et les enfonça dans les poches de son manteau doublé de cachemire.

— Je ne sais pas.

Il se sentait toujours plutôt perturbé.

— Je crois que je voulais juste appeler quelqu'un qui nous connaisse tous les deux. Quelqu'un en qui j'aurais confiance.

Jeremy secoua la tête.

— Mon pote, c'est exactement ce que ces psys des

cliniques de désintox veulent que tu fasses. Tu es déjà programmé.

Nate repensa à l'imitation du discours creux de Jackie que faisait Georgie – toute cette histoire de blessures qu'il faut guérir, d'amitiés négatives. Georgie n'avait pas l'air programmée. Tout à coup, il se demanda si elle lui en voulait d'avoir prévenu Jackie, mais de toute manière, il ne pouvait pas l'appeler pour lui poser la question. Elle était maintenant en résidence à plein temps au centre Rupture et n'avait le droit de recevoir aucun coup de fil, au cas où ses dealers essaieraient de la contacter, genre. Avec un peu de chance, Nate la reverrait lors des réunions.

— T'en as encore pour combien de temps en désintox, au fait ? demanda Charlie en saisissant le joint pour prendre une taffe.

— Six mois, répondit Nate, mais au moins je ne suis pas obligé de vivre là-bas.

Les autres lâchèrent des soupirs de dégoût, ennuyés et compatissants. Nate n'ajouta rien. Même s'il ne l'avouerait jamais, il aimait bien aller aux réunions et retrouver les différentes personnes du groupe, surtout Georgie. Il allait être un peu triste quand tout serait terminé.

— Tiens, dit Charlie en tendant le joint à Nate.

Nate le regarda et secoua la tête.

— Non merci, murmura-t-il tout bas.

Il aperçut un cœur en papier rouge froissé sur le trottoir en bas du perron où ils étaient installés.

— C'est la Saint-Valentin ? demanda-t-il d'un air distrait.

— Ouais, pourquoi ? répondit Anthony.

— Ah, fit Nate.

Il se leva, époussetant la neige derrière son manteau noir Hugo Boss. Depuis toujours, lui semblait-il, il envoyait sans faute des roses à une fille le jour de la Saint-Valentin.

— J'ai un truc à faire. On se voit en sport, ok ?

Ses amis le regardèrent s'éloigner d'un pas décidé dans la neige fondue, en direction de la 5$^{e}$ Avenue, jusqu'à ce qu'il disparaisse. Il était arrivé quelque chose à leur vieil ami Nate Archibald ; d'abord, il venait de refuser un joint pour la première fois depuis l'âge de dix ans, mais ce n'était pas tout.

Était-il possible, envisageable, qu'il soit tombé amoureux ?

## *la saint v se transforme en jour j pour o*

Olivia garda la main sur la bouche en évitant de penser à Owen durant tout le trajet pour ne pas vomir sur la banquette arrière du taxi qui la ramenait chez elle. Mais lorsque, quittant l'ascenseur lambrissé, elle fit un pas dans l'appartement, ses narines furent bombardées par l'odeur putride des roses, qui provoquèrent de nouveaux remous menaçants dans son estomac. L'entrée tout entière en était remplie. Des roses jaunes, blanches, roses et rouges. Elle laissa tomber son sac sur le sol et entreprit de lire les cartes attachées aux bouquets.

A – *tu es mon chéri d'amour, Je t'embrasse.* S. disait le mot des roses jaunes.

*Audrey, ma petite aristocrate préférée, veux-tu être ma valentine ? Je t'embrasse, Cary*, disait celui des roses rouges.

*Mme Rose chérie, que notre petite puce de fille soit aussi adorable et merveilleuse que toi et aussi désespérément heureuse que je le suis chaque jour passé avec toi – Ton mari qui t'aime, M. Rose*, disait celui du bouquet rose et blanc.

Un seul de ces messages aurait suffi à lui faire dégueuler tout ce qui lui restait dans le ventre, s'il y était resté quelque chose, mais il fallait qu'elle se retrouve face à pas moins de *trois* missives particulièrement repoussantes. Jetant son manteau par terre, Olivia tituba jusqu'aux toilettes les plus proches pour finir de vider son estomac.

— Maman ! cria-t-elle en s'essuyant la bouche sur un essuie-main crème portant le monogramme R.

— Olivia ? répondit sa mère.

Eleanor Waldorf arriva d'un pas nonchalant, vêtue d'un tailleur Chanel rose en laine bouillie qui avait été élargi à la taille pour accueillir son ventre de femme enceinte de cinq mois. Son carré blond éclairci de mèches était tiré en une queue-de-cheval bien nette, elle portait au pied des pantoufles en poil de lapin blanc et, à la main, son téléphone sans fil. Comme la plupart des hôtesses de l'Upper East Side, Eleanor passait tout son temps, hormis celui qu'elle consacrait aux déjeuners et à son coiffeur, pendue au téléphone.

— Que fais-tu là ? Tu es malade ? demanda-t-elle à sa fille.

Olivia agrippa son ventre et essaya d'éviter le regard de sa mère.

— J'ai vu le mot de Cyrus, dit-elle d'une voix rauque. Tu attends une fille ?

Sa mère lui adressa un sourire radieux, ses yeux bleus scintillant de joie.

— N'est-ce pas merveilleux ? s'écria-t-elle. J'ai appris ça ce matin.

Elle approcha dans un flip-flap de pantoufles et mit ses bras autour du cou d'Olivia.

— Cyrus a toujours voulu une fille. Et quand tu seras à la fac et que tu viendras nous voir, tu auras une petite sœur avec qui jouer !

Une grimace apparut sur les traits d'Olivia, dont le ventre venait de faire un saut périlleux arrière à la mention du mot « fac ».

— J'espère que tu ne nous en voudras pas, continua à babiller Eleanor, mais nous allons transformer ta chambre en chambre d'enfant. Aaron et toi allez bientôt partir faire vos études, de toute façon. Ça ne te dérange pas, n'est-ce pas, chérie ?

Olivia dévisagea sa mère, sidérée. Elle n'avait voulu ni beau-père ni demi-frère, elle ne désirait sûrement pas de petite sœur, surtout si elle devait lui prendre sa chambre.

— Je vais aller m'allonger, répondit-elle faiblement.

— Je demande à Myrtle de t'apporter du bouillon, lui lança sa mère.

Olivia claqua la porte de sa chambre et se jeta sur son lit, enfonçant la tête dans les profondeurs de ses oreillers en duvet d'oie extra doux. Kitty Minky, son chat bleu russe gris, sauta sur le lit et se mit à pétrir de ses coussinets son sweat-shirt Fair Isle noir et blanc.

— Aide-moi, geignit-elle d'un air malheureux, s'adressant à son chat.

Si seulement elle pouvait rester là jusqu'en août puis être transférée par hélicoptère jusqu'à sa chambre sur le campus de Yale en sautant tous les mauvais passages du scénario du film de sa vie, toutes les scènes qui avaient besoin d'être réécrites.

Par habitude, elle pressa le bouton lecture sur le répondeur posé sur sa table de chevet et écouta les messages sans ouvrir les yeux.

— Allô, Olivia, c'est Owen. Owen Wells. Désolé de

ne pas avoir pu t'appeler plus tôt. Que s'est-il passé ? Je me suis réveillé et tu étais partie. Enfin, joyeuse Saint-Valentin, beauté. Rappelle-moi quand tu as un moment. Bye-bye.

— Allô, Olivia, c'est encore Owen. As-tu reçu mes fleurs ? J'espère qu'elles te plaisent. Rappelle-moi quand tu as un moment. Merci. Bye.

— Allô, Olivia. Je sais que je te préviens un peu tard, mais que dirais-tu de dîner avec moi ? Hum, c'est Owen, au fait. Mes projets ont changé côté famille, je me suis libéré. Alors que penses-tu de dîner au *Cirque** ce soir, beauté ? Appelle-moi.

— Allô, Olivia. J'ai réservé une table au *Cirque**...

Olivia donna un coup de pied dans son répondeur, qui se débrancha en tombant de la table de chevet. Peu importe qu'Owen ait une voix terriblement sexy, qu'il embrasse mieux que quiconque à New York. Elle ne pouvait plus jouer à Audrey et Cary, puisque Cary s'était révélé être un menteur, un enfoiré de salaud de *père* adultère. Elle se fichait pas mal qu'Owen aille raconter à Yale qu'elle n'était qu'une délurée avec deux de Q.I. qui ne tiendrait pas plus de quinze jours. Qu'Owen aille se faire foutre, et Yale aussi.

— Olivia ? répondit Owen avec impatience dès la première sonnerie. Où étais-tu passée ? J'ai essayé de te joindre toute la journée !

— À ton avis ? Au lycée, répliqua-t-elle. Je sais que ça fait un certain temps que tu n'y as plus mis les pieds, mais c'est l'endroit où l'on se rend dans la semaine pour apprendre des choses. Je suis à la maison simplement parce que je ne me sens pas bien.

— Oh. Alors j'imagine que notre dîner tombe à l'eau ?

La voix d'Owen ne lui paraissait plus franchement sexy, maintenant qu'elle savait à quel connard fini elle avait affaire. Olivia s'approcha du miroir en pied sur la porte de son placard et se mit à observer ses cheveux. Ils lui semblaient déjà un peu plus longs. Il ne leur faudrait peut-être pas longtemps pour repousser. Ou peut-être les couperait-elle encore plus court. Elle plaqua ses cheveux en dégageant son front, sévère, pour voir à quoi elle ressemblerait avec les cheveux super courts.

— Je connais ta fille, siffla-t-elle dans le combiné en allant fouiller dans le premier tiroir de sa commode, d'où elle sortit une petite paire de ciseaux de couture en argent, antiquité héritée de sa grand-mère dont elle n'avait jamais eu grand usage.

— O-Olivia, bafouilla Owen.

— Va te faire foutre.

Olivia raccrocha le téléphone et le lança sur son lit. Puis, attrapant une poignée de cheveux, elle commença à tailler dans le tas à l'aide de sa minuscule paire de ciseaux.

Ciao Audrey Hepburn, bonjour Mia Farrow dans *Rosemary's Baby* !

gossipgirl.net

thèmes ◄précédent suivant► envoyer une question répondre

*Avertissement-: tous les noms de lieux, personnes et événements ont été modifiés ou abrégés afin de protéger les innocents. En l'occurrence, moi.*

## salut tout le monde !

### LA FAÇON LA MOINS PÉNIBLE DE DIRE AU REVOIR

Triste, mais vrai, la réalité de la Saint-Valentin fait subir aux relations des exigences que ces relations ne sont peut-être pas capables de supporter. Que faire quand vous savez tous les deux que c'est terminé et que vous voulez passer à autre chose, de manière à pouvoir cramer vos cartes de crédit en vous offrant des cadeaux à vous-même et non à une autre personne ? Selon ma vaste expérience des ruptures sans douleur, moins vous en dites, mieux c'est. Inutile de discuter. Un geste simple en dit tellement plus. Une invitation à sortir « avec toute la bande » au lieu d'un tête-à-tête. Un tendre baiser sur la joue. Un au revoir de la main. Et n'allez surtout pas rendre les cadeaux qu'on a pu vous faire. Ils sont à vous ! Gardez-les.

### UNE CHOSE QUE VOUS IGNOREZ PEUT-ÊTRE À MON SUJET

J'existe vraiment. Ce qui signifie que j'ai un anniversaire. Lundi prochain, j'aurai dix-huit ans, je fais

une fête et vous êtes tous invités. Je sais ce que vous pensez, c'est lundi. Mais franchement, qu'avez-vous de mieux à faire un lundi soir ? Vos devoirs de latin ? Un soin du visage fait maison ? En plus, la semaine va filer en un rien de temps après ça, je vous le promets.
*Quand ?* Lundi, de 21 heures à l'aube.
*Où ?* Au Gnome. Vous n'en avez jamais entendu parler ? Normal. Personne ne connaît. C'est un club flambant neuf sur Bond Street qui fête mon anniversaire en guise de soirée d'ouverture. N'est-ce pas adorable ?
*Que faut-il apporter ?* Vous-même, vos plus beaux amis et bien sûr, un *cadeau* !

## ON A VU

**O** absente du lycée pour la deuxième journée consécutive. **D** attendre dans le hall de **l'hôtel Plaza**, l'air nerveux, dans son nouveau costume Agnès B. trop beau. **S** à l'atelier **Les Best**, essayant une sublime robe jaune tournesol pour une séance photo. **J** dans le bus de la 79e Rue faisant des allers et retours à travers Central Park pendant des heures. **A** jouant de la guitare dans le train, de retour de Scarsdale où il se cachait depuis plusieurs jours. **N** en plein jogging dans Central Park – quelle énergie a ce garçon maintenant qu'il vit sainement !

## VOS E-MAILS

**Q:** Gossip Girl,
J'ai embrassé une fille (moi aussi je suis une fille) mais c'était juste comme ça. En fait, il y a un garçon

qui me plaît. Que dois-je dire à cette fille sans la blesser, parce qu'elle est mon amie ?
doubletrouble.

**R:** Chère double,
Je n'ai jamais cru à la théorie qui veut qu'embrasser quelqu'un signifie que tu n'embrasseras personne d'autre. Les baisers, c'est sympa. Pourquoi se limiter à embrasser une seule personne ? Le truc, c'est de prévenir cette personne que tu fais ça pour le fun, que tu n'as pas l'intention de te marier ni rien. D'ailleurs, c'est mieux de faire ça *avant* d'embrasser quelqu'un plutôt qu'après.

**Q:** Chère GG,
Je suis coincée en désintox, j'ai le droit de surfer sur le web mais certaines adresses e-mails sont bloquées alors je ne peux même pas écrire à ce garçon dont je suis accro et qui me manque tant. Il m'a même envoyé des roses ! Heureusement, je peux venir sur ton site, comme ça je peux dire au monde entier que je suis amoureuse. Quand je sortirai, on pourra peut-être aller boire un verre toutes les deux pour fêter ça. Je te l'offre.
Babeindesintox

**R:** Chère Babe,
Au lieu de m'inviter à prendre un verre quand tu seras sortie, tu devrais créer un site, toi aussi. Ou écrire un livre. Mais ce n'est qu'une suggestion.
GG

N'oubliez pas ma soirée, je vous transmets la liste des idées cadeaux !

Vous m'adorez, ne dites pas le contraire.

gossip girl

## *la vie des riches et célèbres*

Mercredi après les cours, dans le hall de l'hôtel Plaza, Dan tripotait d'une main le col de veste de son nouveau costume noir Agnès B., et de l'autre agrippait le petit carnet relié de cuir rouge que lui avait offert Mystery pour la Saint-Valentin. Il n'était venu qu'une fois au Plaza, lorsque Vanessa et lui filmaient les patineurs sur glace de Central Park et qu'elle avait eu besoin d'aller aux toilettes. Même dans son super costume tout neuf, il ne se sentait pas à sa place dans cet environnement somptueux.

Il ferait mieux de s'y habituer. Après tout, il était sur le point de devenir un auteur très célèbre qui prendrait régulièrement le thé avec son agent dans des hôtels chics.

*Un indigent dans un château couvert de miroirs*, songea-t-il, composant un début de poème.

— Daniel !

Dan entendit Rusty Klein crier de l'autre côté de la pièce. Cette fois, sa perruque rouge était séparée en deux grosses tresses, qui pendaient de chaque côté de son crâne et son immense silhouette de plus d'un mètre quatre-vingts était enveloppée d'une sorte de robe de geisha japonaise noire, des plus singulières, parsemée de minuscules fleurs blanches et elle était chaussée de hautes bottes à talons aiguilles en daim noir – comme si elle n'était pas déjà assez grande. Mystery se tenait à ses côtés, elle ressemblait à un fantôme affamé dans sa robe-portefeuille couleur prune dépenaillée et ses bottes de cuir marron usées. Sa clavicule saillait comme une aile d'avion sur son corps maigre, ses lèvres étaient tellement gercées qu'elles étaient totalement blanches.

*Une princesse squelettique dérive dans un rai de poussière.*

— Salut, fit Dan, les accueillant d'un air aussi détaché que s'il traînait au Plaza tous les jours après le lycée.

Sous sa chemise blanche Agnès B., le stylo de l'espace offert par Mystery cogna sa poitrine pâle.

— Merci pour les cadeaux.

Rusty le prit dans ses bras pour une grosse accolade, l'asphyxiant de son parfum fétide de poisson huileux et salissant ses joues de rouge à lèvres rose orangé.

— Mystery et moi nous sommes tellement amusées à faire les boutiques pour toi, mon chou ! Nous avons dû nous forcer à nous arrêter.

Mystery passa la langue sur ses dents jaunes.

— Nous avons bu des martinis en déconstruisant Kafka comme deux midinettes, ajouta Mystery d'une voix rauque.

Elle semblait soûle et avait l'air de ne pas avoir dormi depuis des semaines. Ses yeux gris cillèrent, lourds de sommeil.

— Maintenant que tu es là, je vais pouvoir manger. Sans toi, je ne m'alimente pas.

*Ses os drapés d'ailes de papillon nocturne cousues de toiles d'araignée.*

— Par ici, gloussa Rusty, ignorant l'étrange déclaration de Mystery.

Elle leur fit traverser l'immense hall pour rejoindre un vaste salon de thé plein de miroirs dorés, de tintement de cristal et de dames trop parfumées aux brushings impeccables. Sur la table nappée de blanc étaient arrangés un service à thé en argent et un plateau à trois étages couverts de scones tout frais, de pots de confiture maison et de minuscules sandwiches au concombre dont le pain de mie avait été débarrassé de sa croûte. Deux verres de martini entamés étaient posés sur la table, prêts à être vidés.

— Nous avons fait une petite fête pour célébrer les débuts de Mystery, expliqua gaiement Rusty.

Elle s'assit et descendit d'un coup le reste de son verre.

*La reine de la Poésie m'attire, tentante.*

Dan prit place à côté d'elle, posa son carnet de cuir rouge sur la table.

— Quels débuts ?

Rusty s'empara d'un scone aux myrtilles qu'elle tartina copieusement de beurre avant de le fourrer tout entier dans son énorme bouche rose orangée, où il disparut instantanément.

— C'est bien, tu as apporté ton carnet d'observations. As-tu pris des notes sur tout ? Souviens-toi, rien n'est sans importance.

Puis, avec un clin d'œil à Mystery, elle ajouta :

— Qui sait ? Cela pourrait finir par donner un livre !

Mystery eut un petit rire et jeta un regard à Dan.

— J'ai terminé mon roman, lui confia-t-elle de sa voix enrouée.

*Alerte au feu ! Alerte au feu !*

Dan frotta son pouce sur les dents de sa fourchette en absorbant l'information. Mystery avait achevé un roman entier en moins d'une semaine et tout ce qu'il avait produit était un poème de Saint-Valentin merdique pour Vanessa. Il ne supportait même pas de lire le message que Vanessa lui avait envoyé en réponse, tellement ce poème était nul.

— Mais je croyais que tu venais à peine de le commencer, dit-il, se sentant bizarrement trahi.

— C'est vrai. Mais dimanche soir, j'ai passé un palier, j'ai pris de l'élan et je ne me suis plus arrêté d'écrire, jusqu'à la fin. Je l'ai envoyé par e-mail à Rusty à l'aube ce matin, à l'heure des balayeurs des rues. Elle a déjà tout lu. Elle dit que je suis la future Virginia Woolf !

— Je croyais que tu étais la future Sylvia Plath, critiqua Dan, d'un air maussade.

*La princesse des papillons nocturnes se sert en viande volée.*

Mystery haussa ses maigres épaules, versa une cuillère pleine de sucre dans son martini, qu'elle remua pensivement avant de prendre le verre à deux mains et d'en boire une gorgée.

— Enfin bon. Parlons un peu de toi, Dannyboy, cria presque Rusty. Oh, bordel.

Elle extirpa son portable rose bonbon de son sac, pressa quelques boutons et le colla à son oreille.

— Une minute, mes chéris. Je dois appeler ma messagerie.

Dan patienta, observant Mystery qui plongeait tant

de cuillerées de sucre dans sa boisson que celle-ci ressembla bientôt moins à un martini qu'à un granita acheté à l'épicerie du coin. Il n'avait pas remarqué mais ses ongles rongés, rognés étaient aussi jaunes que ses dents.

Rusty lança son téléphone au beau milieu de la table.

— Je crois que tu devrais écrire tes Mémoires, déclara-t-elle à Dan en prenant un autre scone, qu'elle rompit en deux. *Mémoires d'un jeune poète.* J'adore ! brama-t-elle. Tu es le futur Rilke !

*La reine des clowns sort un lapin rose de ses cheveux.*

Dan saisit son stylo de l'espace. Il voulait écrire quelque chose sur les ongles jaunes de Mystery dans son carnet d'observations ; il était surpris de ne pas les trouver rebutants. D'ailleurs, il les trouvait même *excitants.*

— Mais comment pourrais-je écrire mes Mémoires alors que je ne fais qu'une chose : aller au lycée, se défendit-il, piteux. Il ne m'arrive jamais rien d'extraordinaire.

Les mains tremblantes, il attrapa la théière et versa un peu d'Earl Grey parfumé et chaud dans sa tasse blanche. Ah, la *caféine.*

Rusty tapota la couverture de son carnet de ses longs ongles rose orangé.

— *Les petites choses,* mon chou. Les petites choses. Et puis tu pourrais avoir envie de repousser la fac pour écrire un an ou deux, comme Mystery.

Elle s'essuya la bouche à l'aide de sa serviette en tissu blanc, qu'elle tacha de rouge à lèvres.

— Je vous inscris pour une lecture au Club de Poésie Rivington Rover demain soir. Buckley distribue déjà les flyers. C'est très tendance. Tous les vieux clubs de poésie reviennent sur le devant de la scène. Il faut pouvoir assurer le spectacle. Je vous le dis, la poésie, c'est le rock'n'roll de demain !

Mystery pouffa et donna des coups de pied dans le tibia de Dan comme une bourrique bourrée. Dan était tenté de lui rendre ses coups, parce que ça faisait plutôt mal, mais il ne voulait pas se montrer immature.

Rusty fit claquer ses doigts de trente centimètres, le serveur apparut aussitôt.

— Donnez à ces petits absolument tout ce qu'ils désirent, ordonna-t-elle. Je dois filer, mes petits choux. Maman a une réunion.

Elle leur envoya des baisers, quitta la salle dans sa robe de geisha et dans un clic-clac de talons, ses tresses flamboyantes et son imposante stature faisant tourner les têtes sur son passage.

*Mère oiseau quitte le nid, abandonnant la princesse et l'indigent, le bec ouvert.*

Mystery vida le fond du verre de martini de Rusty, puis posa ses yeux tombants et épuisés sur Dan.

— À chaque fois que Rusty mentionne ton nom, je sens la chaleur grimper le long de mes cuisses, confessa-t-elle d'une voix de gorge. Je me noie dans le désir depuis une semaine, mais j'ai réussi à canaliser cette énergie animale et à en faire un livre.

Elle se mit à rire. Ses dents paraissaient avoir été coloriées au crayon jaune.

— Certaines parties sont carrément classées X.

*L'indigent devient prince. Comme on dit, c'est un couronnement.*

Dan prit un sandwich au concombre, qu'il engloutit et mâcha violemment sans même en sentir le goût.

Il était censé rentrer chez lui écrire ses Mémoires. Il était censé avoir déjà une copine. Il était censé flipper devant cette fille hyper excitée aux dents jaunes, franchement tarée. Mais à dire vrai, il était lui aussi très excité. Il avait déjà perdu deux fois sa virginité, il était impatient de la reperdre encore et encore.

— Viens, dit Mystery en tendant sa main aux ongles jaunes. On n'a qu'à prendre une chambre et la mettre sur la note de Rusty.

Dan saisit son carnet d'observations et la suivit jusqu'à la réception. Au diable la poésie. Il ne pouvait pas résister à l'envie de savoir comment se poursuivait cette intrigue au chapitre suivant.

## *I comme l'amour*

Jenny ne pouvait être sûre que le L qui lui avait envoyé un message le jour de la Saint-Valentin était bien le garçon de Bendel. Il pouvait s'agir d'un gros naze, voire d'un vieux pervers dégoûtant, mais en secret, elle était déjà amoureuse de lui. Elle avait l'impression d'être dans un conte de fées, d'être amoureuse d'un homme masqué, et elle était résolue à prendre le bus de la 79e Rue jusqu'à ce qu'elle le rencontre en personne. Lundi et mardi, elle l'avait pris jusqu'à dix-neuf heures, en vain. Mercredi après l'école, Elise l'accompagna.

— Je comprends rien. Pourquoi on fait ça, déjà ? demanda Elise.

Elle avait déjà terminé tous ses devoirs ; elle regardait fixement par la fenêtre par-dessus l'épaule de Jenny et s'ennuyait à mourir.

— Je t'ai dit : j'ai perdu mon bonnet préféré dans le bus ce matin et si j'en prends plusieurs, je suis sûre que je vais le retrouver, mentit Jenny.

— Quelqu'un l'aura pris, protesta Elise. Ton mignon bonnet tout doux ? Je suis sûre que quelqu'un l'a gardé.

Une femme d'une cinquantaine d'années aux chevilles gonflées, vêtue d'un imperméable vieillot, en train de lire le *Wall Street Journal*, les fusilla du regard, avec ces yeux noirs que les gens réservent aux ados qui parlent en public. Style : vous pourriez pas passer en mode silence ? Oh, ça va, hein.

— C'est le dernier, après on rentre, promit Jenny, bien qu'elle ait fait la même promesse deux bus plus tôt.

Elise posa la main sur le genou en collant noir de Jenny et la laissa là.

— Remarque, ça ne me dérange pas vraiment. Ce n'est pas comme si j'avais mieux à faire.

Jenny attendit qu'Elise veuille bien retirer sa main.

— Qu'est-ce que tu fabriques ? chuchota-t-elle assez fort.

— De quoi tu parles ?

— De ta *main*.

— Le livre dit qu'il faut exprimer son affection par des caresses pleines de douceur.

— Mais moi, je n'en ai pas envie. En plus de ça, on est dans le bus, siffla Jenny en repoussant la main d'Elise.

C'était bien la dernière chose qu'elle voulait : que L les surprenne, Elise et elle, en train de *se caresser*. Mon Dieu. La honte.

— Qu'est-ce qu'il y a de mal à ça ? s'écria Elise, en donnant un coup dans la jambe de Jenny juste au moment où le bus faisait une embardée.

Jenny glissa de son siège et atterrit sur le sol, ses fesses écrasant violemment les pieds de son voisin.

Jenny ferma les yeux, trop mortifiée pour les rouvrir. Si son admirateur secret l'observait, il ne lui écrirait plus jamais de mot d'amour. Le bus, qui traversait Central Park à plein régime, roula sur une autre bosse, et une nouvelle secousse fit rebondir impitoyablement les seins de Jenny, comme si elle n'en avait pas déjà subi assez comme ça.

— Viens.

Une main attrapa son bras.

— Lâche-moi, marmonna Jenny, complètement humiliée.

Elle se dégagea de l'étreinte pour se remettre tant bien que mal sur ses pieds. Une tête blonde apparut au-dessus d'elle. Grand. Joli nez. Yeux noisette et cils blonds. C'était *lui* – le garçon de chez Bendel !

— Ça va ? demanda-t-il. Il y a une place libre à l'arrière. Pourquoi tu ne vas pas t'y asseoir ?

Il la prit par la main et leur fraya un chemin à travers la foule.

Jenny s'installa sur le siège dur et étroit puis leva les yeux vers le garçon, son cœur battait la chamade. Il paraissait avoir seize ans et il était parfait, vraiment parfait.

— C'est toi, L ? demanda-t-elle, le souffle court.

Il eut un sourire timide. Une de ses dents de devant était un peu ébréchée. C'était trop mignon.

— Oui, je m'appelle Leo, répondit-il.

Leo. Bien sûr.

— Moi, c'est Jennifer ! cria presque Jenny, tellement elle était excitée.

— Jennifer, répéta Leo, comme s'il s'agissait du prénom le plus magnifique qu'il ait jamais entendu.

La tête d'Elise apparut à travers la foule de l'heure de pointe et plissa ses yeux bleus vers Jenny.

— Hé, pardon de t'avoir poussée. Ça va ?

Leo lui adressa un adorable sourire à dent ébréchée, comme pour dire que tous les amis de Jenny étaient ses amis. Le premier réflexe de Jenny fut d'envoyer Elise se faire voir pour que Leo et elle puissent faire connaissance en paix. Mais elle ne voulait pas que Leo la prenne pour une sale garce. L'homme installé à côté d'elle se leva, Jenny désigna son siège :

— Assieds-toi.

Elise lâcha la poignée et se laissa tomber sur la banquette.

— Salut, dit-elle en levant les yeux vers Leo, puis elle le reconnut et donna un coup de genou à Jenny. Hé !

— Elise, voici Leo. Leo, Elise, les présenta-t-elle gentiment.

Le bus freina brusquement, Leo s'appuya sur l'épaule de Jenny pour garder l'équilibre.

Oh là là. Il m'a touchée ! Il m'a touchée !

Jenny sentait le regard d'Elise qui les étudiait, essayant de comprendre ce qui se passait.

— Tu vas aussi à Constance Billard ? demanda Leo à Elise.

Celle-ci hocha la tête, l'air complètement perdue. Tout à coup, Jenny se sentit mal pour elle. Elle mit un bras autour de son amie et sourit à Leo.

— C'est ma meilleure amie.

Elise gloussa, puis elle laissa sa tête retomber sur l'épaule de Jenny.

— J'imagine que tu as retrouvé ton bonnet, murmura-t-elle doucement.

— Eh ouais, fit Jenny en pouffant à son tour, soulagée qu'Elise soit assez cool pour ne pas poser trop de questions.

Lorsqu'elles seraient seules toutes les deux, elle

lui expliquerait tout, comme sont censées le faire les meilleures amies. Elle leva les yeux vers le visage parfaitement structuré de Leo, modèle idéal pour sa peinture, et se pâma devant son sourire timide, avec sa petite dent cassée.

— Je savais bien que tu ne pouvais pas t'appeler Lance.

## *V refuse une occasion de filmer des cadavres de poissons en décomposition !*

— Je suis content que tu aies pu venir, dit Ken Mogul mercredi après-midi, quand Vanessa le rejoignit au Chippies, le nouveau café au bout de la rue où elle habitait.

Il poussa un cappuccino fumant devant elle.

— J'ai commandé pour nous deux. J'espère que ça te va.

Vanessa s'assit à la table, sans ôter sa doudoune noire, et plaça ses deux mains autour de la tasse en soufflant sur la chaude mousse laiteuse.

— Merci de m'avoir branchée sur ce défilé, dit-elle. C'était hyper fun.

Une grimace lui échappa ; elle détestait sa façon de parler quand elle s'adressait à Ken Mogul. On aurait dit une sorte de poseuse qui n'avait rien dans le crâne.

Ken cala ses lunettes de soleil Persol en écaille sur ses cheveux roux à la coupe désinvolte et se pencha sur la table, prêt à entrer dans le vif du sujet.

— Je veux que tu me rejoignes à Cannes en mai. Je te présenterai à d'autres brillants réalisateurs indépendants. Nous pourrons échanger nos énergies, faire quelques brainstormings. Après, je voudrais que tu repousses d'une année ou deux ton entrée à la fac pour tourner avec moi. Ça va être magique, je le sens.

Un disque d'Enya passait sur la stéréo. Vanessa descendit la fermeture Éclair de sa parka, la remonta aussitôt. Elle détestait Enya.

— J'ai commencé à travailler sur un nouveau projet en Amérique du Sud, poursuivit Ken Mogul. On ouvre sur des mouettes qui nourrissent les oisillons de la chair de cadavres de poissons en décomposition, ensuite on passe à des gorilles qui abandonnent leurs petits dans la forêt tropicale. Puis, les rues de Rio, où des enfants se prostituent pour de la drogue. Le tournage n'a pas encore débuté, mais je pensais que tu pourrais y aller pour rencontrer quelques-uns de ces gosses, te lier d'amitié avec eux, apprendre à connaître leur histoire. Tu ne parlerais pas portugais, par hasard ?

Vanessa secoua la tête. Il se fichait de qui, là ?

— Espagnol ?

Elle secoua à nouveau la tête.

— Pas grave, on prendra un traducteur ou bien on trouvera des gamins qui parlent anglais. Toutes tes dépenses seront payées par Duke Productions. Tu te souviens de Duke, à la soirée Better Than Naked ?

Vanessa acquiesça, un sourire amusé aux lèvres. Comment aurait-elle pu oublier Duke, le plus grand crétin de l'univers ?

— Tu auras ta voiture, ton appartement, du matos gratuit et tout ce dont tu auras besoin, ajouta Ken. Tu me suis ?

Vanessa remarqua que Ken avait un menton plutôt fuyant. En fait, il n'avait pratiquement pas de menton.

— J'ai toujours rêvé d'aller à Cannes, répondit-elle en sirotant pensivement son cappuccino. Et ton nouveau projet a l'air vraiment… terrible. Mais ma candidature anticipée a été acceptée à NYU. Je veux entrer à cette fac depuis que j'ai onze ans. Il n'y a pas moyen que je repousse.

— Mais, et mon film, alors ! La prostitution enfantine ! Les animaux qui abandonnent leurs petits ! Ça, c'est novateur ! bafouilla Ken en postillonnant partout sur la table.

Vanessa songea que s'il avait eu plus de menton, les crachats ne seraient peut-être pas allés si loin.

Par-dessus l'épaule de Ken, Vanessa remarqua une affichette bleue punaisée à un panneau.

*Micro ouvert au Club Poésie Rivington Rover*
*Avec des lectures de*
*Daniel Humphrey et Mystery Craze*
*Jeudi, 20 heures.*

Pas étonnant que Dan l'ait snobée toute la semaine. Il était trop occupé à devenir célèbre.

— Vanessa ? Tu es toujours là ? voulut savoir Ken. La première chose qu'on apprend dans ce métier, c'est que l'horloge tourne très vite.

Vanessa le gratifia de son sourire de Joconde, mi-amusé, mi-agacé. Bien que flattée que Ken lui ait demandé de travailler avec lui, elle n'avait pas l'intention de devenir une mini Mogul. Elle voulait développer sa propre voix, sa propre carrière, et pas investir toute son énergie dans l'œuvre d'un autre, aussi brillant soit-il. Elle secoua sa tête brune rasée de près.

— Je regrette.

Le menton quasi absent de Ken disparut totalement lorsqu'il perdit tout sang-froid.

— Jamais je n'avais proposé à quelqu'un de collaborer avec moi, dit-il d'un ton grave. C'est une opportunité unique dans une vie. Je te donne la chance de réaliser un long-métrage avant l'âge de vingt ans. C'est du jamais-vu !

Ce vieux au défilé Culture de l'Humanité lui avait conseillé de ne pas prendre son talent trop au sérieux. Ken prenait visiblement le sien beaucoup, beaucoup trop au sérieux. Elle se leva et décrocha l'affichette au panneau derrière la tête de Ken. Dan et elle étaient censés faire un film ensemble, mais si elle pouvait se faufiler parmi le public au club de poésie à son insu, ce serait encore mieux. Dan était toujours mieux quand il ne savait pas qu'elle le voyait.

— Merci, dit-elle à Ken. Je suis honorée, vraiment. Mais je travaille sur quelque chose de nouveau, toute seule. Je crois que je préférerais le terminer.

Ken Mogul rabaissa ses lunettes de soleil sur son nez et scruta la rue derrière la vitrine.

— Tu ne sais pas ce que tu perds.

— Merci pour le café, dit Vanessa, même s'il ne la regardait déjà plus.

Elle plia l'affichette bleue et la rangea dans sa poche.

— Et bonne chance pour Cannes.

Ken Mogul remonta la fermeture Éclair de sa

parka Prada bordée de fourrure et remonta la capuche, comme pour l'ignorer complètement.

— Salut.

Vanessa rentra à la maison pour trier son matériel et voir ce dont elle aurait besoin le lendemain soir au Club de Poésie Rivington Rover. Dès que Dan aurait terminé sa lecture, elle surgirait de la foule et le surprendrait avec une énorme tasse d'irish coffee, sa boisson préférée. Puis ils se raconteraient les histoires de toutes ces célébrités imbéciles qu'ils auraient rencontrées cette semaine. Enfin, elle le ramènerait chez elle pour lui rappeler ce qu'il avait manqué. Elle lui montrerait comment perdre une nouvelle fois sa virginité, comme il l'avait écrit dans ce poème bizarre.

Comme s'il avait besoin qu'on lui montre.

## s réinvente la larme

— Tu viens balader Mook avec moi ? demanda Aaron à Olivia à travers la porte close de sa chambre.

C'était mercredi après-midi, elle se terrait dans sa chambre depuis lundi, n'ouvrant sa porte que pour réceptionner les baguettes brie et tomate et tasses de chocolat chaud que Myrtle lui apportait à dix et dix-sept heures. Elle avait même réussi à soutirer au médecin de famille un mot la dispensant d'aller à l'école le reste de la semaine. Elle n'était pas exactement malade, avait assuré le médecin à sa mère. Les écoles comme Constance faisaient peser une trop grande pression sur leurs filles, surtout les terminales, et puis il y avait tout ce stress lié à l'entrée dans les meilleures universités. Olivia avait simplement besoin de quelques jours de repos et elle serait de nouveau elle-même.

Enfin, pas exactement. Olivia profitait de ses quelques jours de repos pour se réinventer complètement. Comme Madonna.

Aaron entrouvrit la porte et passa la tête à l'intérieur de la chambre. Dans l'air flottait une odeur âcre et chimique de fumée de cigarettes mêlée à un parfum de bain de bouche à la menthe. La tête enveloppée d'un foulard Pucci noir et blanc, Olivia était affalée sur son lit, pieds nus, chevilles croisées, vêtue d'un peignoir blanc en éponge ; elle fumait une menthol ultra-light à l'aide d'un long fume-cigarettes noir. Un look très recluse à la Greta Garbo, soit exactement l'effet recherché.

De l'autre côté de la pièce, la télé diffusait *Gatsby le Magnifique* avec Robert Redford et Mia Farrow, sans le son. Olivia tira sur sa cigarette, les yeux perdus dans le vague, d'un air théâtral. Elle ne pouvait pas supporter de regarder Aaron, parce qu'il portait encore son sweat-shirt Harvard, comme s'il le mettait exprès pour la faire chier. Elle avait déjà arraché le pendentif Yale au baldaquin de son lit et l'avait jeté par la fenêtre de sa chambre, tout comme le vieux sweat-shirt Yale de son père.

— Si ça ne te dérange pas, j'aimerais que tu foutes le camp de ma chambre.

— J'allais partir, répondit Aaron. Au fait, tu as eu des nouvelles de Serena récemment ?

— Non, pourquoi ?

— Pour rien, fit Aaron en haussant les épaules, gêné.

Il avait passé tout son temps à traîner avec ses potes à Scarsdale depuis vendredi soir et n'avait ni vu ni appelé Serena depuis le défilé Les Best. Il sortit une boîte en fer-blanc de cigarettes aux plantes de sa poche arrière et la lança sur le lit d'Olivia.

— Tu devrais plutôt essayer celles-là, conseilla-t-il. Elles sont cent pour cent naturelles et sentent carrément meilleur que ce produit de masse merdique.

— Bonne balade, fit Olivia en donnant un coup de pied dans la boîte, qui atterrit par terre.

Aaron referma la porte derrière lui et sortit en compagnie de Mookie. Il pénétra dans Central Park à la 72e Rue, emprunta le chemin qui menait à la petite passerelle en bois par-dessus le cours d'eau alimentant le lac. De temps à autre, Mookie s'arrêtait pour creuser furieusement la neige de ses pattes marron et blanches, comme s'il cherchait un de ses jouets oublié là l'été précédent. Quand il finissait par abandonner ses recherches, il se remettait à trotter.

Une blonde menue, lunettes de soleil foncées, casquette bleue des Yankees, passa à côté de lui, elle faisait son jogging vêtue d'un T-shirt I LOVE AARON par-dessus son survêtement de velours ; ce même T-shirt I LOVE AARON que Serena avait porté lors du défilé Les Best. Aaron aurait parié que cette blonde était l'actrice Renee Zwindinger, ou un autre nom de ce genre, mais il n'en était pas certain. C'était plutôt marrant de penser que des actrices ou des mannequins célèbres portaient des T-shirts avec son nom, lui qui n'était qu'un mec qui avait eu la chance de sortir avec une fille très belle, avec qui il ne sortait plus vraiment, imaginait-il.

Ils arrivaient à la passerelle. Aaron remarqua qu'elle était noire de monde et de matériel, une équipe quelconque y étant installée. En approchant, il vit un cameraman debout dans un canot pneumatique sur l'eau glacée, qui ajustait son trépied.

Aaron laissa Mookie chasser les écureuils sous un arbre, tandis qu'il observait la scène. L'attroupement sur la passerelle s'écarta, révélant une fille vêtue d'une minuscule robe d'été jaune tournesol et de sandales bleues, ses cheveux d'or flottant dans le vent glacial. C'était Serena, bien sûr. On ne pouvait pas la confondre.

Tout à coup, Mookie fonça ventre à terre sur la neige, en direction de Serena, lançant des aboiements ravis et remuant sa petite queue de boxer.

— Mookie, non ! s'écria Aaron.

Toutes les personnes présentes sur la passerelle se retournèrent pour voir ce qui se passait, Serena comprise.

— Mookie ! piailla Serena en se baissant pour poser un baiser sur sa truffe humide tandis que le chien frétillait entre ses jambes. Comment tu vas, mon joli ?

Aaron approcha, les mains profondément enfoncées dans son treillis kaki.

— Désolé, marmonna-t-il à l'attention de l'équipe de maquilleurs et de stylistes.

— C'est pas grave, dit Serena en se relevant.

Elle quitta son escorte et embrassa doucement Aaron sur la joue. Sa robe jaune était ornée d'oiseaux bleu iridescent, son gloss sentait la pastèque.

— On tourne une pub de parfum. Tu peux regarder si tu veux.

Aaron garda les mains dans ses poches. Elle aurait pu dire un million de choses pour le faire culpabiliser de s'être terré à Scarsdale sans même lui passer un coup de fil, mais Serena était trop cool pour ça. Elle était véritablement sublime, c'était une des raisons pour lesquelles il était forcé de la laisser s'en aller. C'était trop d'efforts que d'atteindre le niveau d'une fille qui brillait autant qu'elle.

— Je ne vais pas te retenir plus longtemps, dit Aaron.

Il ouvrit sa boîte de cigarettes aux plantes, lui en offrit une. Elle l'accepta, la tint entre ses lèvres brillantes couleur corail, tandis qu'il l'allumait.

— Oh, et merci pour les roses, ajouta-t-il.

Serena expira une douce fumée dans l'air glacé.

— Nous n'avons jamais fait nos tatouages, remarqua-t-elle.

Aaron sourit tendrement :

— C'est sûrement mieux comme ça.

Une larme parfaite se forma au coin de l'œil droit de Serena, trembla au bord de sa paupière inférieure.

— Allez, on y va ! cria le photographe depuis son canot pneumatique.

Serena se retourna pour lui faire signe, sa robe jaune s'évasa aux genoux, ses cheveux blonds s'envolèrent. À cet instant, la larme s'écrasa sur son adorable joue, illustration parfaite de toute émotion humaine que Les Best souhaitait incorporer dans sa nouvelle pub. Ils seraient obligés d'effacer la cigarette entre les doigts de Serena et la chair de poule qui hérissait ses bras et ses jambes, mais vous seriez surpris de voir avec quelle facilité on fait ce genre de choses.

## *la désintox, c'est la nouvelle thalasso*

Après avoir regardé *Gatsby le Magnifique* deux fois de suite, Olivia éteignit la télé et saisit son téléphone. Elle avait très envie de parler à quelqu'un ; de dire au monde entier qu'elle était toujours vivante malgré tout. Et pourtant, elle redoutait par-dessus tout de parler à la moindre personne de sa connaissance, y compris son père gay et Français d'adoption, sur qui elle avait pourtant toujours pu compter pour lui remonter le moral. Si seulement il y avait quelqu'un d'autre, quelqu'un de nouveau, de différent, qui...

En fait, il y avait bien quelqu'un qu'elle pouvait supporter d'appeler. Et pourquoi ne lui passerait-elle pas un coup de fil, merde, il avait bien eu envie de l'appeler, lui aussi, comme ça, pour rien, la semaine dernière, lorsqu'elle était chez le coiffeur ?

Elle appuya sur la touche de raccourci pour le portable de Nate et, à sa surprise, celui-ci décrocha.

— Natie ? gazouilla-t-elle. J'ai appris ce qui t'est arrivé. Comment vas-tu ? Tu vas bien ?

— Ouais, en fait, ça va plutôt bien, répondit Nate qui, étrangement, n'avait pas l'air d'être défoncé. Mon père est toujours furax et je ne sais pas si ça affectera mes chances d'entrer à Brown, mais ça va.

Olivia pointa ses orteils nus en l'air, fronçant les

yeux en contemplant le vernis rose barbapapa qu'elle avait appliqué sur ses ongles parce qu'elle s'ennuyait trop, la veille.

— Mon pauvre chéri, soupira-t-elle avec compassion. La désintox, ça doit être bien chiant.

— Hum, en fait... Je sais que ce que je vais dire va te paraître franchement bizarre, mais je commence à apprécier, figure-toi, reconnut Nate. Ce serait mieux si ce n'était pas aussi loin, mais c'est un endroit très cool, moderne et puis c'est... Je ne sais pas... plutôt relaxant, de faire quelque chose qui n'a aucun rapport avec le lycée.

— Ah bon ? fit Olivia en redonnant du volume à ses oreillers et en se redressant sur son lit.

La cure de désintox était *relaxante* ? C'était peut-être exactement ce qui lui fallait – un répit dans le dur labeur de son existence quotidienne. Elle se voyait déjà enveloppée dans un duveteux peignoir blanc de thalasso, le visage tartiné d'un masque à l'argile verte, pieds et mains piqués d'aiguilles d'acupuncture, en train de siroter une tisane purifiante, allongée sur un divan, tout en bavardant avec un thérapeute attentif, vêtu d'une tunique en lin blanc.

— Si vous pouviez être un animal, que seriez-vous ? lui demanderait le thérapeute.

Rien de trop compliqué.

*Une cure de désintox.* Pourquoi n'y avait-elle pas pensé plus tôt ? Bien entendu, cela devait sûrement impliquer une petite thérapie, mais elle n'avait jamais eu de mal à parler d'elle. Et le mieux dans tout ça, c'est que *Nate serait là* – ils seraient seuls, tous les deux, loin de la ville et de son lourd passif. Elle avait toujours rêvé de passer un week-end romantique avec Nate dans un bed and breakfast à Cape Cod ou dans les Hamptons. Un centre de désintoxication à Greenwich, dans le Connecticut, ferait presque aussi bien l'affaire. C'est vrai, elle avait voulu effacer totalement la présence arrogante et infidèle de Nate dans sa vie, mais il avait l'air de tourner la page et c'était exactement ce qu'elle essayait de faire, elle aussi !

— Comment on entre en cure de désintox, en fait ? Il faut juste s'inscrire ou bien quelqu'un doit t'y envoyer ? demanda Olivia.

Elle se regarda dans le miroir de son placard. Avec ses cheveux taillés n'importe comment, son teint terreux, elle ressemblait tellement à une héroïnomane qu'elle serait sûrement acceptée.

— Je crois qu'on peut s'y inscrire, mais qui pourrait être assez cinglé pour faire ça ? s'interrogea Nate.

Olivia sourit. *Elle*, bien sûr.

— Tu as envie qu'on se voie, demain soir, par exemple ? demanda-t-elle. Je sais que je suis une vraie garce, parfois, mais tu finis toujours par me manquer.

— Désolé, mais je dois être à la clinique pour ma réunion, répondit Nate.

Il n'avait pas revu Georgie depuis la tempête de neige et Jackie avait promis qu'elle serait de nouveau présente à la réunion du groupe demain.

— Je prends le train, alors je rentre chez moi assez tard.

— D'accord. Mais il faut qu'on se fasse quelque chose très bientôt, hein ? Tu m'adores, ne dis pas le contraire, ajouta-t-elle dans un murmure séducteur, avant de raccrocher.

Bondissant de son lit avec une énergie renouvelée, elle ôta son foulard Pucci et ébouriffa le peu de cheveux qui lui restait en y appliquant une bonne dose de gel coiffant Bed Head. Puis elle ouvrit la porte de sa chambre pour la première fois de la semaine.

— Maman ! cria-t-elle dans le couloir. Viens vite. J'ai besoin de ton aide pour un truc.

Quelle meilleure façon pour la star de faire son come-back que d'émerger de désintox, rafraîchie, rajeunie, son bel acteur principal à son bras ?

*Avertissement-: tous les noms de lieux, personnes et événements ont été modifiés ou abrégés afin de protéger les innocents. En l'occurrence, moi.*

## salut tout le monde !

### LES LARMES DE SERENA

Les gens de chez Les Best n'ont pas perdu de temps pour sortir la nouvelle pub de leur parfum, vous l'avez tous vue à l'heure qu'il est. *Magnifique**, non ? Le parfum n'est pas disponible avant le mois d'avril, à moins que, comme moi, vous n'ayez accès aux choses auxquelles personne d'autre n'a accès. C'est une senteur entêtante de jasmin avec de subtiles nuances de bois de santal et de patchouli. Je le porte en ce moment même et je dois reconnaître qu'il est aussi divin que la pub. Mais lorsqu'une certaine blonde est impliquée, c'est bien le moins que nous espérions, n'est-ce pas ?

### LA JEUNE HÉRITIÈRE CONSACRE UNE PARTIE DE SON HÉRITAGE AU CENTRE DE DÉSINTOX

Apparemment la pauvre petite fille riche de N a été mordue par le virus de la générosité. Pour montrer sa gratitude envers ceux qui l'ont aidée ces dernières semaines, elle finance la construction d'écuries ultra modernes sur l'immense propriété de la clinique

Rupture, dans le Connecticut. Ces écuries accueilleront des chevaux, des cochons, des chèvres, des chiens, des chats, des poulets, qui seront utilisés à des fins thérapeutiques, bien sûr. Apparemment la traite d'une chèvre peut faire des merveilles sur l'esprit fumeux d'un amateur de coke. Espérons que notre héritière chérie n'ira pas fouiller dans les armoires à pharmacie des écuries !

**VOS E-MAILS**

**Q:** Salut GG,

Je suis en consultation externe à la clinique Rupture et j'y étais aujourd'hui quand a débarqué une fille aux cheveux courts dans tous les sens avec des bottes en fourrure. Elle a lancé sa carte de crédit platinum à l'infirmière de l'accueil. Elle voulait réserver une chambre privée pour deux semaines, de préférence avec vue sur la fontaine. On rêve, là ? Ils lui ont dit qu'elle ne pouvait pas séjourner ici à moins d'être dangereuse pour elle-même ou pour les autres, mais qu'elle était la bienvenue aux réunions du groupe de jeunes, si elle le souhaitait.

Soleil

**R:** Salut Soleil,

Je suis étonnée qu'elle n'ait pas essayé de réserver une série de soins du visage ! Si tu suis la thérapie de groupe, je te conseille de l'éviter. Apparemment, elle est là dans un but bien précis.

GG

**ON A VU**

**J** et ses deux nouveaux potes à **Bowlmor Lanes**. Ils sont tellement mignons tous ensemble, mais personnellement, j'ai déjà donné : les parties à trois, ça ne marche jamais. **S** chez elle, malade d'une bronchite, vendredi. Ça lui apprendra à porter des robes bain de soleil en février ! **B** à la recherche de sa tenue spéciale désintox dans un magasin vintage sur **Mulberry Street**. Si elle décroche le rôle de junkie désespérée, il faut qu'elle ait l'air authentique. **D** s'entraînant pour le micro ouvert du **Club de Poésie Rivington Rover**, dans le métro, marmonnant dans sa barbe par-dessus le bruit cadencé du train.

Allez, si nous choisissions une sortie culturelle, pour une fois. Retrouvons-nous au micro ouvert ce soir !

Vous m'adorez, ne dites pas le contraire.

gossip girl

## *pour son art*

— Je suis content que tu sois là, dit Dan à Mystery.

Elle passa ses doigts aux ongles jaunes et rongés dans les cheveux de Dan, qu'il avait soigneusement ébouriffés, pour faire mode. Par la plus grande des coïncidences, tous deux étaient arrivés au Club de Poésie Rivington Rover au même moment et, depuis un quart d'heure, ils fumaient des Camels sans filtre et se pelotaient dans un des cabinets dans les toilettes des femmes aux murs couverts de graffitis, en essayant de se motiver pour leur lecture.

— J'ai un peu le trac, fit Dan.

— Mais non, répondit Mystery en relâchant sa fine cravate noire et en le prenant par la main. Viens, allons voir ce qui nous attend.

Ils sortirent des toilettes, main dans la main, Mystery vêtue d'une robe fourreau en soie jaune canari transparente, à travers laquelle ses sous-vêtements en coton noir étaient totalement visibles et Dan dans son nouveau costume noir : les Bonnie and Clyde de la poésie.

Le petit club sombre en sous-sol était déjà bondé ; des gens sirotaient des cafés, avachis sur les vieux sofas élimés éparpillés n'importe où dans la pièce.

Une boule à facettes était suspendue au hasard du plafond noir ; sur la stéréo, Morrissey poussait une complainte déprimante extraite de son dernier album.

Les projecteurs clignotèrent à deux reprises et une minuscule Japonaise vêtue d'un justaucorps noir et d'une paire de collants de danse rose fit son entrée sur scène.

— Bienvenue au Rivington Rover. C'est une soirée particulière, ce soir, susurra-t-elle dans le micro. Deux de nos plus singuliers poètes new-yorkais vont déclamer pour nous simultanément. J'ai l'honneur de laisser la scène à Mystery Craze et Daniel Humphrey !

La salle comble applaudit à tout rompre.

— Il paraît qu'ils ont passé toute une nuit à carburer à l'ecsta et ont écrit un livre ensemble, murmura quelqu'un.

— On m'a dit qu'ils étaient mariés.

— Moi, on m'a dit que c'étaient des faux jumeaux séparés à la naissance, remarqua quelqu'un d'autre.

Dan sentit son corps tout entier se couvrir d'une sueur froide causée par le trac. Tout arrivait si vite. Il n'avait même pas eu le temps de réfléchir à comment il était passé de l'écriture d'une poésie étrange et morose dans des petits calepins que personne ne lisait à la lecture sur scène avec une fille presque célèbre dans un club très cool, vêtu d'un costume chic de couturier. Mais ce n'était pas le moment de douter. Il avait joué dans des pièces de théâtre, tourné dans les films de Vanessa. Il était le nouveau Rilke. Il ôta sa veste, remonta ses manches. Il allait y arriver.

Mystery l'attendait déjà sur scène, ses doigts osseux

aux jointures blanchies d'être agrippés au micro. Dan s'aperçut qu'il y avait deux micros, un pour lui, un pour elle.

— Quel est votre mot préféré ? demanda tout bas Mystery au public de sa voix rauque.

— Tarte ! cria un type à queue-de-cheval au premier rang, visiblement bourré.

— Tu es l'antithèse d'une tarte, siffla Mystery à Dan qui faisait son entrée sur scène. Je veux te manger tout cru.

Dan s'éclaircit la gorge et attrapa le pied du micro pour se stabiliser.

— Quel est ton mot préféré ? demanda-t-il en réponse, surpris de s'entendre parler avec une telle assurance.

— Sexe, répondit Mystery sans la moindre gêne.

Elle se laissa tomber à quatre pattes et rampa vers lui, le micro entre les dents.

— Sexe, répéta-t-elle, en se faufilant entre les jambes de Dan puis s'agrippant à son corps pour remonter jusqu'à ce que leurs visages ne soient plus séparés que de quelques centimètres.

À cause de la robe jaune, ses dents paraissaient encore plus jaunes.

La caméra oscilla entre les mains de Vanessa. Alors voilà pourquoi elle n'avait pas eu la moindre nouvelle de Dan ces derniers temps, même pas pour travailler sur *Faire la Poésie*. Dan faisait la poésie avec Mystery Craze. Et malgré la douleur qu'elle ressentait en voyant le garçon dont elle était amoureuse depuis presque trois ans tomber sous le charme d'une fille dont le vrai nom devait sûrement être à peu près aussi nul et apoétique que Jane James, Vanessa ne pouvait s'empêcher de filmer. Quelque chose était en train d'arriver à Dan, une chose qu'elle devait fixer sur pellicule. Il semblait se découvrir juste sous ses yeux.

— Nourris-moi, grogna Dan dans son micro tandis que Mystery se tortillait sous lui. Apporte-moi ton corps nu sur un plateau.

La foule poussa des cris ravis. Dan avait du mal à croire qu'il s'éclatait autant. Il était un poète rock'n'roll, un dieu du sexe ! Il pouvait oublier Rilke, lui, il était Jim Morrison ! Il arracha Mystery du sol et fonça vers sa bouche pour y plaquer un baiser brutal et affamé de dieu du rock.

Vanessa continua à filmer, des larmes ruisselaient sur ses joues pâles. Elle ne pouvait pas s'arrêter, elle ne filmait pas pour se torturer. Elle filmait pour son art.

Sur scène, Dan déboutonna sa chemise et Mystery lécha sa poitrine.

— Oh, papa, murmura-t-elle d'une voix enrouée.

Oh, la vache.

## *la diva fait son entrée*

— Bienvenue à tous, commença Jackie Davis en accueillant les jeunes du groupe de thérapie du vendredi. Je suis tellement heureuse de retrouver notre vieille amie Georgina Spark.

Elle donna un petit coup de stylo sur son bloc-notes.

— Nous devrions également accueillir une nouvelle camarade aujourd'hui. Mais pendant que nous l'attendons, je voudrais laisser la parole à deux membres du groupe car ils ont eu beaucoup de courage et ils ont su se tourner vers ce que j'appellerais la construction de vie.

Jackie adressa un sourire rayonnant à Nate.

— Nate, peux-tu nous raconter ce qui s'est passé vendredi dernier, maintenant que Georgie est revenue ?

Nate renversa sa chaise en arrière, la redressa. En face de lui, de l'autre côté du cercle, Georgie était assise, jambes croisées ; elle portait un short très court en satin orange avec des sandales de cuir orange, un choix un peu bizarre pour un mois de février, mais de toute façon, elle ne sortait plus vraiment en ce moment. Sa splendide chevelure noire encadrait son visage de Blanche-Neige ; elle leva les yeux vers lui et sur ses lèvres rouge foncé apparut un sourire réservé.

Nate frotta ses mains contre son pantalon en velours côtelé vert olive Ralph Lauren. Si seulement il pouvait l'embrasser. Les autres membres du groupe attendaient impatiemment. Ils savaient que quelque chose avait merdé grave, mais ils n'avaient toujours pas entendu toute l'histoire.

— Allez, Nate, le relança Jackie.

— Vendredi soir, j'étais chez Georgie et nous passions un bon moment, hum, nous apprenions à mieux nous connaître, commença-t-il. Tout à coup, j'ai eu l'impression que Georgie s'était organisé une petite fête privée du côté de l'armoire à pharmacie. Quand elle s'est mise à roupiller, je me suis inquiété et j'ai appelé Jackie.

— C'était un appel à l'aide, déclara Georgie avec un enthousiasme simulé.

Nate rit sous cape. Elle restait dérangée, mais ce qu'elle pouvait être irrésistible, putain. Il était bien content d'être obligé de suivre une cure de désintox pendant six mois complets, parce qu'il souhaitait vraiment lui venir en aide, comme elle l'avait aidé.

— On l'a emmenée à la clinique juste à temps. Elle va vivre ici un moment. Jusque-là, elle se débrouille merveilleusement bien, n'est-ce pas, Georgie ? s'extasia Jackie.

Georgie acquiesça et mit ses bras autour de son corps, un sourire placide plaqué sur le visage.

— Le pain de viande était incroyable, hier au dîner.

— Applaudissons-les bien fort pour les féliciter de leur courage, s'écria Jackie.

Tous les membres du groupe se levèrent et se mirent à taper dans leurs mains, y compris Georgie et Nate.

— Salut, toi, articula silencieusement Georgie à l'attention de Nate en passant sa langue sur ses lèvres rouge sang.

— Salut, répondit-il en retour.

— Par ici, mademoiselle.

Olivia lissa ses sourcils fraîchement épilés, frotta ses lèvres l'une contre l'autre pour unifier son gloss rose et emboîta le pas à l'un des membres du personnel vêtu de lin de la clinique Rupture, jusqu'à la salle où avait lieu la séance de thérapie de groupe, qui avait déjà commencé. Elle portait sa nouvelle robe portefeuille vintage Diane von Furstenberg dans les tons de noir, rouge et violet ainsi que sa paire de bottes préférée, pointues, en daim noir et montant jusqu'aux genoux ; elle débordait d'excitation à l'idée de tout déballer devant un public conquis dont Nate ferait partie.

— Bienvenue, Olivia Waldorf, l'accueillit une femme sans élégance aux lèvres maquillées d'un marron très laid, lorsque la porte s'ouvrit.

La femme s'approcha, lui faisant signe d'entrer.

— Je m'appelle Jackie Davis, je suis l'animatrice du groupe de jeunes. Je t'en prie, assieds-toi.

Olivia passa en revue l'assemblée. Natie était là, son petit Nate, toujours aussi délicieux dans son velours vert olive qui mettait en valeur ses magnifiques yeux émeraude. À sa consternation, Olivia constata que la seule chaise vide était celle placée à côté de cette Jackie, qu'Olivia soupçonnait déjà d'être franchement simplette.

— Vous pouvez vous rasseoir, précisa Jackie, en s'installant. Alors, lorsqu'un nouveau membre rejoint notre groupe, vous vous souvenez que nous devons nous présenter à tour de rôle et raconter l'événement ou les circonstances qui nous ont amenés ici. Soyez aussi précis et concis que possible. N'oubliez pas, nommer votre faiblesse est le premier pas pour prendre le dessus. Ne t'en fais pas, Olivia, dit Jackie en posant une main sur son bras pour la rassurer, je ne te ferai pas commencer. Billy, veux-tu te lancer ?

Un garçon trapu portant un sweatshirt blanc Dartmouth se frotta les mains d'un air nerveux.

— Je m'appelle Billy White. Je suis accro à l'haltérophilie et aux boissons pour accroître la masse musculaire, annonça-t-il. Je suis un boulimique de l'exercice.

Nate venait ensuite. Il n'arrivait pas à croire qu'Olivia se soit effectivement pointée à Rupture mais il la connaissait depuis suffisamment longtemps pour savoir qu'elle n'était pas à ça près.

— Je m'appelle Nate. Je fumais de la marijuana tous les jours mais je dois dire que dernièrement, je n'en ai pas eu envie.

C'était un peu bizarre d'avouer ça devant Olivia, la fille qui lui rappelait ces journées qu'il passait complètement défoncé.

Olivia haussa les sourcils, affichant une surprise ravie. Nate était-il véritablement en train de s'assagir ? Était-ce pour *elle* ?

— Je m'appelle Hannah Koto, dit la fille assise à

côté de Nate. Je prends de l'ecsta tous les jours depuis que mon chien est mort l'été dernier.

Elle lança un regard vers Jackie.

— Pardon. De l'*ecstasy*, clarifia-t-elle.

— Je m'appelle Campbell et je suis un alcoolique en herbe, lâcha un garçon blond qui ne semblait pas avoir plus de dix ans. J'ai vidé les caves à vin de mes parents à Darien et Cape Cod.

— Moi, c'est Georgie et je prends de tout, déclara une fille remarquablement belle avec de longs cheveux noirs, soyeux, d'immenses yeux marron et une bouche rouge foncé.

Elle portait un petit short Miu Miu en satin orange et de magnifiques sandales Jimmy Choo en cuir mandarine, remarqua Olivia avec envie.

— Ces derniers temps, j'aimais bien les cachets et j'avais peur de m'endormir pour ne plus jamais me réveiller. Mais maintenant, je sais que je peux compter sur mon chevalier... ajouta Georgie en battant des cils dans la direction de Nate.

Olivia sentit ses poils se hérisser.

— Merci, Georgie, l'interrompit Jackie avant qu'elle n'ajoute quoi que ce soit susceptible de compromettre sa maîtrise du groupe. Suivant ?

— Je m'appelle Jodia et je suis alcoolique, moi aussi, annonça la fille joufflue assise à côté d'Olivia. J'ai même bu du parfum, une fois.

— Moi aussi, intervint Olivia, décidée à faire mieux que Georgie.

Elle décroisa puis recroisa les jambes, donnant à la salle un aperçu de ses résilles noires sexy à travers la fente dans sa robe.

— Je m'appelle Olivia et...

Elle hésitait. Par où commencer ? Elle prit une grande inspiration dramatique.

— Mes parents ont divorcé l'an dernier. Il se trouve que mon père était homo et qu'il batifolait avec le secrétaire de ma mère, qui n'avait que vingt et un ans. Ils sont toujours ensemble, ils vivent dans un château sur une propriété viticole en France. Ma mère vient de se marier avec cette espèce de gros promoteur immobilier immonde et ils attendent un bébé, alors que ma mère a cent ans, genre. Ils viennent d'apprendre que c'est une fille. J'étais censée faire une candidature anticipée à Yale, mais j'ai foiré mon entretien. Alors un vieil ami de mon père a proposé de m'en faire repasser un autre, en tant qu'ancien élève de Yale. Il est bel homme et comme je n'avais jamais fréquenté d'homme mûr, je suis un peu sortie avec lui…

Elle lança un regard contrit à Nate. Il lui pardonnerait son infidélité, comme elle lui pardonnerait d'avoir eu une aventure.

Jackie écoutait, bouche bée. Elle était habituée à ce que les jeunes de ce genre de groupe donnent un peu plus de détails que nécessaire, mais elle n'était jamais tombée sur quelqu'un qui semble autant aimer parler d'elle.

— Je crois que si je me suis coupé les cheveux, c'était en partie pour essayer de m'enlaidir, même si je ne m'en suis pas rendu compte tout de suite. Je pensais qu'une coupe courte m'irait bien. Mais je me dis que, peut-être, je voulais faire ressortir en surface toute la laideur de l'intérieur ? Cette semaine, je ne suis pas allée en cours, je suis restée chez moi.

Je n'étais pas vraiment malade, mais je ne pouvais pas…

— Je regrette de t'interrompre, mais si tu pouvais tout simplement dire quel est ton problème… la coupa Jackie lorsqu'elle se rendit compte qu'Olivia était encore loin d'avoir terminé.

Olivia fronça les sourcils et fit tourner sa bague en rubis autour de son doigt. Apparemment, il fallait qu'elle ait un problème *spécifique*, sinon ils allaient la renvoyer.

— Parfois, quand je suis perturbée – c'est-à-dire tout le temps, vu à quoi ressemble ma vie en ce moment –, je mange trop ou je mange quelque chose que je ne devrais pas manger et je me fais vomir.

*Voilà*, ça, c'était convaincant.

Jackie hocha la tête.

— Peux-tu nommer ton problème, Olivia ? Il y a un mot pour ça, tu le sais.

Olivia lui lança un regard noir.

— La régurgitation due au stress ? répondit-elle d'un air pincé.

Elle savait que Jackie voulait qu'elle dise « boulimie », mais c'était vraiment dégoûtant comme mot, elle refusait de le prononcer, surtout devant Nate. La boulimie, c'était pour les *losers*.

Les autres ricanèrent. Jackie désirait avant tout remettre le groupe sur les rails après le monologue d'Olivia.

— Eh bien, disons que c'est une manière de dire les choses, remarqua-t-elle, en inscrivant quelque chose sur son bloc.

Elle releva la tête et lissa ses cheveux bruns sans volume.

— À mon tour, maintenant. Je m'appelle Jackie Davis et mon boulot est de vous aider à créer une *rupture* !

Elle donna un coup de poing dans le vide, en lâchant un petit cri comme si elle assistait à un match de basket et que son équipe venait de mettre un panier. Elle attendit que le reste du groupe l'imite, mais ils se contentèrent de la dévisager d'un air ébahi.

— Alors. Bien. Je voudrais que vous vous mettiez par groupes de deux. Nous allons faire un petit exercice que j'aime appeler « Va au diable, démon ! » Un d'entre vous va interpréter une des choses dont vous venez de parler, ce problème dont vous essayez de vous débarrasser. Je veux que l'autre se mette face à lui et dise où peut aller ce démon. Vous lui dites ce que vous voulez, mais mettez-y des sentiments. De la réalité. OK, allez, formez les binômes. Nous sommes sept, quelqu'un va être obligé de faire équipe avec moi.

Hannah leva la main.

— Attendez, est-ce qu'on s'adresse à leur démon ou au nôtre ?

— Tu dois t'adresser à ton démon, explicita Jackie. Cela va vous aider à exorciser !

Olivia attendit que Nate s'approche d'elle, mais avant même qu'il ait pu faire un pas, cette garce toute pâle en minishort orange complètement absurde tortilla des fesses jusqu'à lui et lui prit la main.

— Tu veux bien être mon partenaire ? Olivia l'entendit-elle geindre.

Tout le monde s'était déjà mis par deux, Olivia

n'avait plus d'autre choix que de faire la paire avec Jackie.

— Allez, Olivia ! hurla Jackie.

Un épais mascara marron ombrait ses yeux couleur de crapaud.

— Vas-y, qu'est-ce que tu lui dis à ce démon ?

Tout à coup, Olivia se demanda si la désintox était vraiment ce qu'il lui fallait.

— Il faut que j'aille aux toilettes, annonça-t-elle.

Avec un peu de chance, l'exercice serait terminé quand elle reviendrait et elle parviendrait peut-être à piquer un des sièges à côté de Nate avant que tout le monde ne reprenne sa place.

Jackie l'observa d'un air soupçonneux.

— Bien, mais fais vite. Et je tiens à te rappeler que toutes les toilettes sont sous surveillance.

Olivia leva les yeux au ciel et quitta la salle en direction des toilettes. Elle se lava les mains, remit une couche de gloss, écarta les pans de sa robe pour exposer ses seins nus dans le miroir, histoire de donner des sensations fortes à la personne chargée de la surveillance, quelle qu'elle soit. Puis elle retraversa le couloir et jeta un coup d'œil dans l'entrebâillement de la porte, pour s'assurer que l'exercice était terminé.

Nate et cette salope de Georgie en minishort Miu Miu se tenaient près de l'entrée. Elle avait les mains sur les épaules de Nate, leurs visages étaient tout proches.

— J'ai réfléchi à une manière de te remercier pour les roses, Olivia crut entendre murmurer Mini Short. J'ai envie de t'offrir une balade en poney.

Elle ne s'adressait pas à son démon, se rendit compte Olivia. Elle s'adressait à *Nate*.

Olivia attendit que Nate exprime son horreur et son dégoût devant la proposition de Mini Short, mais il se contenta de lui sourire, la langue pendante, comme s'il avait hâte d'en savoir plus.

— Je te couvrirai de…

Olivia n'attendit pas la fin de la phrase de Georgie. Elle comprenait mieux pourquoi Nate aimant tant la cure de désintox et pourquoi il avait tellement envie de se calmer, tout à coup. Elle recula, repartit vers le couloir et sortit son portable de son sac à main pour appeler sa mère. Une voiture était censée venir la chercher dans deux heures pour la reconduire en ville, mais pas moyen qu'elle attende aussi longtemps. La désintox, ce n'était pas du tout comme une thalasso ; c'était comme à l'école, une classe pleine de *losers* pathétiques qui n'avaient rien de mieux à faire de leur vie.

— Mademoiselle, vous n'avez pas le droit de vous en servir ici ! cria une aide-soignante dans le couloir.

Olivia la fusilla du regard et rejoignit le hall d'un pas décidé. Au dos du journal que lisait la réceptionniste était imprimée une pleine page de pub en couleurs pour Les Larmes de Serena.

Tout à coup, Olivia eut une révélation. Elle n'y avait jamais vraiment pensé jusque-là mais Serena van der Woodsen – sa soi-disant meilleure amie – était la reine absolue des grands retours. À l'automne, Serena avait été renvoyée de pension ; de retour à New York, sa réputation était tellement salie que seuls les plus désespérés des tocards lui adressaient la parole. Mais après une série d'apparitions qui avaient volé la vedette à plus d'un, Serena avait reconquis tout le monde, Olivia comprise, et elle était maintenant la star d'une putain de campagne de pub internationale pour un parfum. S'il y avait bien une personne qui pouvait l'aider à revenir sur le devant de la scène et à ce que tout le monde retombe amoureux d'elle, c'était Serena.

Olivia ouvrit les portes de verre du centre de désintox et se retrouva à grelotter dans le froid, en haut de l'escalier de marbre. Très vite, elle chercha le numéro de Serena dans son répertoire.

— Olivia ? cria Serena, dont le téléphone captait mal. Je croyais que tu étais en colère contre moi.

Elle fut secouée par une forte toux.

— Oh là là, ce que je suis malade.

— Où es-tu ? rétorqua Olivia. Dans un taxi ?

— Exact, fit Serena. Je vais à une avant-première avec des gens que j'ai rencontrés à la séance photo pour le parfum. Tu veux venir ?

— Je ne peux pas, répondit Olivia. Serena, il faut que tu viennes me chercher. Dis au taxi de prendre l'I-95 jusqu'à Greenwich. Sortie 3. Je suis dans un endroit qui s'appelle le centre Rupture, sur Lake Avenue. S'il ne trouve pas, il n'aura qu'à s'arrêter pour demander à quelqu'un. D'accord ?

— Greenwich ? Mais ça va coûter au moins cent dollars ! protesta Serena. Que se passe-t-il, Olivia ? Qu'est-ce que tu fais à Greenwich ? Ça n'a rien à voir avec ce vieux avec qui je t'ai vue l'autre soir au moins ?

— Je te rembourserai, l'interrompit Olivia avec impatience. Je te raconterai tout dès que tu seras là. Tu veux bien, S ? demanda-t-elle en employant le terme d'affection dont elle ne s'était plus servie depuis qu'elles étaient petites.

Serena hésitait, mais Olivia sentait bien qu'elle était intriguée à l'idée d'une aventure avec sa vieille copine. Le téléphone crachota, elle entendit Serena qui donnait les instructions au chauffeur.

— Je suis obligée de raccrocher, je n'ai bientôt plus de batterie, hurla Serena. J'arrive, d'accord ? Oh, au fait, Aaron et moi, c'est fini.

Olivia inspira une bouffée d'air froid par le nez, et ses lèvres fraîchement remaquillées affichèrent un sourire suffisant en apprenant la nouvelle.

— On en reparlera tout à l'heure, dit-elle avant de raccrocher.

Elle s'assit sur les marches froides et dures, boutonna jusqu'en haut son duffle-coat en cachemire bleu ciel, en rabattit la capuche sur sa tête avant de s'allumer une menthol ultra-light. Si on l'avait aperçue depuis la rue, on aurait vu une fille mystérieuse dans un manteau à capuche bleu, affichant son assurance avec un air de défi, bien que l'intrigue vienne de changer soudainement et que le scénario ait besoin d'être réécrit de A à Z.

## *ce dont on parle quand on ne parle pas d'amour*

— Prenez toutes vos manteaux, annonça Serena aux filles du groupe de discussion, le lundi. On vous emmène prendre un chocolat chaud au Jackson Hole.

— Ne vous inquiétez pas, on a l'autorisation, ajouta Olivia en se regardant dans le miroir de la cafétéria.

Elle était retournée au salon pour se faire retoucher les cheveux et ressemblait maintenant à Edie Sedgwick, du temps de la Factory d'Andy Warhol. Tellement avant-garde.

— Waouh, souffla Jenny en la dévisageant. Tu es superbe.

Depuis sa rencontre avec Leo, Jenny était tellement heureuse qu'elle débordait d'amour pour tous ceux qu'elle croisait.

Olivia se tourna vers elle, semblant se souvenir de quelque chose.

— Tu as consulté tes e-mails ? voulut-elle savoir.

Les yeux de Jenny se mirent à briller.

— Oh, oui. Oui, j'ai vu !

Pendant un instant, Olivia envisagea de s'attribuer le mérite de l'extase absolue qui semblait habiter

Jenny, mais c'était en fait plus marrant de la voir rayonner, dans la plus pure inconscience. Ce ne serait peut-être pas aussi affreux d'être une grande sœur, après tout. Elle remarqua qu'Elise Wells portait un petit sweat-shirt noir moulant au lieu de l'un de ses éternels gilets roses hyper coincés. Bien. Sa mère avait peut-être enfin assassiné son salopard de père.

— Comment ça va avec ton père, Elise ? demanda Serena, lisant pratiquement dans les pensées d'Olivia.

À la surprise d'Olivia, Elise sourit joyeusement.

— Bien. Ma mère et lui sont partis en week-end en amoureux.

Elle rit et donna un coup de coude à Jenny.

— Mais ce n'est pas moi le plus important. Je crois que Jenny a quelque chose à nous raconter.

Jenny sentit son visage devenir rouge betterave, mais elle s'en fichait.

— Je suis amoureuse, déclara-t-elle.

Serena et Olivia échangèrent des regards affligés. *L'amour* était bien la dernière chose dont elles avaient envie de parler.

— Allez, prenez vos manteaux, les pressa Serena. On se retrouve dehors.

Au Jackson Hole, sur Madison Avenue, dans l'air imprégné d'une odeur de graisse de hamburger, régnait un brouhaha de potins. Le groupe de discussion A s'installa à une table proche de la grande baie vitrée, tandis que Kati Farkas et Isabel Coates se serraient dans un coin au fond, pour discuter des derniers rebondissements avec qui voulait.

— Vous avez entendu, à propos de Nate Archibald et cette fille du Connecticut ? demanda Kati.

Celle-ci s'était fait couper les cheveux pendant le week-end, son long nez paraissait deux fois sa taille.

— Ils se sont fait gauler en train de coucher ensemble dans un placard à balais du centre de désintox et du coup, il est obligé de suivre une thérapie personnelle en ville.

— Attends, je croyais que c'étaient Olivia et Nate dans le placard à balais, renifla Isabel.

Elle portait un échantillon des Larmes de Serena, obtenu grâce à une amie de sa mère, attachée de presse qui travaillait pour *Vogue*. Il faisait couler son nez.

— Non, idiote, Olivia sort avec ce vieux, là, tu te souviens ? Mais elle n'aura pas son bébé. Elle a fait une fausse-couche, c'est pour ça qu'elle a autant manqué les cours.

— Il paraît qu'Olivia et Serena ont toutes les deux envoyé leurs candidatures à l'Université de Californie, aujourd'hui, intervint Laura Salmon. Comme ce sont des admissions permanentes, juste liées au nombre de places, tu sais si tu es accepté à peine quelques semaines après avoir postulé.

Haussant ses fins sourcils blonds vénitiens, elle ajouta :

— Hé, on devrait peut-être toutes faire pareil !

Même si aucune d'entre elles n'aurait jamais envisagé de suivre des cours à l'Université de Californie.

— Alors, c'était comment de se retrouver dans cette pub de parfum ? demanda Mary Goldberg à Serena tandis que les filles du groupe A attendaient leurs chocolats chauds.

À ses côtés, Cassie Inwirth et Vicky Reinerson dressèrent l'oreille. Durant le week-end, les trois filles avaient opté pour des coupes courtes assorties, mais comme aucune d'entre elles n'était allée voir Gianni chez Garren, leurs coiffures n'étaient qu'une pâle imitation de l'ancienne coupe d'Olivia et n'étaient rien comparé à la nouvelle.

— Froid, répondit Serena.

Elle se moucha dans une serviette en papier, puis rassembla sa longue chevelure dorée au-dessus de sa tête, la tordit en chignon et y enfonça un stylo pour maintenir le tout.

Évidemment, toutes regrettèrent immédiatement de s'être fait couper les cheveux.

— Je préférerais vraiment ne pas en parler, ajouta-t-elle mystérieusement.

Olivia se pencha par-dessus la table.

— Aaron et elle ont rompu pendant le tournage, résuma-t-elle aux troisièmes dans un murmure de confidence.

Elle se redressa.

— On n'en parle plus.

Le serveur leur apporta leurs chocolats chauds, de gigantesques tasses fumantes, débordant de crème chantilly.

— On peut parler d'amour, maintenant ? s'enquit Jenny, des trémolos dans la voix.

Elle balaya du regard la salle bondée. Si elle avait de la chance, Leo ferait même son apparition, et comme ça elle pourrait le montrer à tout le monde.

— Non ! s'écrièrent à l'unisson Serena et Olivia.

Elles avaient fait exprès d'amener le groupe au Jackson Hole pour ne pas avoir à discuter des garçons, de la nourriture, des parents, de l'école, de *rien*.

Elles ne souhaitaient qu'une chose : déguster leurs chocolats chauds ensemble.

Soudain, un silence s'abattit sur le restaurant. Chuck Bass entra d'un pas désinvolte, vêtu d'un chapeau en renard et d'un caban bleu ciel ; il se mit à distribuer des flyers roses à toutes les personnes présentes, sa chevalière au petit doigt scintillait.

— Soyez là ! cria-t-il en ressortant aussi vite qu'il était venu, dans un nuage de Larmes de Serena.

Le flyer était une invitation à une soirée ; en un instant, une rumeur envahit le restaurant tout entier.

— Tu y vas ?

— Attends. Tu crois qu'on va assister au coming-out de Chuck ?!

— Mais non. C'est son anniversaire. Tu ne sais pas lire ?

— On était à la maternelle ensemble. Son anniversaire est en septembre. Ce n'est même pas lui qui organise la soirée. C'est une fille. Lui ne fait que distribuer les invits'.

— Moi, je crois qu'il est bi. Je l'ai vu avec une fille de l'*École française**, samedi, et ils étaient pratiquement en train de baiser.

— C'était qui, ce mec ? geignit Cassie Inwirth.

— Tu connais ce site, www.gossipgirl.net ? Eh bien, je crois que c'est lui ! annonça Mary Goldberg.

— Tu crois que Gossip Girl est un mec ? s'étonna Vicky Reinerson.

— Impossible ! s'écrièrent Olivia et Serena.

Qui sait ?

gossipgirl.net

thèmes ◀précédent suivant▶ envoyer une question répondre

*Avertissement-: tous les noms de lieux, personnes et événements ont été modifiés ou abrégés afin de protéger les innocents. En l'occurrence, moi.*

## salut tout le monde !

Je veux pas paraître mesquine, ni rien.
Vous avez tous vu mon invit' générale à ma soirée de lundi. Si ce n'est pas le cas, où étiez-vous passés – vous vous planquiez sous un caillou ou quoi ? Merci de ne pas vous donner la peine de venir à moins d'apporter un des éléments suivants :
Un bébé caniche nain couleur caramel.
Autant de bouteilles des Larmes de Serena que vous pourrez en dénicher. Je sais qu'il y a une liste d'attente, mais je suis accro !
Des billets en première classe pour Cannes en mai.
Des diamants.
Un sens de l'humour exceptionnel.
Tous les beaux gosses de votre carnet d'adresses.

**ON A VU**

**N** et sa nouvelle copine diaphane et ultra riche, dans une calèche à Central Park. À croire qu'elle a eu une autorisation de sortie du centre de désintox pour bonne conduite. **S** et **O** laissant leurs mensurations à la boutique **Les Best :** elles ont commandé la collection d'automne tout entière. **V** déposant une enveloppe kraft à la section théâtre de **Riverside Prep**. Vous ne pensez pas qu'elle a vraiment apporté ce film au prof de théâtre de **D**, quand même ? Si c'est ça, quelle abnégation ! **D** et cette timbrée de poétesse braillant des absurdités par la fenêtre de son studio de Chinatown. La petite **J** et son nouveau soupirant chez **Stink**, un tatoueur de l'East Village. Espérons qu'ils ne faisaient que regarder.

Quant à ces questions brûlantes…
**N** et son héritière dévergondée formeront-ils un véritable couple ?

**O** finira-t-elle par enfin oublier **N** ? Se refera-t-elle pousser les cheveux ? Et – Dieu merci la réponse ne va plus se faire attendre très longtemps – entrera-t-elle à Yale ??

**S** et **O** resteront-elles amies… au moins jusqu'à la fin de l'année ?

**S** deviendra-t-elle une top model insipide, superflue et croqueuse de céleri ? Sortira-t-elle un jour plus de cinq minutes avec un garçon ?

**J** et son nouvel amoureux vivront-ils heureux jusqu'à la fin de leurs jours ? Sa nouvelle meilleure amie tentera-t-elle de provoquer leur rupture ?

**V** parviendra-t-elle un jour à regarder **D** à nouveau ?

**D** continuera-t-il à fréquenter cette poétesse aux dents

jaunes ? Ses dents deviendront-elles jaunes à leur tour, du coup ? Écrira-t-il vraiment ses Mémoires ?

Nous autres, irons-nous à la fac ? Plus important, aurons-nous nos diplômes de fin d'année ?

Découvririez-vous enfin qui je suis ?

Bientôt, tout deviendra clair comme de l'eau de roche.

On se voit à ma fête, lundi soir, n'oubliez pas d'apporter au moins un objet de la liste ! *Au revoir* !*

Vous m'adorez, ne dites pas le contraire.

gossip girl

Cet ouvrage a été imprimé en France par

CPI
Bussière

à Saint-Amand-Montrond (Cher)
en décembre 2008

FLEUVE NOIR
12, avenue d'Italie
75627 Paris Cedex 13

— N° d'imp. : 81775. —
Dépôt légal : avril 2006.
Suite du premier tirage : décembre 2008.